# HARDER THAN WORDS - TATTOOS UND HARTE WORTE

Montgomery Ink Reihe

CARRIE ANN RYAN

# Harder than Words - Tattoos und harte Worte

MONTGOMERY INK REIHE, BUCH 3

von
Carrie Ann Ryan

Englischer Originaltitel: »Harder than Words (Montgomery Ink
Book 3)«
Deutsche Übersetzung: Martina Risse für Daniela Mansfield
Translations 2021

eBook:
ISBN: 978-1-950443-26-0

Taschenbuch:
ISBN: 978-1-950443-27-7

Besuchen Sie Carrie Ann im Netz!
carrieannryan.com/country/germany/
www.facebook.com/CarrieAnnRyandeutsch/
twitter.com/CarrieAnnRyan
www.instagram.com/carrieannryanauthor/

# Ohne Titel

**Inhalt**

## Kapitel Eins

WENN DER HEUTIGE Tag ihn nicht umbrächte, so doch ganz gewiss der Gedanke an das, was später am Abend geschehen würde. Luc Dodd fuhr sich mit der Hand übers Gesicht. Er wünschte sich, er wäre so klug gewesen und hätte das Glas Single Malt Whisky hinuntergekippt, das der Vater der Braut ihm vor ein paar Stunden angeboten hatte. Er hatte jedoch abgewunken, weil er einen klaren Kopf behalten wollte, bis er die Veranstaltung hinter sich hatte.

Nicht gerade die vernünftigste Entscheidung, die Luc in seinem Leben getroffen hatte.

Normalerweise hätte heute einer der besten Tage seines Lebens sein sollen, denn seine beste Freundin heiratete. Doch dem war nicht so.

Stattdessen nahm die ganze Geschichte ihn furchtbar mit.

Er rollte die Schultern zurück, denn der Rücken

schmerzte ihn. Letzte Nacht hatte er schlecht geschlafen, doch er hatte auch nichts anderes erwartet. Er hatte weder den Vorabend mit dem Bräutigam verbracht, um diesen als Junggesellen zu verabschieden, noch sich an den Vorbereitungen für die Hochzeitsparty beteiligt. Nein, er war nicht gerade gut Freund mit diesem Mann, und ehrlich, darauf konnte er auch in Zukunft verzichten.

Die Braut? Für sie wollte er immer und in jedem Fall da sein. Er hatte ihr versprochen, ihr stets zur Seite zu stehen und ihr zu helfen, dem Weg zu folgen, der ihr vorgegeben war. Nur dass er mittlerweile nicht mehr wusste, wo dieser hinführte. Ihr Weg hatte eine Richtung eingeschlagen, in die er ihr nicht mehr folgen konnte.

Es schien, als könnte er sein Versprechen nicht mehr halten.

Meghan wusste das natürlich noch nicht.

Nein, diese Bombe würde platzen, wenn sie aus ihren Flitterwochen zurückkehrte.

Verdammt. Diese verdammten Flitterwochen.

Seine beste Freundin heiratete einen Mann, von dem Luc nicht sehr viel wusste, und was er über ihn wusste, gefiel ihm ganz und gar nicht. So sehr er auch versucht hatte, sich mit der ganzen Geschichte abzufinden, so wenig war es ihm gelungen.

Denn er liebte Meghan aus tiefstem Herzen.

Mist. Er stieß den Atem aus und schritt in der Eingangshalle auf und ab. Er musste sich zusammenreißen und seine Haltung wiederfinden. Er würde ein Lächeln aufsetzen und die Zeremonie und die anschließende Feier durchstehen. Dann würde er auf sein Motorrad springen und losfahren, denn er war sich nicht sicher, ob er es schaffen würde, sie tagaus, tagein in ihrem neuen Leben zu sehen.

So verhielt sich kein guter Freund. Tatsächlich machte er sich mit diesem Verhalten zu einem miserablen Freund. Er war sich ziemlich sicher, dass sie ihm niemals verzeihen würde, dass er sie verließ. Aber es war das Beste so. Er wollte nicht, dass sie den Mann sah, zu dem er werden würde, wäre er gezwungen, dabei zuzusehen, wie sie sich eine Zukunft aufbaute und ihr Leben mit einem anderen Mann teilte.

Eifersucht war nicht gerade angenehm, aber sie war das Einzige, das ihm noch blieb.

Dies und die Erinnerungen an das, was er mit ihr gehabt hatte.

Die würde er nehmen und verschwinden. Ihr würde es besser ohne ihn und seine Launen gehen.

Immerhin hatte sie sieben Geschwister und unzählige Cousins und Cousinen, auf die sie sich verlassen konnte. Luc gehörte nicht zur Familie. Er war nicht ihr Verlobter. Er war nicht gut für sie.

Und sobald sie ihr Gelübde abgelegt hätte, würde er alles, was sie einst gewesen waren, begraben und sie nie mehr wiedersehen. In seinem Bauch rumorte es und das Bleigewicht, das ihn niederdrückte, wurde schwerer. Dieses Gewicht lastete auf ihm, seit Meghan ihm ihren glänzenden Ring gezeigt und glücklich in seinen Armen geweint hatte. Er wollte das nicht. Er wollte nicht die Spitze und die Seide mit den Rosen und dem Schleierkraut sehen. Er wollte nicht sehen, wie sie zum Altar schritt, ihre Hand in der Armbeuge ihres Vaters. Er wollte auf dem anschließenden Empfang nicht an der Seite stehen, während die aktiven Teilnehmer der Zeremonie ihre Hochrufe ertönen ließen und die Vereinigung eines Mannes und einer Frau feierten, die verschiedener nicht hätten sein können.

Nun, was das anbelangte, irrte er sich. Er selbst und

Meghan unterschieden sich so sehr voneinander, dass sogar ihre Freundschaft absurd erschien.

Meghan und Richard passten besser zueinander.

Und wenn er sich das immer wieder einreden würde, würde er es eines Tages vielleicht auch glauben können.

Er war nur Gast auf dieser Hochzeit, kein Trauzeuge und nicht einmal ein Platzanweiser, obwohl Meghan alles versucht hatte, ihn dazu zu bringen, eine Brautjungfer zu spielen. Widerwillig musste er lächeln, als er sich daran erinnerte, wie sie ihn angefleht hatte, er möge als Jungfer an ihrer Seite gehen. Sie hatte sogar versprochen, er müsste weder Kleid noch hochhackige Schuhe tragen. Doch ihre Schwester Maya hatte bemerkt, dass seine Beine sich verdammt gut in Schuhen mit hohen Absätzen machen würden. Manchmal jagte Maya ihm beinahe Angst ein, doch das hätte er niemals laut zugegeben.

Er hatte zugesagt, als Meghans Trauzeuge zu fungieren, da er nicht Nein sagen konnte, wenn Meghan mit ihren großen Augen lächelnd zu ihm aufblickte. Er hatte an der Seite von Meghans Schwestern Maya und Miranda zum Altar schreiten und sich dort in der ersten Reihe mit den anderen aufstellen sollen, alles nur, um seine beste Freundin glücklich zu machen.

Aber natürlich hatte der Bräutigam diese Idee so bald wie möglich zunichtegemacht. Oh, er hatte sich keineswegs grob gezeigt. Richard war klug, wenn es um Meghans Gefühle ging. Er hatte geschickt mit Andeutungen Druck ausgeübt, seine Familie läge Wert auf ein konservatives Erscheinungsbild. Was einer gewissen Ironie nicht entbehrte, da der Hurensohn einem traditionellen Äußeren und Perfektion scheinbar wenig Bedeutung beimaß, wenn man bedachte, dass ein Großteil von Meghans Familie Tattoos und Piercings trug. Luc konnte zumindest den größten Teil seiner Tattoos unter einem Hemd verbergen –

was die meisten Mitglieder der Familie Montgomery nicht konnten.

Meghan hatte sich geschlagen gegeben und Luc auch nicht gebeten, an Richards Seite zu stehen, da ihr Bräutigam seine Trauzeugen bereits ausgewählt hatte.

Luc würde also auf einer Bank hinten in der Kirche sitzen und zu allem Ja und Amen nicken, während er dabei zusehen musste, wie ihm seine beste Freundin durch die Finger glitt.

Er hasste es, dass er sich nicht für sie freuen konnte.

Doch am meisten hasste er sich selbst dafür, dass er eine Frau liebte, die seine Liebe niemals erwidern würde.

In seinen frühen Zwanzigern hätte er sich durch die Betten arbeiten sollen, wie Meghans Brüder und Cousins es getan hatten, doch er hatte sich bereits in der Highschool in seine beste Freundin verliebt und war zu feige gewesen, es ihr zu gestehen.

Es war allein seine Schuld, dass er sich jetzt in dieser Lage befand, also musste er irgendwie damit klarkommen.

Mist.

Wieder einmal.

»Luc? Warum läufst du hier im Flur auf und ab? Komm hier herein. Wir brauchen dich.«

Bei Mayas Worten flog sein Kopf in die Höhe und er musste lächeln. Ihr Haar war zu einer komplizierten Hochfrisur aufgesteckt, schillerte jedoch in Schwarz und grellem Pink, sodass sie immer noch punkig genug aussah, um sich treu zu bleiben. Meghan hatte sich anlässlich ihrer Hochzeit für ein sanftes Taubengrau mit subtilen pinkfarbenen Akzenten entschieden. Er war sich sicher, dass die dritte Montgomery-Schwester ebenso gut aussehen würde. Kaum hatte er an sie gedacht, streckte Miranda auch schon lächelnd den Kopf zur Tür heraus.

»Oh, gut. Luc, du bist hier. Meghan will dich sehen.«
Sie stieß die Tür weiter auf, doch Luc schüttelte den Kopf.

»Es bringt Unglück, die Braut vor der Hochzeit zu
sehen.« Und wenn er ihr so nahe kam, wusste er nicht, ob
er es schaffen würde, sie zu verlassen, wenn es so weit war
– ob jetzt oder später.

Maya hob eine gepiercte Braue. Er unterdrückte einen
Fluch. Diese Frau schien geradewegs in ihn hineinblicken
zu können. Auch Meghan war normalerweise dazu fähig,
obwohl sie für seine Gefühle für sie nicht empfänglich
gewesen war.

»Das gilt doch nur für den Bräutigam, du Dummkopf«,
erwiderte Miranda und verdrehte die Augen. Sie war noch
ein Teenager, daher überraschte es ihn, dass sie nicht die
beleidigte Leberwurst spielte. Es gab so viele Montgomerys, dass jede Altersstufe vertreten war.

Luc räusperte sich. »Verdammt. Woher soll ich das
wissen?«

»Das weiß doch jeder«, mischte Maya sich ein. »Und
jetzt beweg dich, Meghan will dich noch vor der Hochzeit
sehen. Ich bin froh, dass ich dich nicht suchen musste.«

»So taktvoll wie immer, Maya«, bemerkte Miranda.
Dann ergriff sie Lucs Arm. »Komm schon.« Mit überra-
schender Kraft zog sie ihn ins Brautgemach und schloss die
Tür hinter sich.

Und er fand sich allein mit Meghan im Zimmer
wieder, nachdem die anderen sich verdrückt hatten.

Er hatte keine Worte gefunden, um Maya zu schelten,
denn bei dem Anblick, der sich ihm bot, hatte er sich
beinahe an seiner Zunge verschluckt.

Mein Gott, sie war umwerfend.

Atemberaubend.

Hinreißend.

Verdammt sexy.

Die Wörter, die das Bild beschrieben, das sie abgab, trafen sein Hirn wie Hammerschläge, dann flatterten sie davon und er blieb sprachlos zurück.

»Nun?«, fragte sie mit leiser, heiserer Stimme. Das mochte aber auch an seinem Gehör liegen, denn für gewöhnlich befleißigte sie sich eines schärferen Tonfalls. »Was denkst du? Ich vertraue darauf, dass du es mir sagst, falls ich wie ein Besen aussehe. Denn schließlich bist du mein bester Freund.«

Das Kleid schmiegte sich an ihren Körper und war nur an den Hüften und Knien leicht ausgestellt. Unter der Spitze schimmerte der Seidenstoff eher golden als rein weiß. Und obwohl er weder ein Tattoo-Künstler noch gut mit Farben war und den Unterschied nicht hätte genau bestimmen können, wusste er, dass dies ihre bleiche Haut im Licht glitzern ließ.

Sie hatte sich gegen ein ärmelloses Kleid entschieden, da ihre Brüste zu groß für diese Art Kleid waren. Doch die mit Spitze besetzten Flügelärmel waren solch ein zartes Gebilde, dass er sich nicht vorstellen konnte, wie sie das Kleid hielten, doch das interessierte ihn wenig. Die Tatsache, dass sie sogar noch in diesem Augenblick davon sprach, dass er ihr bester Freund war, verriet ihm, dass sie nicht mehr in ihm sah, doch er wollte jetzt nicht daran denken.

Ihre Haare waren in weich fallenden Locken im Nacken zusammengebunden, in die hier und da Blumen eingearbeitet waren. Sie trug kostbaren Schmuck, der jedoch im Vergleich zum Strahlen ihrer Augen und ihres Lächelns fahl wirkte.

Verdammt, aber sie war glücklich.

Glücklich, einen Mann zu heiraten, den er hasste.

Glücklich, einen Mann zu heiraten, der nicht er war.

Er schluckte heftig und erwiderte ihr Lächeln. Es war

nicht ihr Fehler, erinnerte er sich. Er war nicht mit der Sprache herausgerückt und nun musste er damit klarkommen, dass er die Frau, die er haben wollte, niemals haben würde.

Dies hatte er sich selbst eingebrockt.

Dies war seine eigene Schuld.

»Luc?« In ihrer Stimme klang jetzt ein wenig Unsicherheit mit.

Er schüttelte den Kopf und zuckte leicht zusammen. Er verhielt sich unmöglich. »Meghan, du siehst echt atemberaubend aus.« Er sprach leise mit tiefer, sanfter Stimme. »Ich glaube nicht, dass du jemals schöner ausgesehen hast.« Ihre Augen begannen zu strahlen und er grinste. »Nun, vielleicht mit Ausnahme des einen Mals, als du nach dem Crosslauf vollkommen mit Matsch, Gras und allem möglichen anderen Dreck beschmiert gewesen bist. Aber ich lasse dir den heutigen Tag als Nummer eins durchgehen. Immerhin ist er dein Hochzeitstag.«

Sie lachte und verdrehte die Augen. »Mistkerl. Für einen Augenblick habe ich mir Sorgen gemacht. Komm her und sieh mal nach, ob die Spitze im Rücken richtig sitzt, ja? Die Mädchen sind verschwunden und ich bin verdammt nervös.«

Er wollte nicht näher an sie herantreten, denn dann hätte er ihre Haut berührt und ihren Duft einatmen müssen, und er hätte sie niemals gehen lassen. Und er war sich nicht sicher, ob er so stark war, dem zu widerstehen.

Trotzdem trat er an sie heran.

Als er vor ihr stehen blieb, hob sie den Kopf und blickte ihn an. Eine einzelne Träne rollte ihr die Wange hinunter. Ein Stich fuhr ihm in die Brust und er hob die Hand, um die Träne mit dem Daumen wegzuwischen. Beim Anblick seiner dunklen Haut auf ihrer cremefarbenen Blässe zuckte sein Schwanz und sein Herz schlug heftiger, doch er ignorierte diese Reaktionen.

»Was ist los, mein Engel?« Er ließ seine Hand auf ihrer Wange liegen und fuhr mit dem Daumen über ihre seidige Haut.

Sie leckte sich die Lippen und er folgte mit seinen Blicken dieser Bewegung. Er schluckte heftig und zwang sich, sich nicht zu rühren, nicht zu atmen und nicht nachzudenken.

»Ich werde heute heiraten«, flüsterte sie.

Er versuchte zu lächeln, wusste jedoch, dass ihm dies kläglich misslang. »Wie man an deinem Kleid und meinem affigen Anzug deutlich erkennen kann.«

»Ich bin glücklich«, stellte sie leise fest, während sie ihm weiter in die Augen blickte.

»Erzählst du das mir oder dir selbst?«, fragte er, bevor er sich beherrschen konnte.

Sie neigte den Kopf zur Seite und presste ihre Wange in seine Handfläche. »Uns beiden«, erklärte sie mit fester Stimme. »Danke, dass du hier bist, Luc. Ich weiß, du kannst keine aktive Rolle bei der Zeremonie spielen, aber ich bin dir dankbar, dass du überhaupt hier bist.«

»Das ist doch selbstverständlich.« Mit diesen Worten beugte er sich zu ihr hinunter und fuhr schnell und ganz leicht mit den Lippen über ihren Mund. Es war nur ein kurzer Augenblick, nicht mehr als ein Geflüster zwischen Freunden. Sie hatten es unter bestimmten Umständen bereits unzählige Male getan, doch er wusste, diesmal wäre es das letzte Mal.

Nicht nur, weil er die Stadt verließ, sondern auch weil er es nicht mehr ertrug, danebenzustehen und ihr dabei zuzusehen, wie sie in eine Zukunft ohne ihn blickte.

Als er sich von ihr löste, verriet ihm der Ausdruck in Meghans Augen, dass auch sie es wusste.

Bald würde sie Mrs. Richard Warren sein. Eine Ehefrau. Eine Partnerin.

Aber nicht seine.

»Ich wünsche dir alles Gute, Meghan Montgomery. Ich wünsche dir, dass du immer glücklich sein wirst. Dass er dich lieben und achten wird und du das Zentrum seines Universums sein wirst. Ich liebe dich, Meghan. Du wirst stets mein Engel bleiben, komme, was wolle.«

Sie schluckte heftig und blickte ihn mit tränenglitzernden Augen fragend an. »Ich liebe dich auch, Luc.«

»Viel Glück heute, Meghan. Viel Glück mit allem.«

Schnell küsste er sie auf die Wange, dann wandte er sich ab.

Er drehte ihr den Rücken zu, unfähig, sie noch länger anzublicken und ihr alles zu erzählen, was in seinem Herz vorging. Er war zu spät. Zu spät, verdammt.

Er verließ das Brautgemach gerade, als Maya und Miranda zur Tür hineinstürmten, eine Wolke aus Seide und Spitze.

»Bis gleich, Luc!«, rief Miranda hinter ihm her, als er den Flur hinunterging.

Er holte tief Luft und versuchte, seinen Herzschlag zu beruhigen. Er konnte es schaffen, die Zeremonie durchzustehen, den Empfang durchzustehen … richtig?

Er stieß den Atem aus und ging einem Blumenmädchen aus dem Weg, das den Flur entlangtrottete, gefolgt von einer gestresst wirkenden Mutter. Die Frau warf Luc einen entschuldigenden Blick zu, dann lief sie hinter ihrer Tochter her.

Er hörte, wie in der Ferne die Musik einsetzte, und spürte, wie die Spannung in der Luft zunahm. Sein Magen zog sich zusammen und er ballte die Hände zu Fäusten. Jetzt glaubte er nicht mehr, die Kraft zu haben, den Anblick zu ertragen, wenn sie sich einem anderen Mann versprach. Er war ein Feigling. Ein nutzloser, verdammter Feigling, der den Mann erst noch finden musste, der er sein würde ohne Meghan Montgomery an seiner Seite und in seinem Leben.

Da ihm bewusst war, dass er im Begriff war, etwas zu tun, das sie ihm niemals verzeihen würde, verließ er die Kirche. Die Sonne brannte heftig auf sein Gesicht nieder, als wollte sie ihn dafür bestrafen, dass er ein Versprechen und sein Herz gebrochen hatte.

Er sprang auf sein Motorrad und setzte sich den Helm auf. Meghan war stark, so verdammt stark; sie würde gut ohne ihn klarkommen. Sie konnte sich auf Richard stützen und auf eine Familie, die sie niemals im Stich lassen würde. Wäre er geblieben, hätte er nur bedauern müssen, zu wem er geworden wäre. Stattdessen betätigte er den Kickstarter des Motorrads und fuhr vom Parkplatz.

Meghan Montgomery gehörte ihm nicht mehr.

Sie hatte ihm niemals gehört.


*HEUTE*


ES MUSSTE DOCH einen anderen Weg geben, mit Akten und Kostenvoranschlägen umzugehen, als sich zu wünschen, sie mit Glanz und Gloria in Flammen aufgehen zu lassen.

Zumindest waren dies Lucs Gedanken. Er unterdrückte den Wunsch, den Kopf auf den Schreibtisch zu schlagen. Er wusste sehr wohl, dies war nicht wahr. Seit einem Jahr war er nun bei Montgomery Inc. als Elektriker angestellt und er hatte das Gefühl, nur mit Papierkram beschäftigt gewesen zu sein. Kostenvoranschläge, Schätzungen und Angebote waren der Fluch seiner Existenz. Es spielte auch keine Rolle, dass er den Kram in- und auswendig kannte, er nervte ihn trotz alledem bis aufs Blut. Der Familienbetrieb war das effektivste Unternehmen, für das er je gearbeitet hatte, und die Verwaltungsassistentin Tabby erledigte den Großteil der Arbeit mithilfe sorgfältig entwickelter Methoden, doch er verspürte das Bedürfnis, ein wenig zu jammern.

Als er nach einer beinahe zehnjährigen Abwesenheit nach Denver zurückgekehrt war, hatte er nicht damit gerechnet, dass Storm und Wes Montgomery ihn direkt einstellen würden, ohne auch nur einen Blick auf seinen Lebenslauf zu werfen. Ja, Luc hatte schon zuvor für sie gearbeitet und war in diesem Geschäft aufgewachsen. Er hatte sich früher sogar öfter im Haus der Montgomerys als in seinem eigenen aufgehalten, aber trotzdem … er hatte sich damals ohne ein Wort verdrückt und sie hatten ihn nach seiner Rückkehr mit offenen Armen willkommen geheißen.

Nun, das entsprach nicht ganz der Wahrheit. Er hatte damals Harry Montgomery, dem Vater der Zwillinge und Inhaber des Unternehmens, mitgeteilt, dass er gehen würde. Aber das war auch alles. Er hatte Harry das Versprechen abgenommen, strenges Schweigen zu bewahren, besonders gegenüber dessen Tochter, was den alten Mann verletzt haben musste. Doch wenn Luc genauer darüber nachdachte, wurde ihm bewusst, dass Harry nichts entging und dass es einen Grund dafür gegeben haben musste, dass der Mann Luc ohne ein Wort hatte gehen lassen.

Doch darüber wollte Luc jetzt nicht nachdenken.

Es war viel zu lange her und er war längst nicht mehr der verlorene Junge, der das Mädchen begehrte, das er nicht haben konnte. Er hatte sein Leben gelebt und die

Welt gesehen und war schließlich zu dem Mann geworden, der er heute war.

Ein Mann, der angesichts der Zahlen auf dem Bildschirm am liebsten laut geschrien hätte.

Er hätte viel lieber mit den Händen gearbeitet, als sich mit den Zahlen herumzuschlagen, doch erwachsen zu sein bedeutete auch, zuverlässig zu sein und seinen Job zu erledigen.

Es gab eben nicht nur Spaß im Leben.

»Musst du dich immer noch beherrschen, nicht den Bildschirm mit dem Kopf einzuschlagen, anstatt deine Arbeit zu beenden?«, erkundigte sich Wes, sein Freund und Boss, der sich Lucs Schreibtisch näherte.

Wes besaß wie alle Montgomerys dunkelbraunes Haar, ausgeprägte Gesichtszüge und strahlend blaue Augen. Er war zwar nicht so kräftig gebaut wie einige andere Familienmitglieder oder sein Zwillingsbruder Storm, doch er war trotzdem ziemlich groß. Luc war einige Zentimeter größer als Wes, was jedoch nicht mehr auffiel, wenn sie von dem gesamten Montgomery-Clan umgeben waren.

»Ich hasse es.« Luc schob seinen Stuhl zurück, sodass er die Beine ausstrecken konnte. »Ich habe alles eingegeben und dreifach kontrolliert, doch ich muss es noch sortieren und überprüfen, ob die Zahlen aktuell sind. Ich hasse es, mit Tabellen zu arbeiten.«

Wes schüttelte den Kopf. »Dann lass es bleiben. Du hast deinen Teil der Arbeit getan. Lass mich oder Tabby den Rest erledigen. Mir ist es lieber, wenn du draußen auf der Baustelle an der Elektrik arbeitest, als dass du hier sitzt und deine Augen austrocknen, weil du nicht mehr blinzelst.«

Luc fuhr sich mit der Hand übers Gesicht, dann blinzelte er einige Male. Seine Augen trockneten wirklich aus. »Es ist nicht dein Job, meine Arbeit zu übernehmen, Wes.«

»Eigentlich erledigst du unsere gemeinsame Arbeit«, gab Wes zurück. »Wir sind ein Team und du hast deinen Teil getan. Ich weiß, du willst in der Lage sein, mit allem umgehen zu können, aber der Zahlenkram ist nicht dein Job. Du hast bereits die meisten Kostenvoranschläge geschrieben. Und jetzt bist du einfach nur spitzfindig. Du hast alles eingegeben, was du konntest, also lass uns jetzt an den Prognosen und allem, was damit zusammenhängt, arbeiten.«

Und genau deshalb wollte Luc keine eigene Firma haben. Ja, wenn er musste, konnte er eine Firma führen. Er war sogar einige Male dazu gezwungen gewesen, wenn er es vorgezogen hatte, selbstständig als Elektriker zu arbeiten. Er löste lieber die Probleme, die er mit seinem Handwerk angehen konnte, anstatt mehr Geld zu verdienen und sich um Einzelheiten zu sorgen, die außerhalb seiner Kontrolle lagen.

»Du beschäftigst dich allzu sehr mit Arbeiten, die du delegieren kannst. Lass uns helfen.«

»Aber ich sollte all dies tun können.« Luc ärgerte sich über sich selbst.

»Du kannst es tun, aber du musst es nicht. Darum geht es beim Delegieren.«

»Das hört sich aus deinem Mund ziemlich komisch an, Bruderherz«, meldete sich nun Storm zu Wort, der hinter seinem Zwillingsbruder auftauchte.

Sie waren zweieiige Zwillinge, ähnelten sich also nicht allzu sehr und man sah ihnen nicht direkt an, dass sie Zwillinge waren. Storm kleidete sich gern allzeit lässig. Wes hingegen liebte elegante Hosen und gebügelte Hemden, wenn er sich im Büro und nicht draußen auf einer Baustelle aufhielt.

»Ich delegiere sehr wohl«, verteidigte Wes sich. Sein Freund log. Aber Luc wollte ihm nicht widersprechen.

»Wir haben alle unsere Schwierigkeiten damit«, mischte sich nun Decker ein, Miranda Montgomerys Ehemann und der führende Auftragnehmer. »Aber trotzdem: Hör auf, alles selbst tun zu wollen, und versuche, weniger als sechzig Stunden pro Woche zu arbeiten. Es ist ganz in Ordnung, auch ein Privatleben zu haben.«

Luc runzelte die Stirn. »Ich habe sehr wohl ein Leben außerhalb der Firma.«

»Ach ja, wirklich?«, hakte Decker nach. Luc starrte ihn nur an.

So sehr es ihm auch gefiel, mit seinen Freunden zusammenzuarbeiten, so nervte es doch manchmal, dass sie so viel über ihn wussten. Oder ihn zumindest als den Mann kennenlernten, der er jetzt war.

Es gab nur eine Person, die ihn besser kannte.

»Was ist das denn für eine Versammlung?«

Und da war sie auch schon.

Luc blickte zur Eingangstür des Gebäudes, durch die gerade Meghan Montgomery-Warren schritt, das Gesicht mit Schmutz bespritzt und die Jeans starrend vor Schlamm. Als Landschaftsarchitektin der Firma sah man sie öfter in diesem Aufzug. Jedes Mal wenn er sie sah, hatte er immer noch das Gefühl, einen Schlag auf den Solarplexus zu erhalten. Er hatte geglaubt, nach all den Jahren über sie hinweggekommen zu sein, aber nein. Er fand sie immer noch umwerfend.

Ihr langes, kastanienbraunes Haar fiel ihr in Wellen über die Schultern, als sie den Pferdeschwanz löste. Die hohen Wangenknochen hatten sich mit zunehmender Reife stärker ausgeprägt. Und ihre strahlend blauen Augen blickten nicht mehr so sorglos wie früher – die Scheidung und der Schmerz, den sie durchgemacht hatte, nachdem er sie allein gelassen und nicht mehr über sie gewacht hatte. Aber verdammt, wie wunderschön sie immer noch war!

Während ihrer Ehe hatte sie an Gewicht verloren, begann aber gerade, wieder etwas zuzunehmen. Aber weil sie so hart arbeitete – mehr als jeder Mann in dieser Runde, einschließlich Luc selbst –, war sie für seinen Geschmack immer noch viel zu dünn.

»Wir versuchen gerade, Luc davon zu überzeugen, nicht mehr so hart zu arbeiten«, erklärte Wes grinsend seiner Schwester. »Und da du nun einmal hier bist, werden wir auch über dich herziehen. Warum zum Teufel bist du so mit Schlamm bespritzt?«

Luc unterdrückte ein Stöhnen, als Meghan ihren Bruder stirnrunzelnd anblickte. »Entschuldige mal. Ich arbeite für meinen Lebensunterhalt. Und da werde ich eben schmutzig. Ich kann deine Besessenheit für gebügelte Hemden nicht teilen.«

Luc lachte schnaufend, die anderen Männer stimmten ein. Aber Wes grinste nur. »Ich sehe gut aus, und das weißt du. Übrigens, hättest du nicht schon seit einer Stunde von der Baustelle zurück sein sollen? Was war los?«

Meghan zuckte mit den Schultern. »Es gab ein Problem mit einem der in Sackleinen eingewickelten Bäume. Der kleine Mistkerl wollte einfach nicht ins Loch.«

»Dann hättest du wahrscheinlich mehr Vaseline benutzen müssen«, scherzte Storm mit unbewegtem Gesicht. Luc schloss die Augen.

Nein. Daran wollte er nicht denken.

Meghan schnalzte mit der Zunge und als er die Augen wieder öffnete, lächelte sie. »So, ich muss jetzt die Kinder abholen und dann fahre ich zu den Eltern. Kommt ihr zum Abendessen?«

»Ja«, bestätigten die drei anderen.

Meghan wandte sich Luc zu und blickte ihm zum ersten Mal an diesem Tag in die Augen. Im vergangenen Jahr, in dem er zurückgekehrt war und sie sich hatte scheiden lassen, hatten sie sich oft gesehen und miteinander geredet. Er hatte sie sogar einmal im Arm gehalten, als sie eine starke Schulter gebraucht hatte. Doch sie würden niemals wieder die Freunde sein, die sie einst gewesen waren.

Die Freundschaft hatte er zerstört.

»Was ist mir dir, Luc? Kommst du auch?«

Er schüttelte mit Bedauern im Herzen den Kopf. »Ich esse heute Abend mit meiner eigenen Familie zu Abend. Aber euch viel Spaß.«

Sie lächelte und das Licht in ihren Augen erinnerte ihn an bessere Zeiten. »Dir auch viel Spaß.«

»Danke«, erwiderte er leise, dann räusperte er sich. »Okay. Also, wenn ich diesen Papierkram nicht erledigen muss, dann gehe ich jetzt.«

Er verabschiedete sich und ging hinaus zu seinem Pritschenwagen, entschlossen, die Frau nicht zu lange anzustarren, die einst das Beste und gleichzeitig Schmerzvollste in seinem Leben gewesen war.

Doch er musste sie immer wieder anstarren.

Obwohl er sie nicht liebte. Nicht mehr. Der Mann, der er damals gewesen war, hatte die Frau geliebt, die sie vor langer Zeit gewesen war. Die heutige Meghan kannte er nicht. Und das mit Absicht. Die Distanz zwischen ihnen war gewollt und notwendig.

Er hatte Denver und das Leben, das er für die Frau, die jetzt vor ihm stand, geschaffen hatte, schon einmal hinter sich gelassen, und das wollte er nicht noch einmal tun. Ihr fernzubleiben und der Mann zu sein, der er jetzt war, und sie die Frau finden zu lassen, die sie sein wollte, war seine einzige Chance zu überleben.

Auch wenn es wahnsinnig wehtat.

## Kapitel Zwei

MEGHAN MONTGOMERY-WARREN WÜRDE NICHT AUSFLIPPEN.

Auf keinen Fall.

Na gut, innerlich würde sie sehr wohl platzen, doch sie würde dieses Gefühl verdrängen, wie sie es auch die unzähligen anderen Male während der letzten zwölf Monate getan hatte, und es ignorieren. Denn es war auf jeden Fall besser, ihre Probleme und Sorgen zu verdrängen, als sich mit ihnen auseinandersetzen zu müssen.

Sie verzog das Gesicht.

Das war natürlich der seit Langem idiotischste Gedanke.

*Gute Arbeit, Meghan.*

Ihre Kinder würden gleich aus der Schule zurückkehren und ihr Babysitter war krank. Ihr letzter Job war unglaublich nervig gewesen, da der alte Mann, dem das Haus gehörte, jeden hasste, der keinen Schwanz besaß. Ihr Ex hatte angerufen, jedoch keine Nachricht hinterlassen, was sie zu Tode ängstigte. Heute Abend würde ihr Vater die neuen Testergebnisse nach seiner letzten Therapie bekommen. Ihr Pritschenwagen war heute Morgen nicht beim ersten Versuch angesprungen. Und ihr Magen knurrte wie verrückt, weil sie vergessen hatte, zu Mittag zu essen.

Doch dies war im Großen und Ganzen ein ganz normaler Tag.

Sie würde sich ihren Alltagssorgen widmen, sobald sie zu Hause und hinter der geschlossenen Tür ihres Schlafzimmers wäre. Auf diese Art konnte sie sich allein damit auseinandersetzen und nicht vor ihren Kunden, ihrer Familie oder ihren Kindern.

Das war weit besser, als sich eine Blöße zu geben.

Die Sonne brannte ihr ins Gesicht und sie nahm die Baseballmütze vom Kopf und fächelte sich damit Luft zu. Es war Oktober in Colorado und hier draußen schwitzte sie in der Restwärme des Sommers. Eigentlich hätte es zumindest regnen oder vielleicht sogar schneien sollen. Obwohl, bei dem verrückten Wetter in Denver konnte es durchaus geschehen, dass es später am Tag noch dazu kommen würde. Colorado war ein glänzendes Beispiel für die Notwendigkeit, sich in Schichten zu kleiden. In einem Augenblick war es noch eiskalt, im nächsten zu warm und dann konnte es geschehen, dass sie eiligst ihre neu bepflanzten Grünanlagen abdecken musste, sodass sie im Regen nicht durchweichten. Und das alles an einem einzigen Tag.

Diese Jahreszeit war in ihrem Job die Schlimmste, bis der Winter hereinbrach. Doch ihr letztes großes Projekt in diesem Jahr war beinahe abgeschlossen. Sobald dieser Job für ihren letzten Kunden erledigt wäre, könnte sie über den Winter eine Pause einlegen und an der Planung und anderen Projektstufen für ihre Kunden arbeiten. In ihrem

Job hatte Mutter Natur das Sagen, was sie vor Jahren auf die harte Tour gelernt hatte.

Marie Montgomery liebte das Land und hatte genau diesen Job bei Montgomery Inc. bekleidet, als die Firma gegründet wurde. Damals war Meghan noch ein Kind gewesen. Während sie heranwuchs, hatte sie ihre Mutter beim Arbeiten beobachtet. Marie arbeitete in den Gräben und bewegte weit mehr Gewicht an Erde, als sie es gemäß ihrem Körpergewicht hätte tun sollen, doch sie musste für ihre acht Kinder sorgen. Jetzt hatte Meghan den gleichen Job und fühlte sich vollkommen erschöpft – und das obwohl sie nur zwei Kinder anstatt acht hatte. Ehrlich, Meghan wusste nicht, wie ihre Mutter das geschafft hatte. Gewiss, ihre Mom hatte ihren Vater gehabt und die zwei waren ein leistungsstarkes Paar, doch irgendwie ging die Rechnung nicht auf.

Mathematik hatte ihr nie gut gefallen.

Jetzt grübelte sie zu viel, obwohl sie doch anderes zu tun hatte, als darüber nachzudenken, wie viel schwerer es ihre Eltern gehabt hatten und dass sie selbst zu schwach war.

Hatte Richard ihr das nicht schon so oft eingeredet, dass es für den Rest ihres Lebens reichte?

Meghan kniff sich in den Nasenrücken. Warum zum Teufel hatte sie an ihren Ex-Mann gedacht? Sie wollte weder mit ihm noch seinen emotionalen Problemen etwas zu tun haben, aber offensichtlich verfolgte er sie auch noch über ihre Ehe hinaus. Er hatte sie emotional total niedergemacht, ihr eingeredet, sie wäre nicht gut genug, sie von all ihren Freunden und ihrer Familie ferngehalten und sie irgendwie davon überzeugt, sie wäre an allem schuld.

»Ist alles in Ordnung, Meghan?«

Als sie Lucs Stimme hörte, machte sie auf dem Absatz

kehrt und stolperte über ihre eigenen Füße. Sie streckte die Hand aus und versuchte, sich am Seitenspiegel ihres Pritschenwagens festzuhalten, doch sie verfehlte ihn.

Oh, verflucht.

Sie machte sich darauf gefasst, auf den Asphalt des Parkplatzes aufzuschlagen, doch im selben Moment schlangen sich starke Arme um ihre Taille. Lucs Herz hämmerte an ihrem Ohr und seine muskulöse Brust hätte sich hart und unnachgiebig an ihrer Wange anfühlen müssen. Doch stattdessen war es warm und … einladend?

Nein. Das konnte nicht sein. Sie musste infolge des erwarteten Falls unter Sauerstoffmangel leiden. Luc ließ die Hände auf ihre Hüften hinabgleiten und sie legte ihre Hände auf seine Brust. War er schon immer so gut gebaut?

Okay, Schluss damit.

»Äh, danke, dass du mich davor bewahrt hast, wie ein Trottel dazustehen«, sagte sie und errötete. »Also gut. Ich stehe wie ein Trottel da, aber immerhin blute ich nicht.«

Luc lächelte auf sie hinab. »Ich bin an Frauen gewöhnt, die mir zu Füßen fallen. Keine Sorge.«

Wenn man bedachte, dass er schon immer heiß ausgesehen hatte und dass er inzwischen ein umwerfendes Exemplar seines Geschlechts war, dann übertrieb er wahrscheinlich noch nicht einmal. Seine dunkle Haut spannte sich über makellosen, harten Muskeln und er besaß ausgeprägte Gesichtszüge. Seine Wangenknochen waren markant und von Zeit zu Zeit ließ er seinen Bart gerade so viel wachsen, dass er einen dunklen Schatten bildete. Sein schwarzes Haar war dicht an der Kopfhaut geschoren und manchmal rasierte er es sogar komplett ab, zumindest als er jünger gewesen war. In dem Jahr seit seiner Rückkehr hatte er dies nicht mehr getan.

Er durchbohrte sie mit einem Blick aus honigfarbenen Augen. Sie drückte gegen seine Brust, um Abstand von ihm zu gewinnen. Sie konnte sich besser sammeln, wenn sie nicht wie eine zart besaitete Südstaatenschönheit an dem Mann hing.

»Danke, dass du mich aufgefangen hast.«

»Warum bist du in Ohnmacht gefallen?« Er grinste, daher wusste sie, dass er sie neckte. Trotzdem zog sie die Brauen zusammen.

»In Ohnmacht gefallen? Ich bin nicht in Ohnmacht gefallen! Ich bin über meine eigenen Füße gestolpert, aber ich bin nicht in Ohnmacht gefallen.«

Er hob in gespielter Niederlage die Hand. »Wie immer du es nennen willst, mein Engel.«

Sie erstarrte, als sie ihren Spitznamen hörte.

*Meine Süße mit den Augen eines Engels.*

So hatte er sie nicht mehr genannt, seitdem er die Stadt ohne ein Wort verlassen hatte.

Seit dem Tag ihrer Hochzeit.

Sie war sich nicht sicher, was sie empfand, als er sie nun so nannte. Früher waren sie einander näher als nahe gewesen, doch inzwischen waren sie andere Menschen geworden. Das Leben hatte sie beide verändert und wenn sie ehrlich zu sich war, so wusste sie nicht, ob sie ihm je würde verzeihen können, dass er sie damals allein gelassen hatte.

Sie hatte ihm niemals vorgeworfen, dass er sie in ihrer damaligen Lage zurückgelassen hatte, in die sie sich selbst hineinmanövriert hatte – ihre Ehe mit Richard und alles, was damit einherging. Aber sie konnte einfach den Gedanken nicht loswerden, dass er so leicht hatte verschwinden können.

Meghan räusperte sich und schob diese Gedanken beiseite. »Nun, trotzdem danke.«

»Nicht der Rede wert. Also, was ist los?«

Sie schüttelte den Kopf. »Nichts.«

»Du warst tief in Gedanken versunken, als ich aufgetaucht bin. Um was geht es?«

Sie zog eine Braue in die Höhe. »Es hat nichts mit der Arbeit zu tun, also mach dir keine Sorgen.« Sie versuchte, ihr Gesicht nicht zu verziehen. Sie hatte ohnehin recht schnippisch geklungen.

»Dürfen wir wirklich nur über die Arbeit reden, Meghan?«, fragte er mit weicher Stimme.

Sie biss sich auf die Lippe und seufzte. »Ich weiß nicht, Luc. Aber ich muss jetzt meine Kinder abholen und dann ein paar Rechnungen bezahlen. Ich bin gerade nicht in der Stimmung, über die Vergangenheit nachzudenken.«

»Du hast zugelassen, dass ich dich in den Arm nahm, als ich zurückgekehrt bin, Meghan«, erinnerte er sie. »Du hast mich in dein und deiner Kinder Leben gelassen, als Miranda und Decker ihre Krise hatten. Doch seitdem haben wir nur über die Arbeit oder im Vorbeigehen miteinander geredet.«

Sie war schwach und am Boden zerstört gewesen, als er zurückgekehrt war, und war wieder in ihre alten Muster gefallen. Dann hatte sie sich gezwungen, diese Muster genauer unter die Lupe zu nehmen, sodass sie sich selbst wieder auf die Reihe hatte bringen können. Sie weigerte sich, die Frau von einst zu sein, doch es war verdammt hart, sich jeden Tag in jedem Moment zu ermahnen, stark zu sein.

*Du bist nichts.*

Sie schob die Erinnerung beiseite und reckte ihr Kinn in die Höhe.

»Ich will jetzt nicht darüber reden. Ich muss los. Ich bedanke mich noch einmal dafür, dass du mich nicht hast fallen lassen.«

Dann wandte sie sich ab und kletterte in ihren alters-schwachen Pritschenwagen. Sie betete, er möge anspringen, sodass sie sich nicht noch einmal brüskieren und ihn bitten musste, sie nach Hause zu fahren.

»Dies ist nicht vorbei, Meghan«, sagte Luc mit fester Stimme, bevor sie die Fahrertür schloss.

Sie gab keine Antwort, denn sie fürchtete sich vor dem, was sie sagen würde. Sie hatte bereits so viele Fehler gemacht und geschworen, diese nicht zu wiederholen. Ihre Kinder standen an erster Stelle und sie würde ihren Alltag nicht mehr schaffen, wenn sie sich darauf einließe, darüber nachzudenken, warum sie den Mann, der einst ihr bester Freund gewesen war, wieder in ihr Leben gelassen hatte, nachdem er sie im Stich gelassen hatte. Sie weigerte sich, so schwach zu sein, weigerte sich, diese Frau zu sein.

Das würde sie nicht noch einmal tun.

Nicht, solange Cliff und Sasha sie so sehr brauchten.

Gott sei Dank startete der Wagen ohne Probleme und sie verließ den Parkplatz, auf dem Luc immer noch stand. Es mochte eine Zeit gegeben haben, in der sie sich gewünscht hätte, jetzt zurückfahren, um sich vergewissern zu können, ob der Mann, den sie einst gekannt hatte, nicht vielleicht noch in dem Mann von heute verborgen war, doch jetzt kam das nicht infrage. Nicht mehr.

Sie wollte nicht, dass er die Frau sah, zu der sie geworden war.

Einst war sie stark und unabhängig gewesen. Sie hatte viel gelacht und sich ihr Schicksal selbst gestaltet. Doch dann hatte sie jung geheiratet – zu jung, um die Schlange zu erkennen, die hinter dem charmanten Anstrich lauerte, bereit zuzuschnappen.

Obwohl sie bereits ein Jahr mit den Kindern allein lebte, wusste sie nicht genau, wer sie war, und sie hasste das. Nur ihre Kinder waren noch wichtig. Sie hatten ein Dach über dem Kopf und einen gefüllten Magen. Solange dafür gesorgt war, wusste sie, dass sie als alleinerziehende Mutter nicht versagt hatte.

Obwohl, wenn sie genauer darüber nachdachte, war sie schon länger als ein Jahr alleinerziehende Mutter.

Richard hatte ihre Kinder nie gemocht. Für ihn waren sie nicht Warren genug. Sie waren für ihn nur ein Mittel zum Zweck gewesen, ein Weg, seinen Beitrag zu leisten und eine perfekte Familie zu gründen. Allerdings hatte noch ein Hund gefehlt – den er hasste –, um das Bild perfekt zu machen. Ihm selbst hatte das Fellbündel nicht gefallen, das als perfekter Familienwelpe eintraf, doch inzwischen gehörte Boomer zur Familie.

Nur Richard gehörte nicht mehr dazu.

Und wenn sie ehrlich war, so war sie froh darüber.

Wirklich.

Sie liebte den Mann nicht. Wollte ihn nicht in ihrem Leben haben. Auch gefiel ihr der Mensch nicht, zu dem er sie geformt hatte.

Er hatte sie zu seinen eigenen Bedingungen verlassen. Sie hatte kein Mitspracherecht. Hatte es niemals gehabt. Niemals hatte sie ihre Meinung geäußert.

Sie hatte zugelassen, dass er bestimmte, wie sie lebte.

Und als er sie verließ, hatte er ihr eingeredet, sie wäre der Grund.

Sie hätte ihm gegenüber versagt.

Sie hätte in ihrer Beziehung versagt.

Gott, wie weh es tat, darüber nachzudenken!

Warum erlaubte sie ihm immer noch, ihre Gedanken zu beherrschen? Warum dachte sie immer noch auf diese Art? Während ihrer Ehe hatte sie gewusst, dass er nicht gut für sie war. Doch sie hatte gedacht, solange sie sich nicht beklagte, würde er sie nicht verlassen und sie in der Ehe nicht versagen.

Sie hatte Kopfschmerzen und wieder einmal versuchte sie, diese Gedanken beiseitezuschieben. Sie musste positiv und glücklich wirken, wenn sie ihre Kinder von der Schule abholte.

Als sie es schließlich durch den nachmittäglichen Verkehr zur Grundschule geschafft hatte, hatte die Glocke bereits geläutet und die Kinder hatten sich rund um die Schule verstreut, entweder auf dem Weg zu den Bussen oder zu der Reihe Autos, die auf sie warteten.

Sie reihte sich hinter den anderen Wagen ein und verrenkte sich den Hals, um nach ihren Babys Ausschau zu halten. Beide Kinder, der achtjährige Cliff und die vierjährige Sasha waren in Ganztagsklassen untergebracht. Das sparte Betreuungskosten und Meghan hielt Sasha für klug genug, damit klarzukommen.

Sie entdeckte sie, wie sie unter den achtsamen Blicken der Lehrerin Hand in Hand auf sie zukamen. Schnell stieg sie aus dem Wagen und öffnete die hinteren Türen, sodass sie ihre Babys einladen konnte. Früher hatte sie eine Großraumlimousine und alles andere besessen, was man eben als Hausfrau und Mutter so hatte, doch als sie gezwungen war, wieder zu arbeiten, hatte sie das größere Fahrzeug gegen den gebrauchten Pritschenwagen eingetauscht. Ihre Brüder hatten ihr angeboten, ihr einen neuen Wagen zu kaufen, da sie ihn auch für die Arbeit brauchte, doch sie hatte abgelehnt. Sie wollte in dem Unternehmen von ganz unten starten, zu einem geringen Lohn, denn sie wollte – nein, musste – sich beweisen, dass sie die Stelle wert war, die ihre Brüder ihr gegeben hatten. Sie wollte nicht durchs Leben gehen, indem sie sich allein auf dem Namen der Montgomerys ausruhte.

Die Tatsache, dass ihr Nachname nun nicht mehr

allein Montgomery lautete, bestätigte sie in ihrem Entschluss, sich ihren Erfolg zu erarbeiten.

»Mommy! Mommy! Ich habe einen goldenen Stern für mein Ausmalblatt bekommen! Siehst du? Ich habe das alles selbst ausgemalt!«

Sasha plapperte ohne Ende und Meghan musste unwillkürlich über ihr kleines Mädchen lachen. Beide Kinder besaßen das typische Aussehen der Montgomerys, was Richard maßlos geärgert hatte. Er hatte sich kleine Repliken seiner selbst gewünscht, keine Montgomerys. Doch ihre Babys hatten dunkelbraunes Haar und lebhafte, blaue Augen mit langen Wimpern. Ehrlich, ihre Kinder waren entzückend, und das sagte sie nicht nur, weil sie deren Mutter war.

Sie küsste Sasha auf die Wange und hob sie hoch, um sie in ihren Kindersitz zu setzen. »Wirklich? Ich bin stolz auf dich, meine Süße. Wir werden dein Blatt an den Kühlschrank heften, sobald wir zu Hause sind, sodass wir den goldenen Stern immer sehen können. Möchtest du das Blatt gern zu Oma und Opa mitnehmen, wenn wir heute Abend dort essen?«

Sasha klatschte in die Hände und lächelte, wobei sie die Zunge gegen die Schneidezähne presste, sodass einer wackelte. Meghan bemühte sich, nicht zu schaudern. Sie hatte es nicht ertragen können, als Cliff seine Milchzähne verloren hatte, und nun war Sasha an der Reihe. Meghan konnte zwar mit allen verrückten und normalen Alltagsdingen umgehen, die mit den Kindern einhergingen, doch wenn es um das Ausfallen der Milchzähne ging, flippte sie aus. Sie konnte sich nicht helfen.

»Ausmalen ist etwas für Babys«, nörgelte Cliff, der auf seinen Kindersitz kletterte.

»Ich bin kein Baby. Aber du bist eins.«

Meghan schloss einen Moment die Augen, dann vergewisserte sie sich, dass Cliff fest angeschnallt war. Jemand hinter ihr hupte und sie unterdrückte einen Fluch.

»Cliff, hör auf, deine Schwester ein Baby zu nennen«, wies sie ihn bestimmt zurecht. Dann schloss sie die Hintertür, sprang auf den Fahrersitz und schnallte sich selbst an.

»Aber sie ist ein Baby«, beharrte Cliff.

Meghan manövrierte aus der Reihe der geparkten Autos heraus und stieß den Atem aus.

»Es reicht, Cliff. Ich will das nicht noch einmal hören.«

Er schimpfte vor sich hin, dann verschränkte er die Arme vor der Brust und starrte aus dem Fenster. Meghan hätte am liebsten geschrien oder geweint. Ihr kleiner Junge hatte sich vor der Scheidung niemals so aufgeführt. Er war lieb und nett, höflich und fürsorglich gewesen.

Nach der Trennung von Richard waren sie gezwungen gewesen, aus dem Haus auszuziehen, in dem Cliff sein ganzes bisheriges Leben verbracht hatte. Sie alle. Daran erinnerte sie sich jedes Mal, wenn sie an Richards Gesichtsausdruck dachte, wenn er sie zu fordernd fand und er gepackt hatte und gegangen war, während er auf dem Weg zur Tür noch ein oder zwei böse Worte von sich gab.

Jetzt lebte sie mit den Kindern in einem kleinen Haus, das sie gemietet hatte, anstatt es zu kaufen, da sie jeden Cent sparte, den sie erübrigen konnte, um ihnen in Zukunft ein besseres Leben bieten zu können. Richard zahlte zwar Kindesunterhalt, doch der reichte hinten und vorne nicht. Und stets zahlte er gerade früh genug, um keine Schwierigkeiten zu bekommen, doch so spät, dass er ihr auf diese Art unter die Nase reiben konnte, dass sie immer noch abhängig von ihm war.

Oh ja, sie hätte jedes ihrer Geschwister oder auch ihre Eltern um Geld bitten können. Sie würden sich für sie die Beine ausreißen und niemals verlangen, dass sie etwas zurückzahlte, doch sie brachte es nicht fertig.

Solange ihre Babys ein Dach über dem Kopf und gefüllte Bäuche hatten, ging es ihnen allen gut. Sie würde ihre Kinder ganz allein versorgen, denn wenn sie sich von irgendjemand anderem abhängig machte, würde sie vielleicht ebenso enden wie nach der Trennung von Richard. Sie war nur noch ein Schatten ihrer selbst gewesen, eine gebrochene Frau, die schwieg, zusammenbrach, wenn sie nicht herausfinden konnte, was zu tun war, und die sich nutzlos fühlte. Sie hatte sich selbst das Versprechen gegeben, niemals mehr in einen solchen Zustand zu geraten.

Jetzt war sie ein anderer Mensch.

Doch sie wusste nicht, wer sie jetzt war, und das war Teil ihres Problems.

Sasha plapperte aufgeregt auf dem Rücksitz und Meghan antwortete, wenn es nötig war, doch um ehrlich zu sein, ihr kleines Mädchen wollte einfach nur, dass sie ihm zuhörte und ab und zu zustimmend nickte. Meghan machte es nichts aus, denn zumindest Sasha war immer noch dasselbe strahlende kleine Mädchen, das sie stets gewesen war. Nur Cliff hatte sich verändert und sie wusste nicht, was sie falsch gemacht hatte. Sie wusste auch nicht, wie sie ihm helfen konnte. Doch sie musste in dieser Hinsicht etwas unternehmen, denn so konnte es nicht weitergehen, dass ihr Sohn diese Ausbrüche hatte und abgesehen davon nicht mit ihr redete.

Ihr war bewusst, dass sein Verhalten zum Teil darauf beruhte, dass er seinen Vater seit Monaten nicht geschen hatte. Meghan besaß das alleinige Sorgerecht, doch Richard war ein Besuchsrecht an gewissen Wochenenden und Feiertagen zugesprochen worden. Allerdings hatte der Mann die letzten Besuche abgesagt und dies mit zu viel Arbeit oder anderen fadenscheinigen Ausreden entschuldigt, nur um seine Kinder nicht sehen zu müssen. Bei der

Arbeit konnte er mit ihnen nicht angeben, also brauchte er sie nicht.

Meghan brachte es beinahe um, dass die Kinder also ohne Vater aufwuchsen, und sie konnte nicht Mutter und Vater gleichzeitig sein. Ihre Kraft war beschränkt, doch ihre Brüder und ihr Vater bemühten sich, diese Lücke auszufüllen.

Nichtsdestotrotz konnten sie den Vater nicht ersetzen und sie hatte das Gefühl, Cliff wusste das.

Ihr war bewusst, dass Cliff ihr die Schuld für die Scheidung gab.

Sein Verhalten ließ keine andere Erklärung zu. Und manchmal, wenn sie nicht klar denken konnte, zählte sie all die Fehler auf, die sie sich in der Beziehung zu ihrem Ex-Mann hatte zu Schulden kommen lassen, und was sie hätte tun können, um eine bessere Gattin und Frau zu sein.

Wenn sie im Bett nicht so kalt gewesen wäre, hätte er sie nicht verlassen.

Wenn sie ihre Familie nicht so oft hätte sehen wollen, hätte er sie nicht verlassen.

Wenn sie nicht darauf bestanden hätte, Boomer zu behalten, hätte er sie nicht verlassen.

Wenn sie die Mahlzeiten nicht ein Mal zu oft hätte anbrennen lassen, hätte er sie nicht verlassen.

Wenn sie nicht Meghan Montgomery gewesen wäre, hätte er sie nicht verlassen.

»Mommy, fahren wir jetzt zu Oma und Opa?«

Meghan schob wieder einmal die Gedanken an ihr Versagen beiseite und blickte Sasha im Rückspiegel an.

»Ja, das habe ich vor. Wir werden heute dort zu Abend essen und danach fahren wir nach Hause und hängen dein Ausmalbild an den Kühlschrank. Klingt das gut?«

»Jaa!«

Wieder klatschte Sasha in die Hände und Meghan

musste unwillkürlich lächeln, dass ihre Tochter sich über so etwas Banales begeistern konnte wie ein Abendessen bei den Montgomerys. Aber solange Sasha glücklich war, war Meghan zufrieden. Sie warf einen kurzen Blick in den Rückspiegel auf Cliffs Gesicht, der immer noch mit gerunzelter Stirn aus dem Fenster starrte. Er schmollte zwar nicht, war aber auch nicht glücklich. Wenn sie doch nur hätte herausfinden können, wie ihr Sohn tickte, hätte sie ihm helfen können, und wenn sie sich das immer wieder einredete, begann sie vielleicht, es zu glauben.

Jetzt fuhr sie vor dem Haus ihrer Eltern vor, dem Haus, in dem sie aufgewachsen war. Sie stellte den Motor ab. Bevor sie ausstieg, blieb sie einen Moment sitzen und nahm das Haus und das Gelände in sich auf. Sie liebte es so sehr. Bei so vielen Geschwistern hatte sie sich immer ein Zimmer teilen müssen, doch ihre Eltern hatten sich Mühe gegeben, Anbauten konstruiert und gut geplant, sodass sie sich nie eingesperrt gefühlt hatte. Ihr Vater und ihre Brüder waren vom Bau und wussten, wie man ein Haus für so viele Menschen lebenswert machte. Und ihre Mutter wusste, wie man ein Haus zu einem echten Heim gestaltete.

Meghan konnte sich glücklich schätzen, so aufgewachsen zu sein. Sie hatte es sich zum Ziel gesetzt, Cliff und Sasha das Gleiche zu bieten und sie so anpassungsfähig zu erziehen, wie es für die Montgomerys typisch war.

Wenn man bedachte, dass all ihre Familienmitglieder Tattoos und Piercings besaßen und recht verrückt waren, war das nicht zu viel verlangt.

»Mommy? Gehen wir nicht rein?«

Meghan schüttelte sich hastig und sprang aus dem Wagen. Da sie nicht sehr groß war, nur ein Meter dreiundsiebzig, musste sie stets in den Wagen hinein- und wieder hinausspringen. Als die Kinder aus den Sitzen geklettert waren und mit beiden Beinen auf der Erde standen, entdeckte Meghan ihre Mutter, die mit einem breiten Lächeln auf dem Gesicht und weit geöffneten Armen auf der Veranda stand. Sasha lief sofort zu ihrer Großmutter und plapperte drauflos, während Marie das Kind mit Küssen und Liebkosungen überschüttete. Cliff hielt sich zurück, kam seiner Oma jedoch so nahe, dass sie ihn an sich ziehen konnte.

Das war etwas, das Meghan so an ihren Eltern liebte. Gleichgültig, in welcher Stimmung ihre Kinder gerade waren, ihre Eltern besaßen die Fähigkeit, ihnen stets das Gefühl zu geben, geliebt zu werden. Eigentlich hätte Meghan jetzt selbst ein paar Liebkosungen gut gebrauchen können, doch zuerst musste sie die Taschen aus dem Auto laden und ihre Eltern begrüßen.

Es war ihr nicht entgangen, dass ihr Vater sie nicht an der Eingangstür empfangen hatte. Seit bei ihm ein Jahr zuvor Krebs diagnostiziert worden war, hatte er sich immer seltener aus seinem Sessel und der engeren Umgebung fortbewegt. Die Chemotherapie hatte ihm sehr zugesetzt und jedes Mal, wenn sie glaubten, sein Zustand hätte sich stabilisiert, ging es wieder bergab.

Es ängstigte sie zu Tode, dass ihr starker Vater, den nichts hatte umwerfen können, nun nur noch ein Schatten seiner selbst war, auch mit einem Lächeln auf dem Gesicht und ein Strahlen in den Augen. Sie betete, die Testergebnisse, die sie heute Abend oder später in der Woche erwarteten, wären besser als die vorherigen.

Meghan durfte ihren Vater nicht verlieren.

Ihre Kinder durften ihren Großvater nicht verlieren.

Ihre Mutter durfte ihren Mann nicht verlieren.

Die Welt durfte Harry Montgomery nicht verlieren.

Sie schüttelte die Melancholie ab, ging zu ihrer Mutter und küsste sie auf die Wange. »Hallo, Mom.«

»Hallo Meghan, mein Liebling. Geh doch rein und stell die Sachen ab. Ich werde nach den Plätzchen sehen. Was meint ihr, Kinder, wollt ihr mir helfen?«

Meghan verdrehte die Augen. »Plätzchen vor dem Abendessen? Wirklich?«

Marie grinste nur. »Es ist ein Imbiss für nach der Schule. Und ich bin doch die Großmutter. Ich muss sie verwöhnen, das weißt du doch.« Sie tätschelte Meghan mit einer schlanken, starken Hand die Wange. »Nur ein Plätzchen und Karottenstückchen dazu, mein Kleines. Du kennst mich doch.«

Das stimmte, doch sie schüttelte den Kopf. »Dann viel Spaß. Und übrigens, Sasha möchte dir etwas zeigen.«

Ihre Mutter lachte übers ganze Gesicht, dann beeilte sie sich, den Kindern in die Küche zu folgen. Meghan schloss die Tür hinter ihr und machte sich auf den Weg ins Wohnzimmer, um ihren Vater zu begrüßen.

Er wirkte kleiner als in der vergangenen Woche.

Oder vielleicht bildete sie sich das nur ein. Er hatte die Augen geschlossen und sie fürchtete, sie würde ihn aufwecken. Doch er lächelte, als sie ins Zimmer trat.

»Die Kinder haben mich gerade begrüßt.«

»Hallo, Daddy«, flüsterte sie. Dann küsste sie ihn auf die Schläfe. Sie glättete die Decke auf seinem Schoß und ließ sich an seiner Seite auf einem Hocker nieder.

»Du nennst mich niemals Daddy. Stimmt etwas nicht, meine Süße?«

Sie schüttelte den Kopf und beugte sich zu ihm hinüber, um ihren Kopf auf seinen Sessel zu betten. »Alles in Ordnung.« *Nichts ist in Ordnung.* »Ich bin nur froh, hier zu sein. Bei dir. Ich brauche euch beide, dich und Mom.« Das war mehr, als sie hatte zugeben wollen.

Ihr Dad streckte die Hand aus und tätschelte ihre.

»Wir sind für dich da, Meghan. Was auch immer geschieht.«

Sie blinzelte Tränen zurück und betete, er möge recht haben. Sie konnte nicht viel mehr ertragen und wenn sie zu allem Übel auch noch ihren Vater verlieren würde, würde sie zusammenbrechen.

Sie war Meghan Montgomery-Warren. Mutter. Tochter. Ex-Ehefrau. Frau.

## Kapitel Drei

»JETZT BIST du schon seit einem Jahr wieder hier und hast noch kein Wort über eine Frau fallen lassen. Was ist los mit dir? Verheimlichst du etwas? Erzähl mir alles.«

Luc warf seiner Schwester Tessa einen gequälten Blick zu. Dann trank er einen Schluck von dem einzigen Bier, das er sich an diesem Abend zugestand.

Das Abendessen im Haus seiner Eltern war ein wöchentlich wiederkehrendes Ereignis. Und dazu gehörte jedes Mal auch, dass er von seiner ältesten Schwester Tessa in die Mangel genommen wurde. Ersteres hatte er tatsächlich vermisst, als er außerhalb von Denver gelebt und nicht die Möglichkeit gehabt hatte, seine Familie so oft zu besuchen, wie er es gern getan hätte. Letzteres hatte er nicht so sehr vermisst.

Natürlich hatte er das Tessa niemals ins Gesicht gesagt, da sie ihn ungerührt weiter mit Fragen bombardiert hätte.

Sie ließ ihn ohnehin nicht viel in Ruhe.

Er fuhr sich mit der Hand übers Gesicht, gab jedoch keine Antwort. Er wusste, er hätte nachgeben und ihr den Sieg überlassen sollen, da sie ihn solange bedrängen würde, bis sie ihm jede noch so kleine Information entlockt hätte. Doch er war nicht in der geeigneten Stimmung. Außerdem hatte er ohnehin mit keiner Frau aufzuwarten.

Er hatte zwar in den vergangenen Jahren, als er viel unterwegs war, einige Beziehungen gehabt, von denen manche sogar etwas ernsthafter gewesen waren, doch niemals hatte er eine dieser Frauen seiner Familie vorgestellt. Tatsächlich war die letzte Frau, die er nach Hause mitgebracht hatte, Meghan gewesen, und sie zählte nicht einmal, da sie niemals wirklich miteinander ausgegangen waren.

Verflucht, er klang wie ein liebeskranker Versager, der in der Vergangenheit lebte anstatt in der Zukunft, die er jetzt haben könnte. Die ganze Welt hatte vor ihm gelegen und er war ihre Straßen entlanggewandert und ihren Pfaden gefolgt, nur um wieder nach Hause zurückzukehren.

»Komm schon, Luc, was verheimlichst du uns? Wir sind deine Familie. Du solltest uns alles erzählen. Und wenn ich sage *alles*, meine ich *alles*.«

»Um Gottes willen, Tessa, lass deinen Bruder in Ruhe.« Maggie Dodd, seine Mutter und nun auch seine Retterin, betrat das Wohnzimmer. Seine Mutter mochte zwar die Sechzig schon überschritten haben, doch sie hätte leicht für vierzig durchgehen können. Ihre kakaofarbene Haut war mit feinen Fältchen durchzogen, die vom vielen Lachen und dem Erziehen von vier Kindern rührten. Sie war immer noch so kräftig wie am Tag seiner Geburt, vielleicht sogar noch stärker.

Als der Jüngste von vier Kindern und der einzige Junge war er ein wenig verwöhnt worden, wie ihm bewusst war, doch Maggie hatte dies niemals ausufern lassen. Sie und sein Vater Marcus hatten ihn und seine Schwestern mit eiserner Hand und Herzensgüte erzogen.

In dieser Hinsicht erinnerten sie ihn an die Montgomerys. Tatsächlich hatte er als Heranwachsender seine Familie immer als die kleinere Version des anderen Clans betrachtet. Seine Mutter hatte mehr als einmal betont, wie stark Marie Montgomery war, die acht und nicht nur vier Kinder aufgezogen hatte. Luc jedoch wusste weder, wie die eine noch wie die andere Frau dies geschafft hatten, doch er schätzte sich glücklich, bei den Menschen aufgewachsen zu sein, die er seine Familie nannte – Dodd und Montgomery.

Nun ja, vielleicht war er nicht immer glücklich darüber, nicht, wenn seine älteste Schwester Tessa ihn nervte. Obwohl die Frau nur ein paar Jahre älter war als er, versuchte sie manchmal, ihr Alter auszuspielen, und er fand das meist viel zu übertrieben.

»Warum sollte ich ihn in Ruhe lassen?«, erwiderte Tessa schnippisch. »Er war jahrelang nicht hier, nur wegen dieser Frau, und jetzt ist er zurückgekehrt und immer noch allein.« Sie blickte Luc an und zog die Brauen zusammen. »Sie ist jetzt zwar geschieden, aber sie hat dich damals nicht gewollt und wird dich auch jetzt nicht wollen.«

Er holte tief Luft und ignorierte die Stimme in seinem Kopf, die ihm sagte, Tessa hätte recht. Er wollte Meghan auch nicht, nicht so wie damals, und daher hatte es ohnehin keinen Zweck. Nichtsdestotrotz musste er seine Schwester zurechtweisen.

»Ich liebe dich wie eine Schwester, Tessa.«

»Ich bin deine Schwester.«

»Und daher werde ich dir jetzt nicht den Hintern versohlen dafür, wie du über meine Freundin geredet hast.« Er hob eine Hand in die Höhe, als sie den Mund öffnete, um etwas zu sagen. »Nein, ich will nichts mehr hören. Mom würde traurig sein, wenn ich dich verhaue. Aber du benimmst dich wie ein Miststück.«

»Du hast noch nie die Hand gegen eine deiner Schwestern erhoben, Junge, also glaub nicht, du könntest jetzt damit beginnen«, ertönte Maggies Stimme hinter ihm, doch er hörte das Lächeln in ihrem Tonfall.

Das war die Wahrheit. Gleichgültig, wie sehr ihn seine drei älteren Schwestern auch unbedacht beinahe zu Tode gedrückt, geärgert und verletzt haben mochten, so hatte er sich doch nie gewehrt. Es gab andere Wege, es Schwestern heimzuzahlen. Er fühlte sich nicht zu alt, um einen Frosch in Tessas Bett zu verstecken.

Später. Wenn sie nicht damit rechnete.

Er unterdrückte ein Lächeln, als er sich vorstellte, wie sie aufschreien würde.

Oh ja, daran würde er seinen Spaß haben. Doch vorerst musste er Tessa ein paar Informationen servieren.

»Rede nicht so über Meghan, Tessa«, begann er mit weitaus ruhigerer und tieferer Stimme, als er es für möglich gehalten hätte. »Ich weiß nicht, warum du ein Problem mit ihr hast, aber ich arbeite mit ihrer Familie zusammen und bin immer noch mit den meisten Montgomerys befreundet. Ich weiß, du glaubst, es wäre ihre Schuld gewesen, dass ich Denver verlassen habe. Aber weißt du was? Ich bin zurückgekehrt. Ja, ich war weg, aber ich habe doch nicht den Kontakt zu euch verloren. Es gibt viele Familien, deren Mitglieder nicht ihr ganzes Leben lang in derselben Stadt wohnen. Es wird mir ja wohl erlaubt sein, zu reisen und mir die Welt anzuschauen.«

Denver würde trotz allem immer seine Heimat bleiben, doch das würde er vor Tessa nicht zugeben. Er wollte das Thema ein für alle Mal abschließen.

Tessa verschränkte die Arme vor der Brust. »Ich mag sie nicht, Luc. Und das wird sich wahrscheinlich nie ändern. Sie hat dich jahrelang auf Abstand gehalten und sich stets für etwas Besseres gehalten.«

»Jetzt lügst du aber, Tessa.«

»Hört auf jetzt. Alle beide.« Maggie zog Luc beiseite und schüttelte den Kopf. »Ich werde mir eure Streitereien nicht länger anhören. Luc ist zurückgekehrt. Meghan ist Mutter zweier Kinder und schuftet sich zu Tode. Ich habe ihr nicht die Schuld dafür gegeben, dass mein Sohn damals die Stadt verlassen hat, Tessa. Er war erwachsen. Du musst darüber hinwegkommen. Mein Baby ist wieder da.«

Tessa schüttelte den Kopf und verließ das Zimmer. Luc lehnte sich seufzend gegen seine Mutter, jedoch nicht mit seinem ganzen Gewicht.

»Ich weiß nicht, was ich bei diesem Mädchen falsch gemacht habe«, flüsterte Maggie. »Ich liebe sie über alles, aber manchmal hat sie an allem etwas herumzumeckern.«

»So ist sie nun einmal, Mom. Ich mache mir keine allzu großen Sorgen um sie.«

Tessa mochte ihn manchmal schrecklich ärgern und sie trug einem lange etwas nach, aber sie war immerhin seine Schwester. Sie verteidigte ihn und wollte für ihn stets nur das Beste im Leben. Er konnte ihr diese Wünsche an sich nicht vorwerfen, nur die Art, wie sie diese gelegentlich durchsetzen wollte.

Maggie tätschelte ihm die Wange. »Das ist typisch mein Sohn. Und jetzt komm und hilf mir, den Tisch zu decken und deinen Vater zum Essen zu rufen. Und derweil erzählst du mir, wie deine Arbeit mit den Montgomerys vorangeht.« Ihre Augen füllten sich mit Tränen und er hätte am liebsten geflucht. »Ich bin so froh, dass du wieder hier bist, mein Sohn. So froh.«

Sein Herz schmerzte, doch er ignorierte es. Er wusste, dass er mit seiner Entscheidung, die Stadt zu verlassen, seiner Familie wehgetan hatte, doch er hatte keine Wahl gehabt. Es wäre ihm schwerer gefallen, dazubleiben und der einzigen Person, die fähig war, ihm solche Schmerzen zu verursachen, als wäre er mit einem Messer aufgeschlitzt worden, dabei zuzusehen, wie sie mit jemand anderem glücklich war. Er hatte herausfinden müssen, wer er war ohne Meghan Montgomery an seiner Seite.

Und das hatte er getan und einiges darüber hinaus, doch stets hatte sie einen besonderen Platz in seinem Herzen behalten.

Nur nicht dort, wo sie zuvor gewesen war, und das war ganz in Ordnung. Endlich.

Luc schüttelte diese traurigen Gedanken ab und kam der Bitte seiner Mutter nach. Die Vergangenheit war vorüber und es machte keinen Sinn, sie hin und her zu drehen.

Seine anderen Schwestern, Jillian und Christina, saßen mit ihrem Vater im Esszimmer und verdrehten die Augen zu einer seiner Geschichten. Marcus Dodd war ein großer Mann, größer noch als Luc, und das wollte etwas heißen. Sein Vater wurde bereits an den Schläfen grau, doch sein übriges Haar war dicht und dunkel wie Lucs. Eigentlich war Luc lediglich eine jüngere Kopie von Marcus.

Da sein Vater im Alter so gut aussah, hatte Luc kein Problem damit. Der Ausblick auf sein Aussehen in der Zukunft gefiel ihm.

Luc mochte jetzt zwar nicht alles haben, was er sich einmal gewünscht hatte, doch mehr brauchte er nicht. Er besaß eine Familie, einen Job, den er liebte, und er war endlich nach Hause zurückgekehrt, nachdem er viel zu lange fort gewesen war.

Alles war gut.

Und wenn er sich dies weiter einredete, würde er es eines Tages auch glauben.

∼

AM NÄCHSTEN MORGEN zwang er sich mühsam aufzustehen. Sein Wecker hörte sich an wie die Eingangsglocke zur Hölle. Er war zwar kein Morgenmuffel, fand aber trotzdem, den Menschen, der das Frühaufstehen erfunden hatte, hätte man erschießen und vierteilen sollen. Nackt und mit nur einem geöffneten Auge schlurfte er zur Kaffeemaschine. Er drückte auf den Knopf und sog begierig den Duft ein, als das süße Elixier die Tasse füllte, die er am Abend zuvor unter den Auslauf gestellt hatte. Er kannte sich gut genug, um zu wissen, dass er nicht damit rechnen konnte, morgens ohne Koffein im Blut die Tasse zu finden. Auch hatte er genügend Kaffee in der Maschine auf der Arbeitsplatte vorbereitet, was besser war als nur eine einzige Tasse.

Sobald die Tasse gefüllt war, schnappte er sie sich und umklammerte sie fest, um sie mit ins Badezimmer zu nehmen. Die erste Tasse würde ihm helfen, unter die Dusche zu hüpfen, und die zweite, sich für die Fahrt zur Arbeit fertig zu machen.

Als er dann schließlich auf dem Weg zum Büro die dritte Tasse Kaffee aus dem Thermobecher trank, war er bereit, anderen Menschen gegenüberzutreten.

Luc war der Montage-Elektriker für Montgomery Inc. Die Firma war heute viel größer als vor einem Jahrzehnt, doch immer noch relativ klein, was mehr Praxiseinsätze für Storm und Wes bedeutete, die das Unternehmen leiteten. Storm war der leitende Architekt, was hieß, dass der Mann bei jeder Restaurierung und jedem neuen Projekt seine Finger von Anfang bis Ende im Spiel hatte. Es war seine Vision, die der Rest des Teams in die Realität umsetzte. Wes war sowohl der Zahlenmensch als auch derjenige, der ihr Arbeitsleben organisierte, Zeitpläne entwarf und Genehmigungen einholte; kurz, er war der Herzschlag der Firma.

Decker war mit den Montgomerys aufgewachsen und jetzt mit Wes' und Storms jüngerer Schwester Miranda verlobt. Er schloss die Verträge ab und war der Baustellenleiter. Seine Aufgabe war es, das zu nehmen, was Wes und Storm ihm brachten, um daraus ein Wohnhaus, eine Gaststätte oder Ähnliches zu bauen, was auch immer ihr Projekt in diesem Monat sein mochte. Die drei arbeiteten so eng zusammen, dass Panik ausgebrochen war, als Decker und Miranda einmal im frühen Stadium ihrer Beziehung Krach miteinander hatten.

Jeder Einzelne hatte sich die Ärmel hochgekrempelt, in die Hände gespuckt und seinen Traum mit bloßen Händen Wirklichkeit werden lassen. Und er schätzte sich glücklich, dass sie ihn in diese Arbeitsfamilie aufgenommen hatten. Er brachte die Gebäude auf den neuesten Sicherheitsstandard und begann die neuen Baustellen Hand in Hand mit Decker. Jedes Haus und jedes Gebäude brauchte monatelange Planung und dann einige weitere Monate Bauzeit, doch wenn die Arbeit erledigt war, war es die Strapaze und die Rückenschmerzen wert gewesen. Sein Job war es, dafür zu sorgen, dass, wer auch immer in jenem Gebäude lebte, ein Licht einschalten konnte, ohne in Lebensgefahr zu geraten. Und dabei hatte er nicht nur die Funktionalität im Auge zu behalten, sondern auch den ästhetischen Gesichtspunkt. Er wusste nicht mehr, wie oft er Kabel oder Steckdosen ausgebaut hatte, weil sein Vorgänger so idiotisch und unpraktisch gewesen war, zum Beispiel Lichtschalter an unzugänglichen Stellen zu platzieren.

Er fuhr vor dem Gebäude vor, schaltete den Motor aus und kippte den letzten Rest Kaffee hinunter. Seine Mutter wäre wahrscheinlich ausgeflippt, wenn sie gewusst hätte, wie viel Koffein er im Laufe eines Tages zu sich nahm, aber was seine Mutter nicht wusste …

42

Nun, wahrscheinlich wusste sie es. Sie schien alles zu wissen.

Ein beängstigender Gedanke.

Er sammelte seine Sachen zusammen und machte sich auf den Weg ins Büro. Sein Magen knurrte. Er hätte etwas essen sollen in Anbetracht der besagten Menge Kaffees, doch er war mit anderen Gedanken beschäftigt gewesen. Außerdem: Da Wes ein Treffen im Büro anstatt auf der Baustelle angesagt hatte, konnte er mit Donuts rechnen. Außer Wes und der Verwaltungsassistentin Tabby warteten also warme, köstliche Süßigkeiten auf ihn. Jene beiden wussten, wie sie eine Besprechung schmackhaft machen konnten.

Er leckte sich über die Lippen, als er den Raum betrat. In seine Nase stieg der Duft von frittiertem Teig und Zucker. Er nickte Storm kurz zu, der neben der Schachtel mit dem köstlichen Gebäck stand. Dann suchte er sich einen mit Marmelade gefüllten Donut aus und genoss den ersten Bissen. Süße und ein Hauch von Fettgeschmack trafen seine Zunge und er unterdrückte ein Stöhnen.

»Das ist gut, nicht wahr?«, fragte Decker, der sich nun zu ihnen gesellte.

Offensichtlich hatte er sein Stöhnen doch nicht unterdrücken können. Wie dem auch sei, er hatte Hunger. Er vertilgte seinen Donut mit einem weiteren Bissen und schnappte sich dann einen mit Creme gefüllten, bevor er zu seinem Schreibtisch hinüberging. Er hatte noch nicht einmal seine Sachen abgelegt und schon einen Donut verschlungen. Mmh, war das gut.

»Sind die von Hailey?«, erkundigte Luc sich, während er sich den Mund mit einer Serviette abwischte.

Er sah wahrscheinlich wie ein Idiot aus und genau deshalb hatte er sich auch keinen mit Puderzucker bestreuten Donut ausgesucht. Storm hingegen besaß einen netten Schnurrbart voller Puderzucker, was ihn jedoch nicht im Geringsten zu stören schien.

Hailey gehörte ein Café namens Taboo, das sich gleich neben dem zweiten Unternehmen der Montgomerys befand, einem Tattoostudio namens Montgomery Ink, das Austin und Maya führten. Es gab sogar eine Verbindungstür zwischen den beiden Geschäften, sodass Austin, Maya und die anderen nicht einmal auf die Straße hinausmussten, um in den Genuss der besten Sandwiches und des besten Kaffees zu kommen, die Luc je in der Hand gehalten hatte.

»Ja«, bestätigte Tabby, die kopfschüttelnd hinter den Männern her wischte. Sie trug ein hübsches Kleid, das bis zu den Knien reichte, und Schuhe mit so hohen Absätzen, dass er sich fragte, wie sie darin laufen konnte. »Und ihr seid wirklich Schweine. Das nächste Mal bringe ich Obst mit anstatt Haileys Donuts. Sie war so nett und hat mir ganz frische eingepackt, als ich heute Morgen bei ihr vorbeigeschaut habe. Aber beim nächsten Mal, hört ihr, gibt es Obst.«

»Ich habe gesehen, wie du zwei verschlungen hast, bevor die anderen eingetroffen waren«, bemerkte Wes mit einem Lächeln auf dem Gesicht. »Lüge also nicht.«

Auf ihren Wangen erschienen rosarote Flecke, doch sie hob das Kinn und zog die Brauen zusammen. »Ja, aber ich habe auch selbst hinter mir sauber gemacht.«

Luc besaß den Anstand, ein beschämtes Gesicht zu machen. Er wirbelte mit der Serviette in der Luft herum. »Ich mache sauber. Außerdem hast du uns keine Zeit gelassen, es selbst zu tun. Du hast bereits damit angefangen, während wir noch gegessen haben. Da konnten wir nicht mithalten.«

»Versuch es nächstes Mal«, sagte sie herausfordernd,

dann griff sie nach einer Akte und ging zu ihrem Schreibtisch.

Decker grinste und biss in seinen zweiten Donut. »Iss dich satt, denn heute werden wir uns zu Tode schuften. Wir brauchen die Extrakalorien.«

Luc nickte und nahm sich einen dritten. Immerhin war er dazu aufgefordert worden. »Ich muss an den Installationen für den Eingangsbereich arbeiten«, sagte er, als er sich an seinen Schreibtisch setzte. »Der letzte Elektriker hat ein paar Probleme hinterlassen, die mir nicht gefallen.«

Wes nickte und machte sich wie immer Notizen. »Wer auch immer die ursprüngliche Installation vorgenommen hat, war ein Idiot. Wir müssen sowohl dessen Chaos beseitigen als auch die Gebrauchsspuren an einem sechzig Jahre alten Gebäude, da sich niemand bemüht hat, es instand zu halten.«

»Wir werden es schaffen«, meinte Luc. »Aber der Job wird uns eine Weile auf Trab halten. Ich werde das gesamte Gebäude neu verkabeln müssen, nachdem ich die miese Arbeit meines Vorgängers beseitigt habe, die dieser versucht hat, als legal durchgehen zu lassen.«

Decker fluchte vor sich hin. »Wer auch immer der Vorbesitzer gewesen sein mag, kann froh sein, dass nicht alles in Flammen aufgegangen ist, als er den Fuß hineingesetzt hat. Lucs Job ist nur die Spitze des Eisbergs. Ich muss mich mit Dingen beschäftigen, die bereits in der vorherigen Phase hätten getan werden sollen. Gott sei Dank ist das Fundament gut, sonst wären wir aufgeschmissen.«

Storm zog eine Braue in die Höhe. »Wir werden es verbessern und ja, wir hätten das Gebäude nicht gekauft, wenn außer allem anderen auch noch das Fundament schlecht gewesen wäre. Dann hätten wir alles abreißen müssen.«

»Das würdest du nicht tun«, widersprach Wes,

nachdem er in seinen Zimtdonut gebissen hatte. »Dir gefallen die Kurven des Gebäudes doch viel zu sehr.«

»Das ist wahr«, bestätigte Storm schulterzuckend.

Luc trank aus der Wasserflasche – kaltes Coffein würde er ein wenig später zu sich nehmen –, die Tabby vor ihm auf den Tisch gestellt hatte, und hörte sich die Berichte der anderen über die jeweiligen Projekte an. Normalerweise hatten sie ein großes Projekt gleichzeitig mit drei oder vier kleineren laufen, um die Zeit voll auszunutzen. Luc wurde nicht jeden Tag zur selben Zeit wie Decker bei einem Projekt gebraucht und umgekehrt. Tabby und Wes entwarfen die Zeitpläne und sorgten dafür, dass sie weder viele Leerlaufzeiten hatten noch übereinander stolperten, wenn sie Platz brauchten.

Montgomery Inc. war eine gut geölte Maschine und Luc war stolz, ein Teil davon zu sein.

»Entschuldigt, dass ich zu spät komme. Mein Wagen hat Probleme gemacht.«

Beim Klang von Meghans Stimme spannte sein Körper sich an und er zwang sich, nicht aufzustehen, als sie eintrat. Traditionelles Kavaliersverhalten war hier nicht angesagt.

»Oh Gott, Meghan. Wir kaufen dir einen neuen Wagen. Das kann so nicht weitergehen.« Wes erhob sich und zog sein Handy aus der Tasche, aber Meghan schnappte es ihm aus der Hand.

»Hör auf damit. Ich brauche keine Almosen, das weißt du.« Sie warf das Telefon Tabby zu, die eine Braue in die Höhe zog. Meghans Pferdeschwanz schwang hin und her, als sie den Kopf schüttelte. »Er ist jetzt in der Werkstatt und soll heute Nachmittag fertig sein. Ich werde von dir keinen Wagen annehmen, nur weil ich dir leidtue.«

»Darum geht es überhaupt nicht, Meghan«, erwiderte Storm sanft.

»Du musst dich nicht um mich kümmern.«

*Wer kümmert sich dann um dich?*

Luc schob diesen Gedanken beiseite. »Und was ist mit den Sachen, die du für den Job brauchst?«

Sie warf ihm einen bösen Blick zu, doch er wich ihr nicht aus. Sie war zu dickköpfig, um um Hilfe zu bitten, zu festgefahren. Bei all den Montgomerys um sie herum hätte sie eigentlich darüber hinweg sein müssen, dachte Luc. Doch stattdessen war sie nur noch sturer geworden. Solange für ihre Kinder gesorgt war, bat sie niemanden um Hilfe.

In keinem Fall.

»Ich komme klar.«

»Du und Luc seid heute auf derselben Baustelle«, erklärte Wes eilig. »Er wird dir dabei helfen, dein Zeug hinten auf seinen Pritschenwagen zu laden. Du kannst deine Sachen ja wohl schlecht zu Fuß zur Baustelle tragen.«

Meghan biss die Zähne zusammen, nickte Luc jedoch kurz zu. »Gut. Ich wollte ihn ohnehin um Hilfe bitten.«

Er durchschaute ihre Lüge mit Leichtigkeit. Sie hätte sich eher den Arm abgehackt, als ihn um Hilfe zu bitten, doch heute hatte sie keine Wahl. Sie musste ihre Arbeit erledigen und wenn sie von Wes und Storm den Wagen nicht annehmen würde, so musste sie sich mit seiner Gesellschaft abfinden.

Der Spaß konnte beginnen.

Sie beendeten die Besprechung und Luc führte Meghan zu seinem Wagen. Sie beluden das Fahrzeug schnell und schweigend. Als er die Beifahrertür öffnete, starrte sie ihn an und verschränkte die Arme vor der Brust.

»Was? Darf ich nicht einmal die Tür für dich öffnen? Verdammt, Meghan. Ich versuche nur, nett zu sein.« Er schlug ihr die Tür vor der Nase zu und stapfte auf die Fahrerseite.

Er stieg ein und sie tat es ihm nach.

»Weißt du was? Ich bin es so leid. Ich habe es dir bereits gesagt, aber ich werde es gern wiederholen. Ich bin ein Dodd, Meghan. Weißt du, meine Mutter hat mir beigebracht, einer Frau die Tür aufzuhalten. Sie hat mir auch erklärt, ich solle denen helfen, die zu viel tragen. Wenn Wes oder Storm mich brauchen, bin ich zur Stelle. Das weißt du. Aber wenn du meine Hilfe brauchst, giftest du mich an und wirfst mir einen Blick zu, als hätte ich behauptet, du könntest nicht allein zurechtkommen. Ach, vergiss es.«

Er umklammerte das Lenkrad und verfluchte sich. Er hatte nicht so aufbrausen wollen und eigentlich hatte sie nichts getan, was ihn dazu herausgefordert hätte. Doch nachdem Tessa ihn gestern Abend genervt hatte und er jetzt Meghan nicht helfen durfte, obwohl er es wollte, war er bis zur Grenze gereizt.

»Du hast recht. Es tut mir leid. Ich war einfach nur sauer, weil mein Wagen in die Werkstatt musste, und dann musste ich noch den Bus zur Arbeit nehmen, nachdem ich die Kinder an der Schule abgesetzt hatte. Ich hasse es, wenn meine Brüder mich mit diesem Blick ansehen. Und ich habe es an dir ausgelassen, indem ich dir einen bösen Blick zugeworfen habe. Es tut mir leid.«

Jetzt fühlte er sich noch mehr wie ein Arschloch. »Dann ist es jetzt unentschieden, denn meine Worte waren unangebracht.« Er startete den Motor und fuhr vom Parkplatz. »Aber weißt du, was mich noch wütender gemacht hat? Dass du den Bus genommen hast. Du hast ein Dutzend Geschwister, aber du hast nicht eines davon angerufen.«

*Du hast mich nicht angerufen.*

»Ich komme auch so klar, Luc.«

Er seufzte nur und fuhr weiter zum Gartencenter, damit sie die Sachen kaufen konnte, die sie für ihren Job brauchte. Für ihn würde es spät werden, doch das war nicht so wichtig. Sie würden ihre Arbeit erledigen und erst danach Feierabend machen. Meghan mochte zwar stur sein, aber das kam auch nicht von ungefähr.

Sobald sie auf der Baustelle angekommen waren, gingen sie in verschiedene Richtungen davon und konzentrierten sich auf ihre Arbeit anstatt aufeinander.

Für Luc war das in Ordnung, denn er konnte einfach nicht entscheiden, was er mit dieser Frau machen sollte. Dass er so aufgebraust war, hatte nur ihm selbst und ihr bewiesen, dass es einen Grund gab, warum sie nicht mehr so freundlich zueinander waren wie einst.

Er vergrub sich in seiner Arbeit und ehe er sich versah, hörte er den Klang von Kinderlachen und Meghans leise Stimme. Neugierig legte er sein Werkzeug beiseite und ging nach draußen. Meghans Eltern oder ihr Babysitter brachten die Kinder normalerweise nach der Schule nach Hause, nicht auf die Baustelle. Er war sich nicht sicher, ob er Cliff oder Sasha überhaupt schon einmal hier gesehen hatte. Nicht dass es ihn gestört hätte, denn er liebte die Kinder. Er hoffte, dass nichts Außergewöhnliches geschehen war.

»Onkel Luc!«, rief Sasha, bevor sie sich ihm entgegenwarf.

Er grinste, breitete die Arme aus und fing sie geschickt auf. Er hatte zwar nicht viel Übung darin, doch er lernte dazu.

»Hallo, meine Kleine. Was tust du hier? Willst du mir mit meinen Kabeln helfen?«

»Luc«, stieß Meghan atemlos hervor, ohne ihn auch nur anzublicken.

Stattdessen schenkte sie ihre Aufmerksamkeit voll und ganz einer jüngeren Frau, die den Tränen nahe schien. Dies musste der Babysitter sein und er hatte das Gefühl, dass etwas nicht stimmte.

»Ich möchte auch gern mit Kabeln spielen«, mischte sich nun Cliff ein und zupfte an Lucs Hose.

Er zuckte zusammen, dann stellte er Sasha auf dem Boden ab. Er ging in die Hocke, um mit den Kindern auf Augenhöhe zu sein. »Heute keine Kabel. Vielleicht könnt ihr euren Onkeln später bei irgendetwas helfen. Wie war es in der Schule? Habt ihr alles gelernt, was es zu lernen gibt?«

Sasha nickte und lächelte strahlend. »Natürlich. Ich werde so klug sein wie Mommy.«

Luc lächelte übers ganze Gesicht. »Eure Mutter ist eine kluge Dame.«

»Die Klügste«, stimmte Sasha zu.

Luc blickte Cliff ins Gesicht und unterdrückte ein Stirnrunzeln. Der kleine Junge lächelte nicht. Stattdessen blickte er Luc ernst an. »Was ist los, Cliff?«

»Nichts.«

Ganz klar eine Lüge, aber Luc konnte ihn nicht zwingen, mit der Wahrheit herauszurücken.

»Cliff hat eine Eins bekommen!«, plapperte Sasha drauflos und vollführte einen kleinen Tanz.

Luc musste unwillkürlich lachen angesichts des fröhlichen Mädchens. »Eine Eins? Gut gemacht, Luc.«

Der kleine Junge zuckte mit den Schultern. »Na und.«

»Habe ich gehört, du hast eine Eins bekommen?«, fragte Meghan. »Ich bin stolz auf dich.«

Luc blickte auf und sah nur Meghan. Der Babysitter war gegangen. Er warf Meghan einen Blick zu, doch sie schüttelte den Kopf.

»Wir gehen heute zum Abendessen aus, nicht wahr?«,

wollte Sasha wissen. »Er hat eine Eins bekommen, also werden wir das feiern.«

Meghan öffnete den Mund, ein Lächeln auf dem Gesicht, doch plötzlich erstarrte sie und holte tief Luft. »Ähm, nicht heute Abend, Liebes.«

Mist. Ja sicher, sie hatte keinen Wagen. Keine Sorge. »Ich werde euch fahren«, platzte es aus ihm heraus, bevor er nachgedacht hatte.

Meghan blickte ihn blinzelnd an und schüttelte den Kopf, bevor er mehr sagen konnte. »Schon gut, Luc. Sobald mein Wagen wieder läuft, können wir zusammen zum Abendessen fahren. Nur heute Abend ist es nicht möglich.«

»Natürlich geht es heute Abend nicht«, nörgelte Cliff. Er seufzte und wandte sich ab. »Ist okay. Es war sowieso nur ein dummer Test.«

Meghan streckte die Hand aus, um ihrem Sohn übers Haar zu streichen, doch er schüttelte ihre Hand ab. Der Ausdruck auf ihrem Gesicht erweckte in Luc den Wunsch, sie an sich zu ziehen. Doch wieder einmal hielt er sich zurück.

»Wir können heute Abend zum Essen ausgehen, Meghan. Ich möchte mit euch feiern. Ich kann fahren.«

»Wir brauchen Kindersitze«, meinte Sasha ernsthaft.

»Amanda hat sie hiergelassen«, erklärte Meghan, dann riss sie die Augen auf, als hätte sie das nicht sagen wollen. »Ich wollte dich bitten, uns nach Hause zu fahren, aber …«

»Erlaube mir, dass ich euch alle zum Abendessen ausführe«, bat Luc, dem diese verrückte Idee gefiel. »Wir werden die gute Note feiern und die fantastische Arbeit eurer Mutter.«

»Luc …«

»Ich werde ein Nein nicht gelten lassen.« Er zog den

Schlüssel aus seiner Tasche. »Geh und installiere die Kindersitze im Wagen und ich werde Decker erklären, was wir vorhaben.«

»Wir können doch nicht beide für den Rest des Tages freinehmen«, wandte Meghan ein.

»Doch, das können wir. Wir werden ohnehin nur eine Stunde früher Schluss machen. Ich werde sie später aufholen und du mit Sicherheit auch. Komm schon, Meghan. Es würde mir eine Freude sein.«

Sie warf ihm einen Blick zu, den er nicht deuten konnte, führte die Kinder jedoch zu seinem Wagen. Er hatte keine Ahnung, auf was zum Teufel er sich eingelassen hatte. Aber er war ja selbst auf die Idee gekommen. Doch jetzt würde er keinen Rückzieher machen.

Cliff und Sasha hatten eine kleine Feier verdient und Meghan verdiente ohnehin noch viel mehr.

Wenn Luc ihr wenigstens das geben konnte … nun … dann würde er es tun.

Er betete, keinen weiteren Fehler mehr zu machen in Bezug auf Meghan Montgomery. Darin war er leider bereits Meister.

# Kapitel Vier

MEGHAN strich mit den Händen über ihre Jeans und fragte sich wieder einmal, wie zum Teufel sie sich in diese Situation manövriert hatte. Gerade hatte sie noch an den Pflanzkübeln gearbeitet und im nächsten Augenblick stand sie mit Luc und den Kindern vor einem Restaurant.

Wirklich, sie hatte keine Ahnung, wie dies hatte geschehen können.

Er hatte sie noch nicht einmal nach Hause gehen lassen, um sich umzuziehen, daher trug sie immer noch ihre Arbeitskleidung – und er übrigens auch. Es war, als hätte er gewusst, dass sie einen Weg gefunden hätte, sich vor dem gemeinsamen Ausflug zu drücken, wenn er sie zu Hause abgesetzt hätte, wenn auch nur für eine Minute.

Der Mann kannte sie nur allzu gut.

Nein, das konnte sie streichen, der Mann hatte sie einst zu gut gekannt.

Die heutige Meghan kannte er nicht.

Und wenn sie ehrlich sich selbst gegenüber war, kannte sie selbst die heutige Meghan auch nicht.

Sie schüttelte den Kopf und versuchte, ihre Gedanken

von den philosophischen Problemen abzulenken, die von einem Mangel an Schlaf rührten. Vom Grübeln kommt nichts Gutes, wie ihr Vater zu sagen pflegte. Zu dumm, dass sie dieser Tage den ersten Preis im Nachdenken anzustreben schien. Schließlich war sie in der Ehe mit Richard gelandet, weil sie sich Hals über Kopf hineingestürzt hatte. Und sie sollte verflucht sein, wenn sie einen ähnlichen Fehler noch einmal begehen würde. Daher hielt sie sich jetzt in ihrem Leben an Listen und Pläne und bemühte sich, ihre Kinder glücklich zu machen.

Mit Luc zum Abendessen auszugehen, um die gute Note ihres Sohnes zu feiern, gehörte nicht zu ihrem Plan. Es stand nicht einmal als nebensächliche Randnotiz auf einer Liste, wo sie es hätte durchstreichen können. Dies kam aus heiterem Himmel und verwirrte sie zutiefst.

»Wenn du nicht aufhörst, die Zähne so zusammenzubeißen, wirst du sie dir noch kaputt machen.«

Sie erstarrte, als sie Lucs warmen Atem an ihrem Ohr und Nacken spürte, als er sich näher zu ihr beugte, um ihr die Worte ins Ohr zu flüstern. Dieser verflixte Kerl. Was dachte er sich dabei? Normalerweise hielten sie einen gewissen Abstand zueinander ein.

Grenzen, die für glückliche Menschen gemacht waren.

»Ich beiße die Zähne nicht zusammen«, stieß sie mit zusammengepressten Lippen hervor.

Sie zwang sich, sich zu entspannen, und vermied es, ihn anzublicken. Während er sich wie ein Gentleman benahm und die Kinder sich auffällig ruhig verhielten, war sie vollkommen aufgewühlt. Es gefiel ihr nicht, dass sie in diese Situation hineinmanövriert worden war. Es gefiel ihr nicht, dass ihr die Entscheidung aus der Hand genommen worden war. Es war dumm, überhaupt so etwas zu denken, denn er wollte nur nett sein, und sie taten etwas, was sie auch ohne ihn getan hätte, trotzdem nagte es an ihr.

Und zu allem Überfluss hatte sie das Gefühl, ein Ekel erster Klasse zu sein.

Daher die Anspannung.

Luc schnaufte, zog sich jedoch zurück und hielt vier Finger in die Höhe, um die Kellnerin herbeizurufen. Die jüngere Frau warf Luc einen abschätzenden Blick zu, dann musterte sie Meghan und die Kinder. Und wieder biss Meghan die Zähne aufeinander, aber diesmal nicht, weil Luc sie irgendwie überzeugt hatte, mit ihm heute Abend auszugehen, sondern weil sie sich fragte, ob das Mädchen sie verachtete, weil sie abgetragene Jeans und Oberteile trugen und ihre Kinder Luc nicht im Geringsten ähnlich sahen, oder ob es ihr missfiel, dass Luc und sie so nahe beieinanderstanden. Meghan wusste es nicht. Doch in jedem Fall machte es sie sauer.

»Ignoriere sie«, flüsterte Luc und küsste sie auf die Schläfe. Sie erstarrten beide.

Einst hatte er die Angewohnheit gehabt, sie ständig auf die Schläfe zu küssen. Etwas ganz Normales zwischen Freunden, um sie zu beruhigen. Seit Jahren hatte sie nicht seine Lippen auf ihrer Haut gespürt und jetzt wusste sie nicht, was sie tun sollte.

Auch Luc schien sprachlos und zog sich peinlich berührt an die Stelle zurück, an der er zuvor gestanden hatte. Sie wusste nicht, welche Worte noch gefolgt wären, nachdem er ihr gesagt hatte, sie sollte die Kellnerin ignorieren, und ehrlich, sie war froh, dass er nicht weitergeredet hatte. Sie brauchte einen Moment, um die Beherrschung wiederzuerlangen.

Um Gottes willen, dies war Luc. Was war nur los mit ihr?

Cliff stand steif neben ihr; ihr kleiner Junge sprach immer noch nicht mit ihr. Sie hatte keine Ahnung, was sie diesmal falsch gemacht hatte, und wünschte sich, sie könnte es herausfinden. Dies sollte eine Feier für ihn sein und trotzdem blickte er so ernst drein wie immer. Früher hatte er so oft gelacht und gelächelt, sie hätte sich nicht vorstellen können, dass er sich von einem fröhlichen Baby zu einem solch ernsten Jungen entwickeln könnte. Er war noch nicht einmal ein Teenager oder im Übergang zu diesem Alter und trotzdem hatte sich sein Gemütszustand drastisch verändert. Wenn es etwas gegeben hätte, was sie hätte tun können, so hätte sie es liebend gern getan, doch im Augenblick konnte sie nur den Arm um seine steifen Schultern legen und ihn zu dem Tisch führen, den die Kellnerin ihnen zuwies. Immerhin zog er sich nicht vor ihr zurück.

Sasha hingegen hatte kein Problem, sich sofort wohlzu-fühlen. Sie plapperte munter drauflos, erzählte, was sie heute erlebt hatte, und hatte derweil ihr winziges Händ-chen vertrauensvoll in Lucs großer Hand geborgen. Sie flog buchstäblich zu ihrem Tisch und Luc als der fürsorg-liche Mann, der er war, schützte Sasha davor, andere Tische anzustoßen. Er hielt den Kopf gebeugt, seine Aufmerksamkeit war sowohl auf ihre Worte als auch auf die Richtung gelenkt, die sie einschlugen.

Die vier wirkten, als wären sie eine … Familie.

Sie schluckte heftig und verdrängte den Gedanken bestimmt aus ihrem Kopf.

Ihre Familie bestand aus ihr selbst, Sasha und Cliff.

Luc war ein alter Freund, nichts weiter. Sie war sich nicht sicher, ob sie mit mehr, als sie jetzt hatten, umgehen konnte. Hatte sie nicht mit Richard alles vermasselt? Das sollte ihr nicht noch einmal passieren.

Nur weil Luc Zeit mit ihren Babys verbrachte, hieß das noch lange nicht, dass er mehr wollte. Sie würde gut daran tun, sich stets daran zu erinnern.

Sie ließen sich am Tisch nieder. Sasha zog Luc mit

auf ihre Seite der Nische, sodass Cliff gezwungen war, neben Meghan zu sitzen. Dass sie sogar in Gedanken den Ausdruck *gezwungen* benutzt hatte, versetzte ihr einen Stich ins Herz. Wie dem auch sei, sie würde das Abendessen überstehen, so wie sie schon so vieles überstanden hatte.

»Darf ich gegrillten Käse haben, Mommy?«, fragte Sasha und hüpfte auf ihrem Sitz auf und ab. Woher ihr kleines Mädchen diese Energie nahm, war Meghan ein Rätsel. »Mit Speck?« Sie zeigte Luc ihr strahlendstes Lächeln. »Ich liebe Speck. Aber Mommy erlaubt mir nicht, ihn jeden Tag zu essen. Ich muss immerzu Haferflocken essen.« Sie runzelte die Nase und Luc schnaufte, während er Meghan zuzwinkerte.

Meghan schloss einen Moment die Augen. »Du magst Haferflocken doch gern. Wir schneiden Obst hinein.«

Sasha nickte mit ernster Miene. »Aber sie sind nicht so gut wie Speck. Speck ist einfach ein Meisterwerk zum Frühstück.«

Meghan konnte nicht anders, sie warf den Kopf zurück und lachte lauthals. Der Klang von Lucs tiefem Lachen mischte sich mit ihrem und wärmte sie bis ins Mark.

»Wo hast du denn das aufgeschnappt, Sasha?«

Sasha grinste, presste die Zunge gegen ihren losen Zahn und ließ ihn wackeln. »Onkel Griffin. Er sagt, er schreibe an seinem Meisterwerk. Das bedeutet das Beste von allem.«

Meghan musste wieder lachen. Ihr Bruder, der Mystery- und Kriminalromane schrieb, benutzte den Ausdruck oft, doch die Familie wusste, dass er scherzte. Oder zumindest hofften sie das.

»Ja, du kannst gegrillten Käse bekommen«, sagte Meghan schließlich. »Mit Speck«, fügte sie augenzwinkernd hinzu. »Cliff, mein Lieber, möchtest du einen Hamburger? Ich weiß, wie gern du sie magst.«

»Okay«, meinte er leise.

Sie fing quer über den Tisch Lucs fragenden Blick auf und schüttelte leicht den Kopf auf die Frage, die sie in seinen Augen las. Sie hatte keine Antwort.

Dann trat die Kellnerin an den Tisch und nahm sowohl die Getränkewünsche als auch Lucs Bestellung von Nachos entgegen. Als sie an geschmolzenen Käse dachte, begann Meghans Magen zu knurren. Er grinste sie an.

»Hungrig?«

Sie spürte, wie ihre Wangen heiß wurden, zuckte jedoch mit den Achseln. »Offensichtlich«, meinte sie trocken. »Ich habe eine Schwäche für Nachos.«

»Ich weiß«, sagte er schlicht und Meghan musste den Blick abwenden.

Nachdem die Kellnerin zurückgekehrt war, um ihre Speisewünsche aufzunehmen, begann Sasha, in allen Einzelheiten von ihrem Schultag zu erzählen. Ihre Tochter tat dies jeden Abend, aber Meghan war sich nicht sicher, ob Luc es hören wollte.

»Sasha, Baby, warum wartest du nicht und erzählst mir zu Hause von deinem Tag? Lass uns mit Luc über etwas anderes reden.«

Sasha runzelte die Stirn, was so typisch für sie war, dass Meghan kaum ein Lachen unterdrücken konnte. »Aber warum? Es ist Luc. Ich will, dass er weiß, was ich den ganzen Tag tue.«

»Es macht mir nichts aus, Meghan«, sagte Luc mit leiser, ein wenig drohender Stimme.

Drohend? Was zum Teufel war heute Abend mit ihrem Gehirn los?

»Siehst du, Mommy?«, sagte Sasha zufrieden und begann, von Anfang an zu erzählen.

Armer Luc.

Sie beugte sich zu ihrem Sohn und senkte die Stimme. »Genießt du deine Feier, Cliff?«

»Ja, gewiss.«

»Hattest du einen guten Tag?«

»Sicher.«

Sie holte tief Luft und setzte sich wieder aufrecht hin. Sie würde heute Abend im Restaurant nicht versuchen, ihrem Sohn Informationen zu entlocken. Vielleicht wäre er zu Hause offener.

Und vielleicht würde sie auch eine Lösung für den ständigen Mangel an Stunden finden.

Die Kellnerin brachte die Nachos und Cliff setzte sich endlich gerade hin. Er teilte ihre Liebe für geschmolzenen Käse.

»Das sieht köstlich aus, Luc«, sagte sie.

Er blickte ihr in die Augen und lächelte. Verdammt, wie nett er lächelte. Sie hatte es vermisst. »Ja. Hätte ich vielleicht eine extra Portion saure Sahne bestellen sollen oder teilst du sie diesmal?«

Sie schnaufte und ihr Gesicht rötete sich schon wieder. »Du solltest vielleicht mehr bestellen«, murmelte sie und Luc warf den Kopf in den Nacken und lachte laut.

»Gut zu wissen, dass manches sich nie ändert.«

Sie fing seinen Blick ein und ein merkwürdiges Kribbeln lief an ihrer Wirbelsäule entlang.

»Manches ändert sich sehr wohl«, flüsterte sie. Dann schüttelte sie den Kopf.

Ihre Kinder befanden sich direkt neben ihnen und sie saß hier, mit den Gedanken in der Vergangenheit, und ihr Körper tat merkwürdige Dinge als Reaktion auf Lucs Anwesenheit. Sie war wahrscheinlich einfach nur übermüdet.

»Wo hast du vorher gewohnt?«, fragte Sasha, die Luc nicht aus den Augen ließ.

Das Flattern ihrer Wimpern und ihre geröteten Wangen gaben Meghan das Gefühl, ihr kleines Mädchen könnte sich verliebt haben.

Nicht gut.

Luc sah verdammt gut aus, doch es war gewiss sein warmes Lächeln und die Leichtigkeit seines Wesens, die Sasha gefielen. Meghan würde verdammt aufpassen müssen, dass ihrer Tochter nicht noch einmal das Herz gebrochen wurde, sollte der zweite Mann in ihrem Leben sie im Stich lassen. Die Narben, die sich in ihre eigene Seele eingebrannt hatten, hatten sie gefühllos werden lassen, und sie würde nicht zulassen, dass ihre Tochter so etwas ein zweites Mal durchmachen musste.

Entschlossen reckte sie das Kinn in die Höhe und konzentrierte sich auf ihre Tochter, nicht auf den Mann, der ihr gegenübersaß.

»Ich habe überall gewohnt«, erklärte Luc und biss in ein Nacho.

Meghan beobachtete, wie er sich mit der Zunge über die Unterlippe fuhr, um ein wenig Soße abzulecken, und sie blinzelte. Sie hatte kein Recht, ihn auf diese Art zu betrachten. Sie musste hungriger sein, als sie geglaubt hatte.

*Hungrig auf einen Mann.*

*Nicht auf Nahrung.*

Nein. In diese Richtung durfte sie nicht denken.

»Wo?«, fragte Sasha, während sie auf einem Nacho herumkaute.

Luc grinste, dann lehnte er sich auf der Bank zurück und legte einen Arm hinter Sashas Kopf. »Nun, eine Weile habe ich in Oregon gelebt, dann in Chicago. Dann habe ich mich gen Osten gewandt, in den Außenbezirk von New

York City.« Er fing eine Sekunde lang Meghans Blick ein, dann wandte er sich wieder Sasha zu. »Ich habe überall gelebt, wie mir scheint.«

»Warum bist du so oft umgezogen?«, wollte Sasha wissen. »Warum bist du nicht zu Hause geblieben?«

Meghan runzelte die Stirn. Nur zu gern hätte sie die Antwort auf diese Frage gehört, doch als sie sah, wie Lucs Gesicht sich kaum merklich verschloss, hatte sie das Gefühl, den wahren Grund heute Abend nicht mehr zu hören zu bekommen.

»Jetzt bin ich ja zu Hause«, sagte er schlicht, dann biss er in einen weiteren Nacho.

In ihrer kindlichen Naivität schien Sasha die Antwort hinzunehmen, denn sie begann nun, Luc nach Welpen auszufragen und ob er je einen gehabt hätte.

»Nein«, sagte Luc. »Jedenfalls nicht bis jetzt.«

»Wir haben Boomer«, meinte Sasha lächelnd. »Du hast ihn schon kennengelernt, als du bei uns vorbeigekommen bist.«

Meghan weigerte sich bewusst, daran zu denken, warum er damals zum ersten Mal bei ihnen vorbeigeschaut hatte. Es war ein anderes Haus und die Kinder waren nicht zu Hause gewesen. Er hatte sie aus ihrer Verzweiflung gerissen und sie hatte sich an ihn gelehnt.

Was sie nicht hätte tun sollen.

Sie war vor seinen Augen zusammengebrochen und ihm in die Arme gefallen, als wären sie nicht seit Jahren getrennt gewesen. Er hatte sie festgehalten, während sie geweint und ihre Tränen abgewischt hatte, und dann war er wieder gegangen.

»Ich kenne Boomer«, sagte Luc leise.

»Boomer ist jetzt zu Hause, aber wenn wir wieder zu Hause sind, werde ich ihn füttern.« Sie machte eine Pause. »Oder Cliff. Wir wechseln uns ab. Wenn du einmal

Welpen hast, können sie Boomers beste Freunde werden. Er wird dich beschützen. Er ist ein guter Hund.«

*Dich beschützen?* Woher hatte Sasha diesen Gedanken? Noch ein Punkt, den sie auf die Liste der mütterlichen Sorgen setzen musste. Das verdammte Ding wurde immer länger, jedes Mal, wenn sie darauf blickte, doch sie konnte nichts daran ändern.

Sie war nun einmal Mutter.

»Klingt so, als wäre Boomer ein guter Hund«, bestätigte Luc mit ruhiger, geduldiger Stimme. »Du kannst froh sein, dass ihr ihn habt.«

»Ich weiß.« Sasha lächelte liebevoll zu ihm auf. »Wir können ihn mit dir teilen, bis du einen eigenen Welpen hast. Dann bist du nicht so allein.«

Meghan zuckte zusammen. »Süße, Luc ist nicht allein.« Sie wusste es zwar nicht mit Sicherheit, aber Luc hätte genauso gut eine Freundin oder sogar Verlobte mit einem Hund haben können. Außerdem besaß er seine ganze Familie und jeder war froh, dass er für immer in die Stadt zurückgekehrt war.

Luc warf ihr einen scharfen Blick zu, sagte jedoch nichts. Hatte sie einen Fehler gemacht? *Meine Güte, sie war schon mal besser in diesen Dingen gewesen … was auch immer diese Dinge sein mochten.* Sie fühlte sich einfach zu unwohl in dieser Situation. Sie hatte seit seiner Rückkehr noch nicht viel Zeit mit Luc verbracht und jetzt hatte sie ihre beiden Kinder bei sich. Von außen betrachtet wirkten sie wie eine Familie.

Und das ängstigte sie zu Tode.

»Danke, dass du Boomer mit mir teilen willst, Sasha. Das ist nett von dir.«

»Für dich tue ich alles, Onkel Luc.«

Meghan unterdrückte ein Stöhnen, als Sasha mit klimpernden Wimpern zu dem Mann aufblickte. Ihr kleines

Mädchen würde nicht ohne sein, wenn sie einmal älter wäre. Mein Gott, sie war es jetzt schon.

In Lucs Augen tanzte ein Lachen und er brachte die Unterhaltung auf Filme, bis das Essen serviert wurde. Während die vier aßen, floss die Unterhaltung leichter dahin. Und Luc bezog gelegentlich geschickt Cliff ins Gespräch mit ein. Cliff schien seine Schultern nicht so anzuspannen, wie er es ihr gegenüber tat, wenn er mit Luc sprach. Es tat weh, als erhielte sie einen Stich in die Brust, doch sie ignorierte es. Solange Cliff wenigstens ein bisschen von sich gab, war er nicht ganz in sich zurückgezogen. Und dafür nahm sie im Augenblick alles in Kauf.

Wenn sie nur gewusst hätte, warum er sich so verhielt.

Als Luc die Rechnung zur Hand nahm, blickte sie ihn stirnrunzelnd an und gab ihm ohne Worte zu verstehen, dass sie darüber später noch reden würden. Sie würde vor ihren Kindern nicht mit ihm streiten, doch der Mann musste wissen, dass sie für ihre Babys gut selbst sorgen konnte. Sie brauchte keinen Mann − nicht einmal den, der einst ihr bester Freund gewesen war −, der sich um sie kümmerte.

Als hätte er ihre Stimmung gespürt, schüttelte er den Kopf. »Ich wollte Cliffs gute Note feiern. Die Rechnung geht auf mich.« Er grinste und seine weißen Zähne blitzten auf. »Du kannst das nächste Mal bezahlen.«

Wenn es nach ihr ginge, gäbe es kein nächstes Mal. Er verwirrte sie und sie konnte sich den Luxus nicht leisten, verwirrt zu sein. Denn wenn sie in einem solch desolaten Zustand war, konnte sie nicht gleichzeitig ihre Kinder aufziehen, sich um ihr Haus kümmern und ihre Arbeit in der Firma erledigen.

Endlich stiegen sie alle wieder in Lucs Pritschenwagen und er fuhr sie nach Hause, während Sasha die Unterhaltung allein bestritt. Hätte Meghan Sashas Energie sammeln und verkaufen können, wäre sie reich gewesen.

Oder zumindest nicht so müde.

Als sie vor ihrem kleinen Haus vorfuhren, sprang sie schnell aus dem Wagen. »Danke, Luc, für das Abendessen und dass du uns nach Hause gebracht hast. Ich komme jetzt allein klar.«

Er zog eine Braue in die Höhe. Dann stieg er aus dem Wagen. »Ich helfe dir, sie ins Haus zu bringen. Sie haben so viele Taschen zu schleppen und ich könnte eine Tasse Kaffee gebrauchen.«

Nun zog sie eine Braue in die Höhe. »Brauchst du wirklich so spät am Abend noch Koffein?«

»Du kennst doch mich und meine Schwäche für Kaffee.«

»Nein, nein, kenne ich nicht. In unserer Jugend hast du nicht so viel Kaffee getrunken. Das musst du dir unterwegs angewöhnt haben.« Sie hätte sich am liebsten selbst geohrfeigt, als er den Kopf hob und ihr der Ausdruck des Schmerzes nicht entging, der über sein Gesicht huschte. Wer war nur diese Xanthippe? Dass Richard sie verlassen hatte, bedeutete nicht, dass sie sich einem Mann gegenüber, der nett zu ihr war, wie ein Miststück verhalten musste. Wenn sie ihre Gedanken beisammengehabt hätte, hätte sie ihn von sich aus zu einer Tasse Kaffee eingeladen. Auch wenn dies nur ein kleines Dankeschön für das war, was er an diesem Tag alles für sie getan hatte.

Stattdessen war sie abweisend gewesen, da sie mit ihren geheimsten Gedanken nicht klarkam.

Jenen Gedanken, die sie sich nicht näher betrachten wollte.

»Komm herein für einen Kaffee, Luc. Entschuldige bitte.« Sie flüsterte den letzten Satz und blickte ihm in die

Augen. Er nickte, dann nahm er Sashas Tasche und half ihr mit den Kindersitzen.

»Danke.«

»Sag das nicht.«

*Bitte. Sag das nicht.*

Er lächelte sie unsicher an, dann folgte er ihr ins Haus. Es war nicht gerade ein großes Haus und viel kleiner als das, das sie mit Richard bewohnt hatte, doch mehr konnte sie sich nicht leisten. Richard hatte das meiste Geld von ihrem Konto mitgenommen – einschließlich der Ersparnisse für einen späteren Collegebesuch der Kinder –, als er seine Koffer gepackt und sie verlassen hatte. Eine Gesetzeslücke hatte es ihm erlaubt, den größten Teil des Geldes zu behalten. Bevor er gegangen war, hatte sie nicht gearbeitet, sondern sich um die Kinder gekümmert und ihr Heim warm und behaglich eingerichtet, obwohl der Umgang mit dem Mann, der mit ihnen in jenem Haus gelebt hatte, alles andere als warm und behaglich gewesen war.

In dem großen Haus hatte sie jedoch stets das Gefühl gehabt, etwas fehlte.

Es schien, als hätte sie dieses fehlende Puzzleteil in dem kleineren, leicht heruntergekommenen Haus gefunden, dass sie sich gezwungenermaßen hatte suchen müssen. Obwohl es nicht so groß war, fühlte es sich eher wie ihr Zuhause an. Zumindest für sie. Es war ihres. Ihres und das ihrer Kinder. Ja, sie mietete es, doch es war trotzdem ihres.

Vorerst teilten die Kinder sich ein Zimmer, doch eines Tages, wenn sie das Geld hätte, würden sie ihre eigenen Zimmer haben. Sie wurden langsam zu alt, um sich ein Zimmer zu teilen.

»Mommy«, schrie Sasha. Meghan drehte sich auf dem Absatz herum und stellte ihre Tasche neben dem Kaffeetisch ab. »Was ist los, Baby?«, fragte sie, ging in die Hocke und zog ihr Kind an sich. Luc war in derselben Sekunde bei ihr, sein Körper ebenso gespannt wie ihrer.

»Mein Zahn. Ich habe meinen Zahn verloren!«

Sasha löste sich von Meghan und hielt die Hand in die Höhe, auf deren Handfläche ein kleiner Milchzahn zutage kam. An ihm hing immer noch etwas blutiges Gewebe und Meghan hatte alle Mühe, ihren Magen nicht gleich an Ort und Stelle zu entleeren. Der Anblick eines blutigen Zahns ließ sie ausflippen. Sie konnte nichts daran ändern.

Luc reichte über sie hinweg und schloss Sashas Hand um den Zahn. »Jetzt bist du ein großes Mädchen. Ist das der erste Zahn, den du verloren hast?«

Sasha nickte und strahlte übers ganze Gesicht.

Meghan starrte auf die blutige Lücke im Mund ihrer Tochter. Sie holte tief Luft. Sie musste sich zusammenrei-ßen. Es war doch nur ein Zahn.

Aus dem Augenwinkel sah sie, dass Cliff lächelte. Ja, ihr Sohn wusste von ihrer Abneigung gegen ausgefallene Zähne, also hatte zumindest er etwas zu lachen. Nun, sie musste das durchstehen. Inklusive des Blutes und der Hautfetzen. Ihr drehte sich der Magen um.

»Es tat nicht weh«, stellte Sasha fest und Meghan strich ihrer Tochter eine Haarsträhne hinters Ohr.

»Das ist gut, Baby. Und jetzt lass uns deinen Mund auswaschen und dich bettfertig machen. Wir müssen den Zahn unter dein Kopfkissen legen, damit die Zahnfee ihn finden und mitnehmen kann.«

Meghan zuckte innerlich zusammen. Sasha würde vor zwei oder drei Uhr nicht tief schlafen. Was bedeutete, Mom würde mindestens bis zu diesem Zeitpunkt aufbleiben müssen, sodass sie auf Zehenspitzen ins Kinder-zimmer schleichen und Zahnfee spielen konnte.

Schlaf? Wer brauchte so etwas?

»Wird Luc helfen?«, fragte Sasha mit weit aufgerissenen Augen.

»Süße, Luc muss auch bald schlafen gehen. In seinem eigenen Bett.«

Warum zum Teufel musste sie jetzt an Luc und sein Bett denken? Er war lediglich ein alter Freund. Das war's.

»Ich kann noch ein bisschen bleiben«, sagte Luc leise. »Ich werde dafür sorgen, dass dein Zahn für die Zahnfee vorbereitet ist. Was sagst du dazu?«

Sasha hüpfte auf und ab, den Zahn fest in der Faust verborgen. »Ja! Und wirst du mir etwas vorlesen? Ich mag deine Stimme.«

Auch Meghan gefiel seine Stimme. Doch das bedeutete nicht, dass Luc dableiben sollte.

»Sasha, Liebes.«

»Schon gut«, sagte Luc, erhob sich und nahm Sasha mit sich. »Ich werfe sie also einfach in ihr Bett, richtig?«

Sasha kicherte und Meghan musste lächeln. Noch nie hatte jemand anderes als sie selbst oder jemand von ihrer Familie Sasha zu Bett gebracht. Nicht einmal der Babysitter hatte sie zu mehr als einem Nickerchen ins Bett gelegt. Richard hatte es niemals getan. Der Gedanke, dass Luc sich so einfach dazu bereit erklärt hatte, wärmte sie … ängstigte sie aber gleichzeitig zu Tode.

Sie schluckte ihre Gefühle hinunter und machte die Kinder fertig fürs Bett. Luc hörte Sasha zu, wie sie die ganze Zeit plapperte, und versuchte sogar, Cliff aus der Reserve zu locken. Als die Kinder dann im Bett waren, nachdem Luc ihnen nicht nur eine, sondern gleich zwei Geschichten vorgelesen hatte, wusste Meghan, dass sie Abstand zwischen ihrer Familie und Luc schaffen musste. Sie wollte nicht, dass die Kinder noch einmal verletzt wurden, und das würde am Ende dabei herauskommen, was auch immer geschehen mochte. Das war von vornherein klar.

»Danke, dass du für sie Zeit erübrigt hast«, sagte sie ungeschickt, als sie mit ihm an der Haustür stand.

»Ich werde dich morgen zur Arbeit abholen. Um wie viel Uhr passt es dir?« Seine Stimme war leise, erschien ihr aber wieder bedrohlich.

Sie schüttelte den Kopf. »Nicht nötig. Ich kann Storm anrufen. Danke noch mal. Und gute Nacht.«

Er beugte sich vor und blickte ihr in die Augen. Sie sog die Luft ein, wich ihm jedoch nicht aus. Warum wich sie ihm nicht aus? Entlang ihrer Wirbelsäule kribbelte es und auf dem Arm hatte sie eine Gänsehaut.

»Hast du Angst, Meghan?«, fragte er und atmete heftig.

»Immer«, erwiderte sie ehrlich, dann schloss sie den Mund. Warum hatte sie das gesagt?

Hastig zog sie sich zurück in dem Bewusstsein, dass sie sich beinahe – was niemals wieder geschehen durfte.

»Danke, Luc. Wir sehen uns bei der Arbeit.« Ihr Tonfall war kalt, beinahe eisig.

Er musterte ihr Gesicht, dann nickte er langsam. »Bis morgen, Meghan.«

Sie sagte nichts und zwang sich, ihm nicht hinterherzuschauen.

Sie schloss die Tür hinter ihm, dann legte sie ihre Stirn dagegen und versuchte, zu Atem zu kommen.

Beinahe hätte sie Luc geküsst, oder besser, beinahe hätte sie sich von ihm küssen lassen.

Als Teenager und junge Erwachsene hatten sie das nicht getan.

Und jetzt durfte es nicht geschehen.

Sie hatte ihr Happy End gehabt und es verloren.

Sie würde kein zweites bekommen.

## Kapitel Fünf

LUC WAR KEIN IDIOT, aber verdammt, er hatte sich wie einer benommen. Meghan beinahe zu küssen, in ihrem Haus, die Kinder ganz in der Nähe, musste eins der dümmsten Dinge sein, die er je getan hatte. Und dabei war er mit den Jungs der Montgomerys aufgewachsen. Sie waren oft nur gerade so mit heiler Haut davongekommen und hatten in schwindeligen Höhen Burgen gebaut, kurz, sich alle Dummheiten erlaubt, die man nur machen konnte.

Er wusste, er hatte sich sowohl das Abendessen mit ihr und den Kindern erschlichen als auch den Weg in ihr Haus, um dabei zu helfen, die Kinder ins Bett zu bringen, doch er hatte vorher nicht darüber nachgedacht. Er war nicht ihretwegen nach Denver zurückgekehrt, sondern um seiner selbst willen.

Ja, er hatte die Stadt ihretwegen verlassen – oder besser wegen seiner Reaktion auf sie.

Doch zurückgekehrt war er, weil von allen Orten, an denen er gelebt hatte, Denver immer noch seine Heimat war.

Er war zurückgekehrt und hatte bemerkt, dass das, was er zurückgelassen hatte, sich in etwas verwandelt hatte, das er nicht einschätzen konnte. Und das letzte Jahr hatte er damit verbracht herauszufinden, was er wollte.

Er redete sich ein, Meghan nicht zu wollen. Sie nicht so zu wollen wie zuvor, sie nicht so zu wollen, wie es vielleicht in Zukunft möglich wäre.

Doch je mehr er mit ihr zusammen war – trotz der aufgezwungenen Distanz –, desto mehr wünschte er sich unwillkürlich, an ihrer Seite zu sein und die Frau kennenzulernen, die sie geworden war. Vielleicht würde sie eines Tages sogar zulassen, dass er ihr den Mann zeigte, zu dem er geworden war.

Er hatte also sich selbst und seine Familie belogen, als er behauptete, keine Gefühle für Meghan zu haben, doch er war sich nicht sicher, ob er dies noch weiter vortäuschen konnte.

Er liebte sie nicht so wie einst. Was er jetzt fühlte … nun, das lag auf einer neuen Ebene. Ein Gefühl, das er nicht benennen konnte, das nicht denselben Beigeschmack hatte wie zuvor. Vielleicht liebte er sie immer noch, aber er war sich nicht sicher. Er musste sie besser kennenlernen. Sie hatten sich beide so sehr verändert, dass es eine Lüge gegenüber ihnen beiden gewesen wäre, wenn er sich eingeredet hätte, sie immer noch wie einst mit jeder Faser seines Seins zu lieben. Nicht nur eine Lüge, sondern ein Angriff auf ihrer beider Herzen. Zumindest sagte er sich das.

Aber er mochte sie.

Sie war ihm wichtig.

Er begehrte sie.

Der gestrige Abend hatte ihm bewiesen, dass er sie mehr begehrte, als er es nach all den Jahren für möglich gehalten hatte. Er wollte sie nicht nur für eine Nacht, doch er war sich auch nicht sicher, ob er zu weit in die Zukunft blicken und sagen konnte, was er darüber hinaus wollte.

Es würde allen Beteiligten zu sehr wehtun.

Stattdessen würde er etwas tun müssen, das er vor all den Jahren versäumt hatte.

Er musste aktiv werden.

Leichter gesagt als getan, wenn er bedachte, dass er keine Ahnung hatte, wie er das anstellen sollte. Er hatte zwar während der letzten zehn Jahre nicht wie ein Mönch gelebt, doch keine dieser Frauen war Meghan Montgomery gewesen.

Nein, das war jetzt nicht mehr ihr Name.

Sie war verheiratet gewesen und jetzt geschieden. Und sie hatte Narben davongetragen.

Und er wollte die Frau kennenlernen, die Richard weggeworfen hatte, weil er ein solcher Idiot war.

Es gab viele Hindernisse auf seinem Weg, doch das größte war die Frau selbst.

In ihren Augen hatte er Verlangen gesehen, aber auch Verwirrung. Er hatte ihre Sehnsucht gespürt und gemerkt, dass ihr der Atem gestockt hatte, als er sich vorgebeugt hatte. Sie begehrte ihn und wusste nicht, wie sie mit ihren Gefühlen umgehen sollte.

Er musste einfach all seine Karten offen auf den Tisch legen.

Denn sonst würde er sich wieder nur selbst belügen.

Das hatte er schon einmal getan und er würde sich nicht noch weitere zehn Jahre zurückhalten, nur weil er Angst hatte.

Er räusperte sich und stieg schließlich aus seinem Wagen. Heute jedoch würde er seine Gefühle nicht offenbaren. Er war zum Grillen bei den Montgomerys eingeladen und es war bestimmt keine gute Idee, Meghan vor all ihren Brüdern und Schwestern zur Seite zu nehmen.

Aber vielleicht, wenn sie ihn dort sah, würde ihr das zeigen, dass er so bald nicht fortgehen würde.

Mein Gott, er war schon mal besser im Umwerben einer Frau gewesen.

Offensichtlich hatte er alles vergessen, sobald sie mit ihren großen, blauen Augen zu ihm aufblickte.

»Willst du dort draußen stehen bleiben und den ganzen Tag grübeln? Oder willst du hereinkommen und die anderen begrüßen?«, fragte Austin, der älteste Montgomery-Sprössling, der seine großen Arme vor der Brust verschränkt hatte.

Luc zog eine Braue in die Höhe und blickte den bärtigen Mann an. »Du willst mir etwas von Grübeln erzählen? Nennt Sierra dich nicht ihren grüblerischen, bärtigen Ehemann?«

Austin grinste und sah überhaupt nicht wie ein grüblerischer Mann aus. »Das ist wahr, aber im Bett hat sie einen anderen Namen für mich.«

Luc verdrehte die Augen und trat zu Austin, um ihn in die Arme zu schließen. »Gut, dich zu sehen. Ich wusste nicht, ob du und Sierra heute hier sein würdet, da ich gehört habe, dass es Colin nicht so gut geht.«

Colin war ihr vier Monate alter Sohn. Sie hatten noch einen zweiten Sohn, Leif, der elf Jahre alt war und aus einer von Austins früheren Beziehungen stammte.

»Es geht ihm heute besser und Sierra wollte so gern die Familie besuchen. Doch wir haben uns Sorgen gemacht, dass er ansteckend sein könnte, da Dads Immunsystem im Augenblick ziemlich heruntergefahren ist, doch der Arzt meinte, wir könnten unsere Familie besuchen.«

Die Krebstherapie des ältesten Montgomery war gut verlaufen, doch in den letzten paar Monaten war es mit ihm bergab gegangen. Der Mann war verdammt kräftig, doch manchmal war pure Kraft nicht genug.

Doch diese Art zu denken lag ihnen fern.

Die Montgomerys ließen sich nicht so leicht unterkriegen.

»Ich freue mich, dass er sich besser fühlt«, meinte Luc, während er Austin ins Haus folgte.

»Möchtest du ein Bier? Ich weiß, du musst Auto fahren, aber es ist noch früh.«

»Danke. Aber vorerst trinke ich Cola. Ich weiß nicht, wie lange ich bleiben werde.«

Austin warf ihm einen Blick zu, doch Luc ging nicht darauf ein. Er musste über einen Plan bezüglich Meghan nachdenken und da war es hilfreich, wenn er schnell denken konnte.

Sierra trat mit Colin auf dem Arm zu ihm und lächelte. »Du bist wirklich gekommen.«

Er hatte Sierra erst nach seiner Rückkehr kennengelernt, doch er kannte sie inzwischen gut genug, um sie als enge Freundin zu betrachten. Ihr honigbraunes Haar fiel ihr in Wellen den Rücken hinunter und in ihren strahlenden Augen schien ein Hauch von Schmerz zu glimmen. Doch sobald sie Austin erblickte, schien der Schmerz verschwunden. Luc fragte sich, wie es sich wohl anfühlte, zu jemandem eine solch starke Verbindung zu haben.

Colin streckte Luc die Ärmchen entgegen und er nahm das Baby, das mit seinen blauen Augen und dunklen Haaren Austin so sehr ähnelte, der Mutter aus dem Arm.

»Sieh dir mal den großen Jungen hier an«, summte er und schmiegte das Kind an seine Brust. »Du bist gewachsen, seitdem ich dich zum letzten Mal gesehen habe.«

»Nicht so viel«, meinte Sierra lächelnd. »Du gehst so gut mit Kindern um, Luc. Es überrascht mich, dass du keine eigenen hast.«

Er lächelte sie nur an und blies dann auf Colins Bäuchlein. Der Kleine lachte wie verrückt, was Luc bis ins Mark drang. Er würde niemals eine Frau finden, die so gut zu ihm passte wie die Traumfrau, die er sich ausgemalt hatte. Wenn er nicht so an Meghan gehangen hätte, wäre er vielleicht in der Lage gewesen, nach vorn zu schauen, und hätte inzwischen eine Familie. Doch das war nicht geschehen. Verdammt, vielleicht liebte er sie immer noch. Mist, sein Kopf schmerzte. Die Dinge hatten sich verändert. So sehr verändert, dass er vielleicht sogar Meghan für sich gewinnen konnte, falls alles klappte. *Bitte, lass es funktionieren.*

Moment. Wollte er wirklich Meghan für sich gewinnen?

Zur Hölle. Er musste ruhig atmen und sich überlegen, was er wollte. Einerseits hatte er Angst, das zu verderben, was er jetzt mit der Frau hatte, die er einst von ganzem Herzen geliebt hatte, und andererseits … nun.

Er mochte sie immer noch. War das Liebe? Er wusste es nicht. Vielleicht war es Liebe. Vielleicht war er zu feige, um es herauszufinden. Mist. Wenn er nicht tief durchatmete und die Initiative ergriff, würde er es bereuen. Doch er würde es noch mehr bereuen, wenn er Meghan wehtäte.

Er gab Colin an dessen Eltern zurück und machte sich auf den Weg hinters Haus, um den Rest der Familie zu begrüßen. Die Montgomerys waren eine große Familie und einander eng verbunden. Oft veranstalteten sie so etwas wie diese Grillparty, zu der alle acht Kinder und ein paar Freunde erschienen, außer denen, die außerhalb der Stadt in Ausbildung waren, doch selbst diese besuchten ihre Familie an jedem Feiertag. Zumindest hatte Decker ihm das erzählt. Luc hatte das alles verpasst. Offensichtlich hatte er auch verpasst, wie schlecht Meghans Ex sich diesbezüglich benommen hatte.

Er wusste nicht, was er getan hätte, wäre er Zeuge gewesen.

»Es war aber auch Zeit, dass du auftauchst«, sagte Decker, während er Luc mit einem Arm umarmte.

Luc konnte sich nicht erinnern, dass Decker in jüngeren Jahren so auf Tuchfühlung gegangen wäre, doch er hatte das Gefühl, dass die hübsche Brünette an seiner Seite etwas damit zu tun haben könnte.

»Ich hatte einiges zu erledigen.« Luc breitete die Arme aus, als Miranda ihm ihre um die Taille schlang. »Schön, dich zu sehen, mein Lieber.«

Sie küsste ihn auf die Wange, dann blickte sie mit blitzenden Augen zu ihm auf. »Ich freue mich auch, dich zu sehen. Ich bin froh, dass du hier bist. Mom und Dad waren traurig, weil du letztes Mal nicht dabei warst.«

Er zuckte zusammen, denn er wusste, er hatte keine echte Entschuldigung dafür, dass er der letzten Grillparty ferngeblieben war. Tatsächlich war seine einzige Entschuldigung, dass Meghan ihn so kühl behandelt hatte. Er hatte sich dem nicht aussetzen wollen. Doch jetzt blickte er hinter ihre Fassade – zumindest glaubte er das.

Verdammt, er hoffte, er machte keinen Fehler.

»Aber jetzt bin ich hier«, entgegnete er schlicht. »Und wann ist die Hochzeit? Kann ich den Termin freihalten? Ich hab das Gefühl, als wärt ihr beiden seit einer Ewigkeit verlobt.«

Miranda und Decker tauschten einen Blick aus und Luc hatte den Eindruck, ins Fettnäpfchen getreten zu sein. So ein Mist. »Was habe ich gesagt?«, fragte er und blickte von einem zum anderen.

Miranda seufzte und Decker zuckte nur mit den Schultern. »Du bist nicht der Einzige, der uns gefragt hat, wann wir endlich einen Termin festlegen. Ich habe das Gefühl, alle vor den Kopf zu stoßen, nur weil wir uns Zeit mit dem Heiraten lassen.«

»Damit darfst du dich nicht belasten, Mir«, sagte

Decker und küsste sie auf die Schläfe. »Wir genießen das Leben, wie es ist. Wir werden heiraten, wenn wir so weit sind.«

»Es geht nicht ums Heiraten an sich, richtig?«, meinte Luc. »Es geht vielmehr um die Hochzeitsfeier und darum, dass ihr alles planen müsst.«

Miranda verzog das Gesicht. »Manchmal wünschte ich mir, wir könnten einfach durchbrennen, weißt du?«

»Dann tut es doch«, erwiderte Luc schlicht.

Sie schnaufte und Decker schüttelte den Kopf. »Wir können nicht durchbrennen«, sagte Miranda leise. »Wir würden alle enttäuschen.«

»Ihr könnt die anderen nur enttäuschen, wenn ihr deren Bedürfnisse in dieser Sache über eure eigenen stellt. Wie viele Geschwister, Cousins und Cousinen gibt es in dieser Familie? Es wird genügend Hochzeiten geben. Wenn ihr eine kleine Feier haben oder unter euch sein wollt, dann tut es. Ich weiß, ich gehöre nicht zur Familie, also könnt ihr meinen Rat ignorieren, aber tut, was euch gefällt in Bezug auf eure Hochzeit, denn am Ende seid nur ihr zwei verheiratet, nicht die ganze Familie.«

Mirandas Augen füllten sich mit Tränen und er öffnete bereits den Mund, um ihr zu sagen, sie solle nicht auf ihn hören, doch da warf sie sich in seine Arme und verteilte Küsse auf seine Wangen.

»Was habe ich gesagt?«, fragte Luc und bemühte sich, Miranda nicht zu fest zu umarmen, da Decker neben ihnen stand.

»Lass ihn atmen, Mir«, meinte Decker lachend.

»Danke«, sagte Miranda, dann küsste sie Luc ein letztes Mal auf die Wange, bevor sie ihn losließ. »Auch wenn die Leute uns noch so oft nach einem Termin fragen, so setzt uns doch niemand unter Druck. Das darf ich nicht vergessen.«

»Wir setzen uns selbst unter Druck, glaube ich«, fügte Decker hinzu. »Die Montgomerys haben so viel für mich – für uns – getan, dass ich sie einfach nicht enttäuschen möchte.«

Luc schüttelte den Kopf. »Ich glaube nicht, dass ihr das könnt.« Er runzelte die Stirn. »Vielleicht könnt ihr lediglich eine kleine Feier abhalten, mit euren Geschwistern und den engsten Freunden im Garten oder so ähnlich. Ihr könnt euch sogar von einem Bekannten deiner Eltern trauen lassen, weißt du? Kümmert euch nur um euch und die Familie ohne all das andere Drumherum, das Hochzeiten immer so anstrengend macht.«

Miranda blickte Decker in die Augen und lächelte breit. »Das ist eine fantastische Idee, Luc. Warum sind wir nicht selbst darauf gekommen?«

»Weil ihr euch solche Sorgen gemacht habt, wie ihr die Wünsche der anderen befriedigen könntet, wart ihr so blind, dass ihr keinen Abstand gewinnen konntet, um vernünftig zu überlegen, wie ihr euch selbst und den anderen gerecht werden könnt. Ihr müsst nicht auf mich hören, ehrlich. Tut einfach, was sich richtig für euch anfühlt. Und vergesst nicht, tief durchzuatmen.«

Tief durchatmen. Das sollte er auch tun. Wenn er doch nur seinem eigenen Rat folgen könnte, wenn es um Meghan ging. Nur glaubte er nicht, dass es ausreichte, wenn er sich zurückhielt und auf sie wartete. Er hatte nach seiner Rückkehr ein ganzes Jahr gebraucht, um zu erkennen, dass es jetzt an der Zeit war, dass es dies war, was er wollte. Und eigentlich war ihm diese Erkenntnis erst in der letzten Woche gekommen. Obwohl, wenn er genau darüber nachdachte, hatte er bereits kurz nach seiner Rückkehr nach Denver, als Meghan ihn gebraucht hatte, für sie alles stehen und liegen gelassen.

Vielleicht würde es immer so weitergehen und er

würde für sie immer alles andere hintanstellen und versuchen, ihr zu helfen. Doch damit kam er klar. Nur würde er nicht mehr betteln, nicht mehr warten, sondern ihr zeigen, was sie haben könnten. Oder zumindest, was er hoffte, mit ihr haben zu können. Verflucht. Jetzt hörte er sich so an wie ein nörgelndes Kind, das nicht bekam, was es haben wollte.

War er nicht ein erwachsener Mann über dreißig? Er sollte seinen Mann stehen und sich mit allem mutig auseinandersetzen, was auf ihn zukam.

Er unterhielt sich noch ein paar Minuten mit Miranda und Decker. Dann gesellte er sich für eine Weile zu Griffin, Storm und Wes. Mit den beiden Letzteren arbeitete er täglich zusammen, daher war er ihnen in vieler Hinsicht am nächsten. Griffin war auch ungefähr so alt wie Luc, aber da der Mann sich meist in seinem Haus einschloss, um an seinen Geschichten zu arbeiten, sahen sie einander nur selten. Luc las jedes Buch, das Griffin herausgab, was er ihm jedoch nicht auf die Nase band. Griffin wollte lieber nicht wissen, ob seine Familie und Freunde seine Bücher lasen, daher beließ Luc es dabei. Trotzdem war er verdammt stolz auf den Mann.

»Wo hast du dich die ganze Zeit versteckt?«

Luc drehte sich herum und sah, wie Maya Montgomery sich ihm näherte. Ihr kurz geschnittener Pony betonte ihre blauen Augen im Pin-up-Girl Stil, der ihr so sehr gefiel. Luc fand, dass sie von allen Montgomerys am meisten auffiel. Ja, Meghan war diejenige, die ihn magisch anzog, aber Maya hob sich von den anderen ab. Warum, wusste er nicht, und er glaubte, kein Recht zu haben, danach zu fragen.

Er breitete die Arme aus und sie schmiegte sich an ihn und umarmte ihn fest. Es war seiner Aufmerksamkeit nicht entgangen, dass alle Montgomerys ihn auf diese Weise umarmten, alle, bis auf die eine, von der er es sich so sehr wünschte.

Nein, das war nicht richtig. Es gab noch einen Montgomery, der auf Abstand ging, doch Luc konnte Alex nirgendwo ausfindig machen. Er hoffte, der Mann hatte sich nicht in eine Ecke verdrückt, um sich zu betrinken und seine Scheidung zu bejammern. Oder was auch immer für Dämonen ihn gerade quälten. Er kannte die Montgomerys und fühlte sich hilflos Alex' Leid gegenüber, doch solange der Mann sich nicht selbst helfen wollte, konnte niemand etwas für ihn tun.

Luc schüttelte die trüben Gedanken ab und küsste Maya auf den Scheitel. »Ich bin schon eine ganze Weile hier, Maya. Ich habe mich nicht versteckt.«

Sie runzelte die Stirn. »Ich rede nicht von heute, du Idiot.« Sie pikste ihm mit dem Finger in den Bauch und schüttelte den Kopf. »Du warst zu lange weg, Luc. Ich weiß, du wolltest die Welt sehen oder was auch immer, doch ich bin froh, dass du wieder zu Hause bist.« Sie blickte über seine Schulter und lächelte wie eine Katze vor der Sahneschüssel. »Ich kenne noch einen Menschen, der froh ist, dass du wieder da bist.«

Luc wollte nicht hinter sich blicken. Seine Nackenhaare sträubten sich und er wusste, wer hinter ihm war. Sie musste gerade erst eingetroffen sein, denn er hatte sie nicht gesehen, als er ankam. Verdammt, er fühlte sich wie ein Teenager, linkisch und verschwitzt und sprachlos.

»Halt dich da raus, Maya«, knurrte er. So sehr er Maya auch liebte, sie hatte die Angewohnheit, anderen Menschen in deren Beziehungen helfen zu wollen. Die Frau weigerte sich zuzugeben, dass sie etwas mit ihrem besten Freund Jake hatte, doch sie liebte es, dafür zu sorgen, dass andere mit ihren Wunschpartnern glücklich wurden. »Ich brauche deine Hilfe nicht.«

»Wovon redet sie überhaupt?«, wollte Griffin wissen und Luc wäre beinahe zusammengezuckt. Er war so in seine eigenen Gedanken versunken, dass er vergessen hatte, dass er Zuhörer hatte.

Er wandte sich Wes, Storm und Griffin zu. Er wollte nicht lügen, aber auch nicht alles Intime preisgeben. »Meghan und ich frischen gerade unsere Freundschaft auf und ich will nicht, dass Maya sich einmischt.«

Wes schnaufte. »Maya mischt sich ein? Was du nicht sagst!«

»Verpiss dich«, gab Maya zurück, doch sie lächelte. »Ich mische mich nicht ein … ich helfe.«

Storm musterte Luc prüfend, sparte sich jedoch einen Kommentar. Luc hatte das Gefühl, damals in ihrer Jugend nicht alles so geheim gehalten zu haben, wie er es gehofft hatte. Die Montgomerys sahen zu viel, wussten zu viel.

»Nun, du brauchst mir nicht zu helfen«, sagte Luc sanft. »Ich habe alles im Griff.«

»So, hast du das?«, fragte Maya und blickte ihm in die Augen.

»Ich werde es in den Griff bekommen.« Mit diesen Worten wandte er sich ab, wohl wissend, dass er wahrscheinlich zu viel gesagt hatte. Er hatte gerade erst selbst herausgefunden, was er wollte, und konnte gut auf die Neckereien der anderen verzichten. Und eigentlich, wenn er ernsthaft darüber nachdachte, war er sich noch nicht sicher, was er eigentlich wollte, nicht in allen Einzelheiten. Doch er würde sich nicht von den Ängsten seiner Jugend überwältigen und sich das verderben lassen, was er jetzt vielleicht haben konnte.

Auch wenn Meghan es bei einer reinen Freundschaft belassen wollte, würde er das akzeptieren. Gestern Abend hatte er den Ausdruck in ihren Augen bemerkt. Etwas hatte sich verändert. Er betete, dass er sich nicht irrte und sie mehr wollte als nur Freundschaft.

Und jetzt war es Zeit für sie beide, dass sie sich dem stellten.

»Onkel Luc!«

Luc beugte sich zu Sasha hinab, die sich in seine Arme warf. Er hob sie hoch und wirbelte sie herum. Ihr Lachen wischte alle Ängste und Zweifel hinweg, die er zuvor gehabt hatte. Er würde diesen Kindern nicht wehtun und ganz gewiss auch nicht Meghan. Ein Tag nach dem anderen. Mehr brauchte er nicht – einen Tag nach dem anderen leben.

»Ich wusste, dass du hier bist.« Sie grinste, wobei sie ihre Zahnlücke zeigte.

Er setzte sie sich auf die Hüfte und zwinkerte. »Oh wirklich? Woher wusstest du das?«

»Weil Oma es mir gesagt hat. Ätschebätsch!«

Er warf den Kopf zurück und lachte über ihren Ausdruck.

»Das sagt man nicht, Sasha«, wies Meghan ihre Tochter zurecht, während sie sich den beiden näherte. »Du darfst nicht so grob sein.«

Sasha schlang die Arme um Lucs Hals und schmiegte sich an ihn. »Es war nicht böse gemeint, nicht wahr, Onkel Luc?«

»Ich glaube nicht«, meinte er zustimmend, wohl wissend, dass das kleine Mädchen ihn bereits um den Finger gewickelt hatte. »Schön, dich zu sehen, Meghan.«

Sie fing seinen Blick auf. Dann blinzelte sie und holte tief Luft. »Ich freue mich auch, dich zu sehen. Mom hat zwar gesagt, du würdest vielleicht vorbeischauen, doch ich habe es nicht geglaubt.«

»Ich komme gern her. Ich mag deine Eltern. Es ist schon eine Weile her, dass ich mit euch allen zusammen gewesen bin. Hast du schon etwas gegessen? Ich hatte bis jetzt noch keine Gelegenheit dazu.«

Sie schüttelte den Kopf. »Noch nicht. Ich habe gerade versucht, die Kinder dorthin zu locken.« Sie warf einen Blick über die Schulter und runzelte die Stirn. »Cliff ist mit Leif davongelaufen, sobald wir im Haus angekommen waren.«

Er drehte sich herum und folgte ihrem Blick. »Er ist bei Austin und Sierra. Sie werden dafür sorgen, dass er etwas isst.« Plötzlich ergriff er ihre Hand, was sowohl ihn als auch sie überraschte. »Komm. Wir werden zusammen etwas essen.«

Sie blickte auf ihre verbundenen Hände hinab, dann zog sie ihre Hand weg. Er ließ nicht zu, dass ihm dies wehtat, denn sie hatten noch nicht miteinander geredet. Doch die Tatsache, dass sie nicht hastig reagiert hatte, bedeutete vielleicht, dass er auf dem richtigen Weg war. Außerdem war der Garten ihrer Eltern kein guter Ort, um etwas zu beginnen.

»Ich wollte dich nicht ablenken. Es sah so aus, als hättest du dich mit Wes und Storm unterhalten.«

»Die kommen auch ohne mich aus. Komm, lass uns diesen Zwerg füttern.«

Er zwickte in Sashas Bauch und sie kicherte so ähnlich wie ihr Cousin Colin. Der Klang machte ihm bewusst, dass er sich nicht mehr so linkisch fühlte wie noch vor wenigen Minuten. Eigentlich hatte er nicht geglaubt, dass nach all den Jahren immer noch diese Spannung zwischen ihnen herrschte. Es würde Zeit brauchen, bis sie alles geklärt hätten, das wusste er. Irgendwann musste er jedoch erforschen, was genau Meghan wollte. Der Beinahe-Kuss und das Gefühl, dass sie sich zu ihm hingezogen gefühlt hatte, mussten etwas bedeuten.

Das hoffte er jedenfalls.

Er begleitete Meghan und Sasha zu dem Tisch, auf dem sich die Speisen türmten, und half dem kleinen Mädchen auf seinem Arm, sich einen Teller zu füllen. Er ignorierte die bedeutsamen Blicke einiger Familienmitglieder. Es war lange her, dass Meghan und er zusammen gesehen worden waren und niemals mit einem Kind auf seiner Hüfte. Anstatt lange darüber nachzugrübeln, setzte er Sasha ab und füllte sich selbst einen Teller. Dann aßen die drei ihr gegrilltes Hühnchen mit Kartoffelsalat und beobachteten derweil Leif und Cliff, die auf dem Rasen herumrollten. Als Austin sich ihnen anschloss, folgten sogleich die anderen Jungs und schon bald war ein Spiel Touch Football im Gange. Natürlich wollte Sasha auch mitspielen und Luc sorgte dafür, dass er in ihrer Mannschaft spielte. Unter Meghans wachsamen Augen als auch unter den Blicken derjenigen, die beschlossen hatten, das Spiel auszusitzen, führte er Sasha und ihr Team zum Sieg. Die beiden gaben eine Vorstellung ihres neuesten End Zone Tanzes, bei dem Luc Sasha herumwirbelte, bis das kleine Mädchen vor Vergnügen quietschte.

»Noch einmal! Noch einmal!«

Er lachte, warf sie sich über die Schulter und trug sie zu Meghan. »Heute nicht mehr. Ich bin erschöpft.« Er warf Meghan einen Blick zu. »Ich bin keine zwanzig mehr, wie mir scheint.«

Sie lächelte ihn wissend an. »Keiner von uns ist mehr zwanzig. Okay, Süße, wir müssen Onkel Griffin suchen und ihn fragen, ob er uns jetzt nach Hause fahren kann. Cliff muss noch etwas für die Schule erledigen.«

»Ist dein Pritschenwagen immer noch nicht repariert?«

Meghans Lippen wurden schmal und sie schüttelte den Kopf. »Die Reparatur dauert länger, als sie gedacht haben.«

Luc stemmte die Hände in die Hüften und seufzte.

»Du wirst einen neuen brauchen, wenn der alte so schwer zu reparieren ist, Meghan.«

Sie blickte auf Sasha hinab und schüttelte leicht den Kopf. »Ich will jetzt nicht darüber reden. Jedenfalls hat Griffin uns hierhergebracht, ich habe also um Hilfe gebeten, richtig?« Die Anspannung in ihrer Stimme verriet ihm, dass es um mehr ging. Er wusste, er hätte an jenem Tag in seinem Wagen nicht so aufbrausen sollen, aber er hatte sich nicht beherrschen können. Es missfiel ihm, dass sie üblicherweise nicht um Hilfe bat. Es missfiel ihm, dass sie versuchte, alles allein zu bewältigen, auch wenn es nicht nötig war.

So viele Menschen standen hinter ihr, um sie zu unterstützen, doch es war, als wäre sie blind dafür. Als hätte etwas sie so lange von diesem Fürsorgesystem abgeschirmt, dass ihr dessen Existenz nicht mehr bewusst war.

Er musste einen Weg finden, dieses Problem zu beheben, und ihr gleichzeitig klarmachen, dass auch er zu den Menschen gehörte, die sie unterstützen wollten.

Sie tat so viel ganz allein, mehr als jeder Mensch tun sollte. Es kümmerte ihn nicht, dass es Tausende alleinerziehender Mütter und Väter gab, die dies jeden Tag taten. Meghan jedenfalls sollte das nicht nötig haben. Er wollte nicht, dass sie sich so verbrauchte, weil sie glaubte, sie müsste alles allein bewerkstelligen.

»Ich werde euch nach Hause bringen, Meghan.«

Sie schüttelte den Kopf. »Es ist nicht nötig, dass du unseretwegen die Party verlässt. Griffin wird uns fahren.«

»Lass mich euch helfen. Griffin unterhält sich gerade mit deinem Vater. Willst du ihn wirklich so früh zum Gehen zwingen?«

Sie runzelte die Stirn. »Ich möchte von niemandem abhängig sein und niemanden zwingen, meinetwegen auf etwas zu verzichten. Verstehst du das nicht?« Sie holte tief Luft. »Entschuldige. Ich bin ein wenig empfindlich.«

»Ich verstehe dich.« Und das tat er auch. Richard hatte sich ihr gegenüber wie ein Arschloch benommen, sie gezwungen, sich nur auf sich selbst zu verlassen, und ihr eingeredet, sogar darin zu versagen. »Ich bringe dich trotzdem nach Hause.«

»Luc.«

»Mach dir keine Sorgen. Ich wäre ohnehin nicht lange geblieben. Außerdem möchte ich mit dir über etwas reden.«

Sie leckte sich über die Lippen und er unterdrückte ein Stöhnen, da er sich bewusst war, dass Sasha mit einem neugierigen Ausdruck auf dem Gesicht neben ihnen stand. »Wir brauchen nicht darüber zu reden.«

Gut. Sie hatte also auch gleich an den Beinahe-Kuss gedacht. »Doch, doch, das müssen wir. Geh und hole Cliff und verabschiedet euch. Ich werde Sasha etwas säubern und die Kindersitze für meinen Pritschenwagen holen.«

Sie öffnete den Mund, um etwas zu sagen, dann schüttelte sie den Kopf. »Danke. Es tut mir leid, dass ich so undankbar klinge. Vielen Dank.«

Er hob die Hände, um ihr Gesicht zu umfassen, doch dann besann er sich. »Gern geschehen, Meghan. Das solltest du doch wissen.«

Mit diesen Worten tat er, was er angekündigt hatte, wobei er wieder einmal neugierige Blicke ignorierte. Damit würde er sich später beschäftigen. Zuerst musste er herausfinden, was zwischen Meghan und ihm vor sich ging. Danach konnten sie sich der Außenwelt widmen.

Schweigend fuhren sie zu Meghans Haus; Sasha war eingeschlafen, sobald er sie in ihrem Kindersitz angeschnallt hatte. Cliff hatte kein Wort mit ihm gewechselt, was ihn mehr und mehr bekümmerte. Mit dem Kind stimmte etwas nicht, doch der Ausdruck auf Meghans Gesicht, wenn sie ihren Sohn verstohlen anblickte, verriet ihm, dass auch sie keine Ahnung hatte, was los war.

Er trug Sasha zum Haus und folgte Meghan und Cliff hinein.

»Ich werde sie hinlegen, wenn du gern etwas trinken möchtest«, sagte Meghan.

»Ich bringe sie zu Bett«, erwiderte er. »Ich weiß, wo es ist.«

»Okay, und ich werde Cliff in ihrem Zimmer an den Schreibtisch setzen, damit er den Rest seiner Hausaufgaben erledigen kann. Sasha hat ihre Aufgaben für die Vorschule bereits gemacht.«

Sie lächelte ihn schüchtern an und er blickte ihr in die Augen. Sie verhielten sich so vertraut miteinander, dass sein Herz schmerzte und er sich nach diesem Familienleben sehnte. Er hatte nicht gewusst, wie sehr er es sich wünschte, bis er einen Blick darauf erhascht hatte. Jetzt wusste er, er würde um sie kämpfen. Für mehr, als ihm im Moment bewusst war.

Als Meghan das Zimmer der Kinder betrat und Cliff an den Tisch setzte, zog Luc sich zurück, damit sie ihren mütterlichen Pflichten nachkommen konnte.

»Ich weiß, sie müsste sich noch die Zähne putzen und so weiter, aber das können wir uns heute Abend vielleicht sparen. Sie ist vollkommen hinüber, was bedeutet, dass sie Schlaf braucht. Normalerweise braucht sie ewig, um in einen solchen Tiefschlaf zu fallen. Und eben deshalb hatte die Zahnfee es nicht leicht.«

Luc schüttelte den Kopf und folgte Meghan lächelnd ins Wohnzimmer.

»Danke, dass du uns nach Hause gebracht hast. Ich habe mit Mom und Dad geredet, bevor wir losgefahren sind. Ich werde Dads Pritschenwagen übernehmen.« Sie holte tief Luft. »Das hätte ich schon früher tun sollen, da er ihn wegen seiner Behandlung nicht benutzt, aber ich war zu stur.« Sie schüttelte den Kopf. »So stur, dass ich es mir selbst schwer gemacht habe, meine Kinder von der Schule abzuholen. So darf ich nicht weitermachen.«

Er seufzte, dann trat er näher an sie heran. Wohl wissend, dass er etwas Schwerwiegendes tun würde, oder etwas ungemein Dummes, umfasste er ihr Gesicht. Sie keuchte kurz auf, zog sich jedoch nicht zurück. Ein Fortschritt.

»Du bist stur. Das ist wahr. Aber du sorgst gut für deine Kinder. Lass dir nicht das Gegenteil einreden.«

»Luc, was machst du? Was machen wir?« Ihre Stimme war leise und sie schnappte nach Luft.

Er drückte sie einen Schritt zurück, dann zwei, bis ihr Rücken sich gegen die Tür presste. Er wollte sie nicht wirklich in der Falle halten, aber er musste wissen, dass sie da war, musste sie an sich spüren.

»Ich werde dich küssen, Meghan. Ich werde deine Zunge schmecken, deine Lippen. Dann werde ich es noch einmal tun. Wenn ich keine Luft mehr bekomme, wenn ich nur noch mit Sehnsucht nach dir erfüllt bin, werde ich gehen und dich nachdenken lassen, was dies bedeutet. Ich bin hier, Meghan. Ich werde dich nicht verlassen. Ich will dich. Ich will uns.«

»Das kannst du nicht ernst meinen. Wir sind Freunde, Luc. Mehr sind wir nicht. Sind es nie gewesen.«

Das war sein Fehler, wie er wusste. Doch das war Vergangenheit. Dies war die Gegenwart.

»Wir könnten mehr sein. Dies ist nur eine Möglichkeit. Die Möglichkeit auf etwas Größeres, als in einem Raum nebeneinanderzustehen, von vielen Menschen umgeben. Lass mich dir zeigen, was wir haben könnten. Lass es mich dir zeigen.«

Und dann senkte er den Mund auf sie hinab und fuhr zärtlich mit seinen Lippen über ihre, einmal, zweimal.

Sie erstarrte, doch dann legte sie scheu ihre zitternden Hände auf seine Brust, drückte ihn jedoch nicht von sich weg, sondern berührte ihn sanft. Er leckte die Feuchtigkeit von ihren Lippen und sie öffnete sich ihm.

Sie stöhnten beide auf, als er mit den Händen über ihren Hals glitt und im Nacken mit ihrem Haar spielte. Er hielt sie fest, während er sie fester gegen die Tür presste. Ihre Körper stimmten sich aufeinander ein. Heiße Härte schmolz zu sanfter Wärme, Sehnsucht transformierte sich in Begierde. Sie schmeckte süß und würzig, schmeckte nach Meghan, der Meghan, die er niemals gehabt, aber immer gewollt hatte, nach der er sich immer gesehnt hatte.

Er löste sich von ihr, sah, wie sie ihre Augen flatternd öffnete, und küsste sie noch einmal. Ihre Zunge ging auf das Spiel der seinen ein, eine sanfte Verführung, die den Hauch eines Versprechens beinhaltete. Bevor er noch weitergehen würde, bevor er sie beide bis an ihre Grenze brachte, löste er sich atemlos von ihr.

»Das werden wir wiederholen, Meghan.«

»Ich … ich weiß nicht, wie das geschehen konnte.«

Er strich ihr eine Locke hinters Ohr. »Doch, doch, du weißt es. Und bald werden wir noch mehr herausfinden. Aber vorerst denke darüber nach, was dir dies bedeutet.«

Er beugte sich vor und fuhr leicht mit den Lippen über ihre, dann trat er einen Schritt zurück. »Bis morgen.«

»Luc —«

»Morgen.«

Er sagte dies in dem Bewusstsein, dass er sie beide zu mehr drängen würde, als sie geben konnten, sollte er jetzt nicht gehen. Er schob seine Erektion in der Jeans zurecht, wobei er es genoss, wie sie diese Bewegung mit ihrem Blick verfolgte. Dann verließ er ihr Haus.

Er hatte den ersten Schritt getan. Und vielleicht auch den zweiten und dritten. Nun lag der nächste Schritt bei ihr. Er betete, keinen Fehler begangen zu haben, denn dann hätte er alles verloren.

Aber dieser Kuss? Der Kuss war es wert gewesen.

Alles und mehr.

## Kapitel Sechs

DIE WELT MUSSTE sich in ihrer Achse verschoben haben und Meghan nun in einer neuen Dimension leben. Das war die einzige mögliche Erklärung für das, was gestern Abend geschehen war.

Sie hätte schwören können, dass ihre Lippen von Lucs Kuss noch geschwollen waren. Von Lucs Küssen. Plural. Er hatte sie zärtlich geküsst, Atem geschöpft und sie dann härter geküsst, wobei er sie gegen die Tür gepresst hatte. Noch einmal erzitterte sie, als sie sich ins Gedächtnis rief, wie er mit den Händen ihren Nacken umfasst und dann mit ihren Haaren gespielt hatte, als er seinen Kuss vertieft hatte.

Sie schluckte heftig, schlug die Beine übereinander und betete, ihre Muschi möge aufhören zu pulsieren, nur weil sie sich an Lucs köstliche Lippen erinnerte. Gewiss, wenn sie sich seinen Mund auf irgendeiner anderen Stelle ihres Körpers vorstellte, wurde es nur noch schlimmer.

Verdammt. Er war ihr Freund.

Er war ihr bester Freund gewesen.

Mehr waren sie nicht.

Richtig?

»Meghan? Ist alles in Ordnung? Du bist ganz rot im Gesicht.« Miranda blickte stirnrunzelnd auf sie hinab und streckte die Hand aus, als wollte sie Meghans Stirn fühlen.

Meghan zuckte instinktiv zurück und presste den Rücken in die Couch. »Alles gut.« Sie räusperte sich. »Ich brauche nur etwas zu trinken.«

Jetzt tauchte Maya hinter Miranda auf und zog eine Braue in die Höhe. Ein Piercing blitzte auf. »Du bist wirklich rot im Gesicht, aber ich glaube nicht, dass du krank bist.« Sie grinste, einen wissenden Ausdruck in den Augen. »Ich denke, das hat etwas mit einem gewissen Jemand zu tun, der dich und die Kinder gestern Abend nach Hause gebracht hat.«

Meghan reckte ihr Kinn in die Höhe. Vor Maya würde sie nicht klein beigeben. Die drei Frauen hatten sich immer äußerst nahegestanden, da sie die drei Mädchen des Montgomery Clans waren. Ihre Eltern hatten es für schick gehalten, allen drei Namen zu geben, die mit einem M begannen, und ihr Vater nannte sie manchmal sogar seine M&Ms. Es spielte keine Rolle, dass Meghan neun Jahre älter als Miranda und zwei Jahre älter als Maya war. Sie waren Schwestern und kannten sich beinahe in- und auswendig.

Natürlich hatte jede von ihnen noch ihre eigenen Geheimnisse – manche dunkler als andere.

Dieses Geheimnis jedoch war nicht so düster. Trotzdem wollte sie es nicht mit ihren Schwestern teilen.

»Wie bitte?«, fragte sie schließlich schnippisch, wobei sie versuchte, so eisig wie möglich zu klingen.

Maya verdrehte die Augen und tippte ungeduldig mit dem Fuß auf den Boden. »Den eisigen Tonfall kannst du dir bei mir sparen, Meghan. Ich kenne dich. Du bist ganz rot und hast die Beine übereinandergeschlagen. Du hast an etwas gedacht, das dich heißmacht, richtig? Und da du in den Jahren deiner Ehe mit dem Hurensohn niemals so ausgesehen hast, nehme ich an, es ist ein gewisser Elektriker, der in die Stadt zurückgekehrt ist. Habe ich recht?«

Meghan legte die Stirn in Falten, konnte jedoch das Lachen nicht zurückhalten, das in ihrer Kehle hochstieg. »Mein Gott, Maya. Machst du Witze? Hast du mich gerade wirklich gefragt, ob ich erregt war? Gibt es denn unter uns Schwestern keine Privatsphäre mehr?«

Miranda ließ sich grinsend neben Meghan auf die Couch fallen. »Ich kann gern auf die Antwort auf diese Frage verzichten, wenn es dir recht ist. Und jetzt komm schon. Erzähl uns alles.«

»Da gibt es nichts zu erzählen«, wehrte Meghan ab.

Maya seufzte dramatisch auf, dann lächelte sie. »Nun. Es war eine gute Idee, dass ihr beide bei mir vorbeigekommen seid, um Margaritas zu trinken. Ich werde dich mit Alkohol abfüllen und dann werden wir sehen, was passiert, wenn der Tequila deine Zunge gelöst hat.«

Meghan verschränkte die Arme vor der Brust. »Ich denke, ich verzichte auf den Tequila, danke sehr. Ich bin hergekommen, um einen Frauenabend zu verbringen. Ich will mich nicht betrinken.«

»Aber Meghan, gehört das nicht zu einem Frauenabend dazu?«, warf Miranda ein. »An einem *Frauentag* gehen wir einkaufen, essen zu Mittag und besuchen ein Spa oder so. An einem *Frauenabend* trinken wir, frisieren uns gegenseitig die Haare, nur um Maya zu ärgern, und ziehen über Männer her.«

»Wir werden uns nicht gegenseitig frisieren«, widersprach Maya prompt und ging in die Küche, die sich dem Wohnzimmer direkt anschloss. »Beim letzten Mal ist Meghan sauer geworden, weil ich Lebensmittelfarbe in ihre Haare geben wollte, weil die sich schneller wieder hätte herauswaschen lassen.«

Meghan ballte die Hände zu Fäusten und holte tief Luft. »Du weißt, warum ich böse geworden bin, Maya. Nämlich weil ...« Sie holte tief Luft. »Richard hätte herumgetobt, wenn ich an jenem Abend mit gefärbten Haaren nach Hause zurückgekehrt wäre. Er hätte mich nicht einmal hier übernachten lassen, wie ich es heute tun werde. Er wollte, dass ich zu Hause bei den Kindern bleibe.«

»Als hätte der Hurensohn Cliff und Sasha nicht selbst zu Bett bringen können«, schimpfte Miranda. »Maya hat recht. Er ist ein richtiges Arschloch.«

»Nun, er ist aus unserem Leben verschwunden«, stellte Maya fest, dann schaltete sie den Mixer ein.

»Er ist nicht aus unserem Leben verschwunden«, widersprach Meghan, sobald Maya das Gerät ausgeschaltet hatte. »Er ist der Vater meiner Kinder. Er wird niemals ganz aus meinem Leben verschwinden.« Sie spürte plötzlich Tränen hinter den Augenlidern und sog scharf die Luft ein. »Verdammt. Ich habe noch nichts getrunken und schütte euch bereits mein Herz aus.«

»Das brauchst du«, meinte Miranda sanft. »Deshalb haben Austin und Sierra deine Kinder heute Abend zu sich genommen. Wir hätten Sierra gern hiergehabt, doch sie meinte, sie müsse bei Colin und den anderen Rangen zu Hause bleiben.« Miranda warf ihr einen vielsagenden Blick zu. »Ich glaube nicht, dass Austin mit vier Kindern fertig wird.«

Jetzt kehrte Maya mit drei großen Margaritas in der Hand aus der Küche zurück. »Nun, wenn sie weiter ihre Adoptionspläne verfolgen, werden sie mit der Zeit vielleicht vier Kinder haben.«

Meghan nahm ihr Glas entgegen und nippte daran.

Der scharfe, beißende Geschmack fuhr ihr sofort durch den ganzen Körper und sie entspannte sich ein wenig.

»Dann werden sie also die ganze Bürokratie hinter sich bringen müssen? Ich weiß, dass Sierras letzte Schwangerschaft sie sehr mitgenommen hat.«

»Das ist eine Untertreibung«, fügte Miranda hinzu.

»Wirklich. Es hat sie beinahe umgebracht«, erklärte Maya offen.

»Ich weiß«, flüsterte Meghan. »Ich mag vielleicht in meinem eigenen Schmerz vergraben gewesen sein, aber ich war dort, erinnert ihr euch? Wir waren alle dabei, als sie beinahe auf dem Rasen unserer Eltern verblutet wäre.« Sie schauderte, als sie sich an das gequälte Gesicht ihres Bruders erinnerte, als er erkennen musste, dass er nichts tun konnte, um das Leben seiner Frau zu retten. »Sie haben Glück gehabt, dass am Ende alles gut ausgegangen ist und sie und Colin gesund sind.«

Maya hob ihr Glas. »Darauf lasst uns trinken. Ich weiß, sie wollen mehr als zwei Kinder haben, denn sie haben verdammt große Herzen. Ich bin sicher, sie werden ein kleines Mädchen oder einen kleinen Jungen finden, die ein Zuhause brauchen.« Sie trank ein paar Schlucke, dann verzog sie das Gesicht. »Oh, Mann. Der ist stark. Genau wie ich ihn liebe. Jetzt aber Schluss mit den depressiven Themen. Sierra geht es gut. Sie werden noch mehr Kinder bekommen, wenn auch auf anderem Wege. Ich meine, komm schon. Leif ist auf fantastische Weise in ihr Leben getreten. Warum nicht noch eins?«

Meghan lächelte trotz der leichten Furcht, die sie bei der Erinnerung beschlichen hatte, wie Sierra bleich auf dem Rasen gelegen hatte. »Das ist wahr. Und heute Abend üben sie mit meinen beiden. Die zwei haben mir versprochen, sich bestens zu benehmen, aber ihr kennt sie ja. Sie werden wahrscheinlich über Austin oder Leif herfallen, da sie so viel überschüssige Energie haben.«

Neben ihr lachte Miranda auf. »Nun, daran können sie nichts ändern. Sie sind eben Montgomerys.«

Richtig. Außer ihrem Nachnamen waren ihre Babys durch und durch Montgomerys.

Wenn doch auch Meghan sich wieder als echte Montgomery fühlen könnte! Sie trank weitere Schlucke von ihrer Margarita und das Glas war leer, bevor es ihr bewusst wurde.

»Komm, ich hole dir noch einen Tequila«, meinte Maya und nahm ihr das Glas aus der Hand.

Meghan leckte das Salz von ihren Lippen und schüttelte den Kopf. »Ein Glas reicht mir.«

»Du bleibst doch heute Nacht hier, Meghan. Du kannst mehr als eins trinken. Lass dich doch einmal gehen und vergnüge dich. Ich werde dir vor dem Schlafengehen Wasser und eine Aspirin geben, sodass du morgen früh keinen Kater hast, wenn du die Kinder abholst.«

»Ich dachte, ich wäre die ältere Schwester«, erwiderte Meghan mit schwerer Zunge. Wie viel Tequila hatte Maya in ihren Drink gemixt? »Warum kümmerst du dich um mich? Sollte es nicht andersherum sein?«

Miranda legte den Kopf auf Meghans Schulter. »Maya wird dich betrunken machen. Ich denke, das ist ihr Job. Mein Job ist es, dich zu knuddeln und dir zu entlocken, was zwischen dir und Luc läuft.«

Meghan schnaufte. »Süße, wenn du mir etwas entlocken willst, ist es keine gute Idee, mir von deinem Vorhaben zu erzählen.«

»Ich bin nicht hinterhältig«, verteidigte sie sich. »Obwohl, als ich versuchte, mit Decker zusammenzukommen … nun, das ist gut ausgegangen. Aber weißt du, hinterher hat er mir verraten, dass ich nicht gut darin bin, hinterhältig zu sein.«

Meghan schlang den Arm um die Schulter ihrer kleinen Schwester. »Ich werde nichts über Luc und mich erzählen.«

»Aha, es gibt also etwas über dich und Luc zu sagen. Darüber müssen wir reden.«

Meghan schloss die Augen, der Tequila erfüllte seine Aufgabe auf süße Art.

*Das. Muss. Stärker. Als. Tequila. Sein.*

*Oh, Süße, wie oft wurden diese Worte schon gesprochen?*

»Du redest Unsinn«, sagte Meghan leise mit schweren Lidern.

»Hey. Nicht schlafen! Trinken! Und dann spuck's aus.« Maya stellte ein volles Glas vor Meghan und grinste. »Nun. Deinen Drink sollst du nicht ausspucken, sondern die schmutzigen Einzelheiten.«

Meghan trank noch einen Schluck, sagte jedoch nichts. Sie wusste selbst nicht, was zwischen ihr und Luc vorging, und glaubte nicht, darüber reden zu können.

Auch über ihre Beziehung zu Richard hatte sie damals nichts erzählt und was war dabei herausgekommen?

Ihr Fehler.

Wieder einmal.

»Hey, ihr habt eine Party und ich wurde nicht eingeladen?«

Meghan öffnete die Augen und erblickte Mayas besten Freund – und möglicherweise Affäre – Jake, der ins Zimmer geschlendert kam. Er grinste die drei an. Sein dunkler Schurkenblick war kaum zu ertragen, wenn man so viel Tequila intus hatte.

»Was zum Teufel tust du hier?«, fragte Maya schnippisch. »Ich habe dir doch gesagt, wir haben einen Frauenabend. Du kannst nicht hierbleiben.«

Jake verdrehte nur die Augen angesichts Mayas Ausbruch, dann schlang er ihr die Arme um die Taille und zog sie an sich, um sie auf die Schläfe zu küssen.

Mal ehrlich, da sollte man glauben, zwischen den beiden liefe nichts?

Jake warf den Kopf in den Nacken und lachte, bevor er sich von Maya löste. »Meghan, Liebes, Maya ist meine beste Freundin. Nicht meine Fickpartnerin. Das solltest du doch wissen.«

Oh mein Gott, hatte sie ihre Gedanken laut ausgesprochen?

Maya runzelte die Stirn. »Ja, ja, du hast es laut ausgesprochen. Mein Gott, Meghan, du bist doch sonst nicht so unbedacht.«

Meghan stellte ihr Glas ab und schloss die Augen. »Fragt mich nichts mehr, bevor ich nicht etwas gegessen habe. Um Gottes willen, habt Gnade mit meiner armen Seele.«

Miranda stieß neben ihr laut den Atem aus und Meghan fing Mayas Blick auf, dann brach sie in lautes Gelächter aus. Jake stimmte mit ein und bald liefen allen dreien Tränen über die Wangen.

Miranda hörte eine Weile nicht mehr auf zu schnaufen, dann blickte sie in die Runde. »Was war das denn?«

Die Frage rief erneutes Gelächter hervor. Bald hatte sie Seitenstechen und sie musste pinkeln.

»Hört auf. Bitte hört auf. Ich werde mir noch in die Hose machen.«

»Dann geh und kümmere dich darum«, meinte Jake. In seinen Augen tanzten Sterne. »Ich werde euch etwas zu essen besorgen, um den Alkohol aufzusaugen. Im Ernst, Maya. Du weißt doch, dass man die Leute nicht so früh schon betrunken macht, ohne etwas zu essen anzubieten.«

Maya grinste nur; der Alkohol schien auf sie keine so

große Wirkung zu haben. »Ich wollte Informationen aus Meghan herauskitzeln und mit vollem Magen hätte das nicht funktioniert.«

Jake schüttelte den Kopf. »Ich sage dir, Maya, eines Tages wird dich deine Neugier, auch noch jedes kleinste Detail über deine Familie zu wissen, in Schwierigkeiten bringen.« Er blickte ihr in die Augen und runzelte die Stirn.

Für einen Augenblick glaubte Meghan, wahrgenommen zu haben, wie etwas zwischen den beiden hin und her ging – ein alter Schmerz oder vielleicht auch etwas Frisches. In jedem Fall ging es sie nichts an und sie fühlte sich wie ein Eindringling. Mit zittrigen Beinen schleppte sie sich ins Badezimmer, während die drei anderen im Wohnzimmer zurückblieben.

Nachdem sie ihr Geschäft erledigt und sich kaltes Wasser ins Gesicht gespritzt hatte, gesellte sie sich wieder zu den anderen. Jake hatte Chips und Dips, Gemüse und kalte Pizza aufgefahren. Gerade bückte er sich, um ein Blech mit Pizzarollen in den Ofen zu schieben.

Sie schüttelte den Kopf, dann ging sie zu ihm und schlang ihm die Arme um die Taille. Eigentlich hätte sie ihn besser kennen müssen. Er war Maya nähergekommen, während Meghan verheiratet und ziemlich isoliert gewesen war. Sie wusste jedoch, dass er ein guter Mann war.

»Danke, dass du für uns sorgst«, flüsterte sie.

Jake erwiderte ihre Umarmung und küsste sie auf den Scheitel. »Immer gern, ihr Süßen. Ich weiß, ihr habt heute Frauenabend, also werde ich euch gleich allein lassen.«

»Nein, du darfst nicht gehen«, wandte Miranda ein, die an der Arbeitsplatte stand und Gemüse kaute. »Du musst uns mit Luc und Meghan helfen.«

Meghan löste sich von Jake und verschränkte die Arme vor der Brust. »Es gibt kein Luc und Meghan.«

»Aber, Meghan«, begann Miranda.

»Nein. Hör auf damit. Er ist mein Freund. Er hat mir geholfen, als ich ihn brauchte.« *Er hat mich geküsst, bis ich beinahe gekommen wäre.* »Wir haben keine Beziehung miteinander. Und werden auch in Zukunft keine haben. Ich will nicht, dass sich diese Idee bei irgendjemandem im Kopf festsetzt, verstanden? Ich werde nicht alles vermasseln, indem ich mir einbilde, ich könnte mit ihm zusammen sein.«

Sie holte tief Luft.

»Weißt du, du könntest mit ihm zusammen sein«, wandte Maya ein.

»Nein. Nein, das kann ich nicht. Ich würde es vermasseln, das wissen wir doch alle.« Wieder traten ihr Tränen in die Augen und sie fluchte. »Ich habe keine Lust mehr, darüber zu reden. Wir können von mir aus über Decker reden oder über Filme oder was immer ihr wollt, aber über Luc werde ich kein Wort mehr sagen. Er ist nicht mehr als ein Mann, mit dem ich zusammenarbeite und mit dem mich früher eine enge Freundschaft verbunden hat.«

»Er ist mehr als das, Meghan, und wenn du dich selbst belügst, tust du nur denen weh, die du liebst.« Maya zog die Brauen zusammen. Aber Meghan wollte nicht hören, was Maya sagte.

Sie hatte sich entschieden. Sie durfte nicht riskieren, was sie jetzt mit Luc hatte – oder zumindest die Freundschaft, die sie mit ihm haben könnte –, indem sie der Wahnvorstellung verfiel, es könnte mehr entstehen.

»Halt den Mund. Ich werde nicht mehr über das Thema reden.«

Jake seufzte. »Wenn du doch mal reden willst, bin ich für dich da.«

»Ich auch«, sagten Maya und Miranda wie aus einem Munde.

Wahrscheinlich würde sie niemals bereit sein, mit irgendjemandem über das Thema zu reden. Tatsächlich gab es nichts, worüber sie hätte reden können. Wenn sie eine Beziehung mit Luc anstrebte oder ihm erlaubte, sie zu überzeugen, würde er sie sehen, wie sie wirklich war.

Nämlich nichts.

Sie hatte bei Richard versagt. Und Luc war so viel mehr wert, als Richard es je hätte sein können.

Sie würde Luc niemals genügen können. Sie durfte ihm nicht erlauben, ihr noch näherzukommen. Sie war nicht stark genug, ihn noch einmal davongehen zu sehen, diesmal, weil er erkannte, wer sie wirklich war.

Sie konnte Luc nicht haben.

Würde seine Lippen nicht mehr auf ihren spüren.

Und eines Tages würde sie sich damit abfinden.

Aber heute noch nicht.

LUC FUHR mit der Hand über Griffins Regale und stieß einen leisen Pfiff aus. »Hat Decker die gebaut?«, erkundigte er sich, denn er sah, wie viel Handwerkskunst in den Möbeln steckte. Tatsächlich hatten alle Montgomerys ein Möbelstück zu Hause, das Decker mit eigenen Händen angefertigt hatte. Oder zumindest würde das bald der Fall sein.

»Ja. Diese hat er letztes Jahr gemacht, als er sich regelmäßig mit Miranda verabredet hat.« Griffin runzelte die Stirn. »Obwohl ich das damals nicht wusste.«

»Und du bist damals so gut damit umgegangen.«

Luc verdrehte die Augen, als Griffin ihm den Mittelfinger zeigte. Dann ließ er sich auf der Couch nieder. Er war in das Haus seines Freundes gekommen, um mit Griffin über ein paar Dinge zu reden, die dieser brauchen würde, sollte er jemals renovieren. Er hatte dies als Ausrede für seinen Besuch benutzt, da Griffin ständig durch einen Abgabetermin für einen Roman unter Zeitdruck stand. Der Schriftsteller neigte dazu, Dinge aufzuschieben, die nichts mit seiner Arbeit zu tun hatten. Eigentlich war Luc nur vorbeigekommen, um mit seinem Freund zu reden.

Obwohl, wenn er jetzt darüber nachdachte, beschlichen ihn Schuldgefühle.

Er hatte Meghan nicht erwähnt und hatte es auch nicht vor. Zuerst musste er ihre Beziehung auf feste Beine stellen – nachdem er dafür gesorgt hätte, dass er überhaupt von einer Beziehung reden konnte –, bevor er mit irgendjemandem aus ihrer Familie darüber sprechen wollte.

Er hatte das Gefühl, jetzt zu wissen, was Decker durchgemacht haben musste, wenn der große Mann sich in der Nähe einer der Montgomerys aufgehalten hatte.

»Ich habe mich dafür entschuldigt, Decker geschlagen zu haben«, sagte Griffin ruhig, doch Luc bemerkte, dass der Hals des Mannes gerötet war.

»Ihr habt es ausgefochten. Dann habt ihr ein paar Biere getrunken und euch im Fernsehen eine Sportsendung angeschaut. So sind Männer nun einmal.«

Griffin lachte, so wie Luc es beabsichtigt hatte. Griffin hatte damals überreagiert, als er herausgefunden hatte, dass Decker und Miranda zusammen waren, doch daran dachte inzwischen niemand mehr.

Luc rollte mit den Schultern und versuchte, die Gedanken an Meghan und was zwischen ihnen ungesagt geblieben war zu verdrängen. Er konnte sich jetzt noch an den Geschmack auf seiner Zunge erinnern und an das Gefühl, sie in den Armen zu halten.

Verflucht, davon hatte er bereits mit fünfzehn geträumt, so schien es ihm. Und doch war die Realität so viel besser, so etwas Besonderes, wie er es sich nie hätte vorstellen können.

Dies war nicht das Mädchen, in das er sich verliebt hatte, als er zu jung war, um etwas zu unternehmen. Und als er alt genug gewesen war, hatte sie Richard. Die Frau, die sie jetzt war, wollte er besser kennenlernen. Er würde ihr noch ein wenig Zeit lassen, um sich über ihre Gefühle klar zu werden, und dann würde er wieder auf sie zugehen und ihr zeigen, dass er der perfekte Mann für sie war, um mit ihm ihr Leben zu teilen.

Doch im Augenblick musste er diese Gedanken beiseiteschieben. Vor dem Bruder der besagten Frau einen Ständer zu bekommen war sicher nicht die beste Art, damit umzugehen.

Griffin warf ihm einen befremdeten Blick zu, dann fuhr er sich durch seine zu langen Haare. Der Mann brauchte einen Haarschnitt, doch er würde sich niemals die Zeit dazu nehmen. Luc wusste, dass Maya manchmal mit einer Schere in der Hand auftauchte, wenn er sich allzu wenig um sein Aussehen kümmerte. Im Übrigen hatten alle drei Mädels, und nun auch Sierra, es sich zur Aufgabe gemacht, dafür zu sorgen, dass Griffin genügend aß und schlief. Marie Montgomery hatte sich früher darum gekümmert, doch jetzt beanspruchte ihr kranker Ehemann ihre ganze Aufmerksamkeit.

Das erinnerte ihn an etwas. »Wie geht es deinem Vater?«

Griffin seufzte. »Er hat gerade eine weitere Reihe von Bestrahlungen hinter sich. Davor hat er eine Chemotherapie durchgemacht, das heißt, jetzt hat er erst mal eine Weile keine Behandlungen mehr, hoffe ich. Er kann seine Prostata behalten, da der Tumor nicht so groß war, wie die Ärzte vermutet hatten. Alle Körperfunktionen werden also hoffentlich erhalten bleiben, aber verdammt, ich hasse es, ihn so zu sehen.«

Luc stieß den Atem aus. »Ich kann es dir nachempfinden. Als ich nach Denver zurückkehrte, erwartete ich, denselben starken Mann zu sehen, den ich als Heranwachsender kannte, und fand nur noch einen Schatten. Aber wenn er keine weiteren Bestrahlungen mehr bekommt, wird er hoffentlich wieder an Gewicht zunehmen.«

Griffin nickte. »Ja, das ist das Ziel. Wir kontrollieren abwechselnd, ob Mom und Dad richtig essen und sich nicht vollkommen herunterwirtschaften.« Er runzelte die Stirn. »Nun, alle außer Alex, aber ihn dazu zu bringen, irgendetwas zu tun, ist Schwerstarbeit.«

»Was zum Teufel ist mit deinem Bruder los, Griff?« Luc wusste, dass Alex zu viel trank und sich seit der Scheidung von allen abgesondert hatte. Obwohl, eigentlich hatte er damit schon vor der Trennung begonnen.

»Wenn ich das nur wüsste. Er hört nicht auf uns. Lässt sich nicht von uns helfen.« Er erhob sich und begann, im Zimmer auf und ab zu schreiten. »Immer wenn in dieser Familie eine Sache beginnt, gut zu laufen, laufen zwei neue aus dem Ruder.«

Er wusste, Griff dachte unter anderem an Meghan und Richard, doch Luc wollte das Thema Meghan nicht zur Sprache bringen. Noch nicht.

»Ihr werdet alle Probleme lösen. Die Montgomerys sind verdammt stark. Denk immer daran.«

Griffin lächelte ihn traurig an. »Ich weiß nicht, ob wir stark genug für alles sind, Luc.«

Er schüttelte den Kopf. »So darfst du nicht denken. Wenn du von vornherein erwartest zu scheitern, so wird dir nichts gelingen.« Er warf einen Blick auf die Uhr und fluchte. »Und ich habe dir eine Stunde Zeit gestohlen. Entschuldige bitte. Ich muss ohnehin nach Hause zurückkehren, um an ein paar Plänen für unser Projekt zu arbeiten.«

Griffin und Luc verabschiedeten sich voneinander und Luc machte sich auf den Weg nach Hause. Seine Gedanken führten in alle möglichen Richtungen, landeten jedoch stets bei demselben Menschen.

Meghan.

Er begehrte sie. Brauchte sie. Er sehnte sich nach ihr.

Er hatte am vergangenen Abend keinen Fehler gemacht, als er sie geküsst und ihr seine Gefühle gestanden hatte. Nein. Wie er schon Griffin erklärt hatte, wenn er negativ darüber dachte, würde die Sache negativ enden. Er musste positiv denken.

Als er in seine Auffahrt einbog, hatte er das Gefühl, alle Positivität zu brauchen, die er aufbringen konnte.

»Meghan«, hauchte er, als er aus dem Wagen stieg. »Was machst du hier auf meiner Veranda? Es wird kälter. Du wirst noch erfrieren.«

Sie starrte zu ihm auf und blinzelte langsam. Er zwang sich, sie nicht an sich zu ziehen. Es war nicht der richtige Zeitpunkt. Noch nicht.

»Meghan?«

»Ich … ich warte noch nicht lange hier. Die Kinder sind noch für ein paar Stunden bei Austin und Sierra. Ich habe zu Hause gearbeitet, aber ich wusste, ich muss mir dies von der Seele reden, bevor ich irgendetwas anderes tun kann.«

Mist. Das hörte sich nicht gut an.

»Lass uns hineingehen«, schlug er grimmig vor. »Hier draußen herumzustehen und uns von der herbstlichen Frische auskühlen zu lassen, ist nicht die beste Idee.«

»Luc … ich kann nicht mit dir ins Haus gehen.«

Mit einer Hand auf der Türklinke schüttelte er den

Kopf. »Meghan, hier draußen herumzustehen bringt uns nicht weiter. Das weißt du.«

Sie runzelte die Stirn. »Du kannst mich nicht zwingen, dein Haus zu betreten, Luc.«

Er schloss die Augen und holte tief Luft. »Vergleich mich nicht mit ihm. Fang gar nicht erst damit an. Komm einfach herein.«

»Ich … ich sollte gehen.«

»Nein, du wirst hereinkommen und mir erklären, warum du auf meiner Veranda gesessen hast. Ich habe dich gestern Abend geküsst, Meghan. Ich habe dich mehrmals geküsst und dir gestanden, dass ich dich will. Ich werde dich nicht davonlaufen lassen, weil du Angst hast, wie ich auf das reagiere, was du mir sagen willst.«

Sie schüttelte den Kopf, folgte ihm jedoch ins Haus.

»Ich habe eher Angst davor, wie ich reagieren werde.«

Er blickte sie an, berührte sie jedoch immer noch nicht. Er kannte seine Grenzen. »Was meinst du damit?«

»Wir können nicht zusammen sein, Luc. Wir werden gerade wieder Freunde, und das will ich nicht verlieren.«

Er hatte gewusst, dass sie etwas Derartiges sagen würde, trotzdem trafen ihn die Worte wie ein Schlag in die Magengrube. »Warum glaubst du, du würdest etwas verlieren, wenn du mit mir zusammen wärst? Würdest du nicht etwas gewinnen? Viel mehr bekommen?«

Sie schüttelte den Kopf, die Hände fest vor ihrem Bauch zusammengepresst. »Es wird nicht funktionieren, Luc. Das weißt du.«

»Was soll das, Meghan? Du gibst uns bereits auf, bevor wir überhaupt eine Chance hatten?« Er hatte nicht geschrien, hatte sich bewusst beherrscht, aber sie erblasste trotzdem.

Verdammt, das Arschloch hatte bleibende Schäden bei ihr hinterlassen.

Da er wusste, wenn er jetzt nicht aktiv würde, hätte er sie für immer verloren, trat er vor und umfasste ihr Gesicht.

»Meghan, meine Süße, du bist alles für mich. Verstehst du das nicht? Mit mir zusammen zu sein und die Chance zu ergreifen ist doch einiges wert. Und mir wäre es noch viel mehr wert.«

Sie blickte zu ihm auf, ihr Gesicht in seine Handflächen geschmiegt, und sein Herz hämmerte heftig. »Du bist gerade erst zurückgekehrt«, flüsterte sie. »Wenn du noch einmal gehst, wenn du gehst, weil du erkennst, wie ich bin, dann wüsste ich nicht, wie ich das ertragen sollte.«

Er schüttelte den Kopf, dann senkte er ihn. Er fuhr sanft mit seinen Lippen über ihre, dann zog er sich wieder zurück. »Mein Liebes, hör auf, so zu denken. Du wirst uns doch dies nicht ruinieren. Du kannst mich nicht wegschieben. Ich würde es nicht zulassen. Ich werde dich Meghan sein lassen. Und du wirst mich Luc sein lassen. Zusammen können wir herausfinden, wer wir sind, und uns auf Erkundungsreise begeben.«

»Das ist ein großer Schritt, Luc. Wir können uns nicht einfach Hals über Kopf in eine Beziehung stürzen.«

»Ach nein, können wir das nicht?«, flüsterte er. Doch als er ihre Miene sah, seufzte er. »Wir werden uns in nichts hineinstürzen. Wir werden nicht einmal laufen. Wir werden Schritt für Schritt vorwärtsgehen. Aber Meghan, ich will dich. Willst du mich nicht auch?«

Sie leckte sich über die Lippen und er folgte mit Blicken dieser Bewegung. »Ich kann nicht.«

»Das ist keine Antwort auf meine Frage.«

»Ich will dich«, sagte sie so leise, dass er es kaum verstehen konnte.

Er entspannte sich, obwohl sein Schwanz steif wurde.

»Dann begehre mich. Habe mich. Wir werden nichts überstürzen. Wir haben so viel Zeit.«

Sie schüttelte den Kopf. »Ich habe meinen Kindern bereits wehgetan, als Richard uns verlassen hat. Ich darf sie nicht noch einmal verletzen, Luc. Ich bin nicht mehr nur für mich allein verantwortlich.«

Er wusste, es würde viel Mühe kosten, sie davon zu überzeugen, dass sie sich nicht mehr als Versagerin sah, was Richard anbelangte. Am liebsten hätte er dem Hurensohn in den Hintern getreten, doch jetzt war nicht der richtige Zeitpunkt.

»Hör auf damit, Süße. Hol tief Luft und sei du selbst. Das ist alles, was du tun musst. Du hast ihn nicht davongejagt, Meghan.«

Sie öffnete den Mund, doch er schüttelte wieder den Kopf.

»Es tut mir leid. Wir werden später darüber reden. Ich werde dich nicht drängen, aber ich möchte nicht, dass du uns aufgibst, bevor wir überhaupt eine Chance hatten, nur weil du Angst hast. Was in der Vergangenheit geschehen ist, geschah aus einer vollkommen unterschiedlichen Ausgangslage heraus.«

»Wenn wir das tun, setzen wir alles aufs Spiel, Luc. Bist du sicher, dass ich das wert bin?«

»Natürlich«, erwiderte er schlicht, dann küsste er sie. An seinem Mund teilten sich ihre Lippen und er strich mit der Zunge über ihre. Als er sich zurückzog, sehnte sein Körper sich nach mehr, aber er wusste, im Augenblick musste er sich mit einer Kostprobe zufriedengeben.

»Was tun wir?«, fragte sie sich laut. »Ich bin hierhergekommen, um dir eine Absage zu erteilen, und plötzlich küsse ich dich. Wie stark macht mich das in deinen Augen, hä?«

Er strich ihr eine Haarsträhne hinters Ohr. »Du wolltest mich abservieren, weil du Angst hattest. Jetzt überwindest du diese Angst. Das erscheint mir verdammt stark.«

Sie schnaufte, dann legte sie ihre Hände auf seine Taille. »Was tun wir?«, wiederholte sie ihre Frage, diesmal leise.

Er zog sie an sich und ließ sich von ihrem blumigen Duft umhüllen. »Alles, was wir wollen, meine Süße. Alles, was wir wollen.«

Er hielt sie fest umschlungen und prägte sich den Moment gut ein, denn er wusste, dies war der Beginn. Sie war zu ihm gekommen, um ihn zu verlassen, doch er hatte sie überzeugt zu bleiben. Er wusste, sie wäre nur für eine Weile entspannt, dann würde sie wieder versuchen, ihn abzuweisen. Das war seine Meghan – stur ohne Ende. Sie lief davon, um sich selbst zu schützen, wenn es ihr zu viel wurde. Es war sein Job, dafür zu sorgen, dass sie wusste, er war für sie da.

Hoffentlich für eine Ewigkeit.

## Kapitel Sieben

ES MUSSTE EINEN AUSWEG GEBEN. Vielleicht hatte sie den Verstand verloren. Das musste es sein. Meghan fuhr sich mit der Hand übers Gesicht und versuchte, ihre zitternden Gliedmaßen zu ignorieren. Sie wusste, sie betrachtete die ganze Sache zu dramatisch, aber sie konnte nicht anders. Aus irgendeinem Grund hatte sie sich überreden und verführen lassen und fühlte sich gebraucht.

Gebraucht.

Eine merkwürdige Wortwahl. Sie fühlte sich niemals so, als würde sie wahrhaft gebraucht, außer von den Kindern, und da ging es um eine vollkommen andere Art von *gebraucht werden*. Richard hatte sie nicht gebraucht, so viel war sicher, das wusste sie jetzt, wenn sie auf ihre Ehe zurückblickte. Ja, er hatte sie gebraucht, um sie an seinem Arm vorzuzeigen, wenn er das Gefühl gehabt hatte, dass dies angebracht wäre. Und das natürlich nur vor der Geburt ihrer Kinder. Danach waren ihre Hüften ein wenig zu ausladend und ihre Brüste ein wenig zu schlaff für ihn gewesen, um sie zu Veranstaltungen mitnehmen zu wollen. Am Ende hatte er sie nur noch gebraucht, um das Haus in

Ordnung zu halten und für eine gesunde, glückliche Familie zu sorgen.

Was für eine riesengroße Lüge.

Fluchend presste sie die Stirn gegen die Wand und versuchte, tief durchzuatmen. Luc war nicht Richard und Richard war ganz sicher nicht Luc. Sie musste aufhören, die beiden zu vergleichen. Sie wusste nur nicht wie. Richard war ihre erste Liebe gewesen, der Erste bei so vielen Dingen. Und sie war zu jung gewesen, um ihn zu durchschauen, und war ihm in die Hände gefallen.

Es hatte sie nicht gestört, dass ihre Familie ihn nicht willkommen hieß. Zu jener Zeit hatte sie geglaubt, sie würden sich jedem gegenüber so verhalten, der versuchte, Mitglied der Familie zu werden. Damals hatte sie keine Vergleichsmöglichkeiten gehabt. Sie war die Erste, die geheiratet hatte, und Alex hatte kurz nach ihr seine Frau gefunden. Sie unterdrückte ein Stöhnen. Oh ja, die beiden hatten in dieser Hinsicht wirklich gute Arbeit geleistet.

Nun hatte sie als geschiedene Mutter, die versuchte, sich allein durchzuschlagen, eine Verabredung mit dem Mann, der einst ihr bester Freund gewesen war.

Es ergab alles keinen Sinn. Was war jetzt so besonders an ihr? Wenn sie das war, was er wollte, warum hatte er sie nicht in ihrer Jugend gefragt? Was hatte sich in all der Zeit verändert?

»Mein Gott, Meghan«, flüsterte sie vor sich hin. Warum machte sie immer weiter damit? Sich herunterzu-machen nahm ihr nur die Kraft und Unabhängigkeit, die sie sich im vergangenen Jahr so hart erarbeitet hatte. Ihr war bewusst, dass sie es immer wieder tat, sie schien jedoch nicht damit aufhören zu können. Wenn es ihr bewusst wurde, hasste sie sich dafür und der Zirkel begann von Neuem.

Sie bewegte die Schultern hoch und runter und warf

einen Blick in ihren Kleiderschrank. Luc hatte gesagt, er würde sie in einer Stunde abholen. Sie hatte noch nicht ausgesucht, was sie tragen wollte, doch zumindest hatte sie geduscht.

Der Klang eines klopfenden Schwanzes hinter ihr brachte sie zum Lächeln und als sie sich herumdrehte, erblickte sie Boomer, der mit Verehrung in den Augen zu ihr hochblickte. »Tut mir leid, Kumpel, aber du hast gerade erst gefressen und einen Spa-zier-gang gemacht. Du bekommst jetzt kein Lek-ker-chen.« Sie grinste, als er den Kopf schief legte. Boomer hatte schon vor langer Zeit die Wörter gelernt, die ihn glücklich machten. Sie hatte das Gefühl, sie müsste ihnen andere Namen geben, da er womöglich inzwischen buchstabieren konnte.

Er stand auf und schnüffelte an ihren Beinen, bevor er sich auf ihren Füßen niederließ und einen auffordernden Seufzer von sich gab, dem sie nicht widerstehen konnte. Lachend beugte sie sich zu ihm hinunter und kraulte ihm den Bauch.

»Ich werde nicht allzu spät zurückkommen, Liebling«, sagte sie sanft. Er schnüffelte an ihr und wackelte wie verrückt mit dem Schwanz, als sie ihn weiter streichelte. Nun, sie war froh, dass sie sich noch nicht umgezogen hatte, denn jetzt hatte sie von der Hüfte bis zum Fußknöchel Hundehaare an sich. Sie würde sich mit Parfum bespritzen müssen, denn für Luc wollte sie nicht unbedingt nach Eau de Wauwau riechen.

Sie begann zu zittern und in ihrem Bauch regten sich Schmetterlinge, als sie an ihre Verabredung mit Luc dachte. Im Ernst, was dachte sie sich dabei?

»Mom, Cliff will nicht mit mir spielen!« Sasha kam herbeigelaufen und warf Meghan die Arme um den Hals.

Meghan hatte Glück, dass die Wucht des Aufpralls ihr nicht neu war und Boomer immer noch auf ihren Füßen lag und diese zu Boden drückte, denn sonst wäre sie auf den Hintern geplumpst, wie schon einige Male zuvor.

Sie tätschelte Sasha mit einer Hand den Rücken, während sie mit der anderen Boomer weiterhin kraulte. »Hat er dir versprochen, mit dir zu spielen, und dann einen Rückzieher gemacht? Oder willst du einfach nur, dass er mit dir spielt?«

Sasha schniefte und ihre Augen füllten sich mit Tränen. »Er hat gesagt, wenn ich mit ihm eine Burg baue, spielt er mit mir Prinzessin und Ritter.«

Meghan seufzte. Sie wusste, die Tatsache, dass die Kinder früher am Abend so gut miteinander ausge- kommen waren, bedeutete, dass der Babysitter es später schwerer haben würde, doch sie hatte noch Hoffnung. »Ich werde mit ihm reden, meine Süße.«

»Danke, Mommy.« Sasha lächelte und hielt ihr das Diadem hin, das sie hinter ihrem Rücken versteckt hatte. »Das ist für Cliff.«

Meghan betrachtete die rosafarbene, mit falschen Edel- steinen besetzte Tiara und brach in Gelächter aus. »Aha, dann bist du also der Ritter und er ist die Prinzessin?«

Sasha verdrehte die Augen. Wirklich, das Kind erschien ihr manchmal viel älter, als es in Wirklichkeit war. »Aber gewiss. Ich will ein Schwert. Und ich werde Cliff vor dem Drachen retten.«

Meghan streichelte Boomer noch ein letztes Mal, dann erhob sie sich mit Sasha auf dem Arm. Ihr fuhr ein scharfer Schmerz durch den Rücken. Sie wusste, schon bald wäre ihr kleines Mädchen zu schwer, um es auf dem Arm zu tragen, aber noch nicht heute Abend.

»Warum darf er nicht der Prinz sein?«

»Weil ich keine Krone habe, sondern nur das rosafar- bene Diadem.«

»Oh, ich verstehe. Dann lass uns mal sehen, was wir da

machen können. Vielleicht könnt ihr beide abwechselnd die Prinzessin und der Prinz sein.«

Sasha seufzte und bettete ihren Kopf auf Meghans Schulter. »Okay.«

Als sie dann Sasha dazu gebracht hatte, dem Spiel mit wechselnden Rollen zuzustimmen, den Babysitter hereingelassen und Boomer aus dem Badezimmer gelockt hatte, blieben Meghan nur noch fünfzehn Minuten, um sich Kleidung herauszusuchen, Make-up aufzulegen und ihr Haar zu frisieren.

Machbar.

Nun, vielleicht in einer anderen Realität.

Wieder einmal fluchend zog sie ein schwarzes Oberteil aus dem Schrank, das ihr Gesäß bedeckte, ein Spitzenhemdchen und glitzernde Leggings. Maya hatte sie für Meghan während eines Einkaufsbummels ausgesucht. Sie hatte nichts davon kaufen wollen, doch manchmal besaß sie nicht die Energie, um Maya ein Nein entgegenzuhalten. Luc hatte ihr zuvor eine Nachricht geschickt und sie informiert, dass sie kein elegantes Lokal aufsuchen würden, sie sich also nicht stressen müsse.

Einerseits wurde ihr warm bei dem Gedanken, dass er sie immer noch so gut kannte, um ihr Bescheid zu geben, dass sie sich nicht in eleganter Umgebung aufhalten würden. Andererseits kannte der Mann sie nicht im Geringsten, wenn er glaubte, sie würde sich nicht trotz alledem stressen.

Sie zog die Leggings an und ärgerte sich über ihre Waden. Waren sie schon immer so dick gewesen oder wurden sie nur so sehr durch die enge Hose betont? Zur Hölle, sie hatte keine Zeit mehr, um etwas anderes auszusuchen, und die funkelnden Steinchen und Nieten sahen eigentlich toll aus. Sie zog das Spitzenhemd über, das unter dem V-Ausschnitt des asymmetrisch geschnittenen Oberteils hervorschauen würde, und eilte ins Badezimmer. Unten lachten die Kinder und Boomer bellte, doch sie versuchte, die Geräusche auszublenden, sodass sie sich auf ihr Make-up konzentrieren konnte. Einst war sie gut darin gewesen. Doch jetzt war sie lediglich gut darin, dafür zu sorgen, dass ihr kein Mascara die Wangen hinunterlief, wenn sie am Abend zuvor vergessen hatte, sich abzuschminken.

Gerade, als sie ihr Haar bürstete, klingelte es an der Tür und sie fluchte noch einmal. Oh Gott. Sie hatte vergessen, den Kindern ihre Pläne für heute Abend mitzuteilen.

Mist, Mist und noch mal Mist.

Sie hatte sich so sehr den Kopf zerbrochen, wie sie es ihnen beibringen sollte, dass sie es überhaupt nicht getan hatte. Dies war ihre erste Verabredung nach der Scheidung – eine beängstigende Situation. Wie würden die Kinder reagieren?

Sie holte die Riemensandalen hervor und zog sie an, wobei sie versuchte, nicht flach aufs Gesicht zu fallen. Sie hörte die tiefen Vibrationen von Lucs Stimme und begann, am ganzen Körper zu zittern.

Nein. Nicht der richtige Zeitpunkt. Sie musste ihren Babys erklären, dass sie mit einem Mann ausgehen würde, der nicht ihr Vater war. Oder vielleicht sollte sie ihnen einfach sagen, dass sie etwas mit einem Freund unternahm. Sie kannten Luc. Ihre Beziehung war zu jung, um die Kinder zu belasten.

Beziehung.

Oh mein Gott. Sie könnte eine Beziehung haben.

Sie atmete tief durch, besprützte sich ein wenig mit dem Parfum, was sie fast vergessen hätte, und schnappte sich die kleinere Handtasche. Sie würde es durchstehen.

Sie würde sich nicht von ihrer Schwäche beherrschen lassen.

Und vielleicht, wenn sie sich das weiterhin vorsagte, würde es funktionieren.

Warum hatte sie zugelassen, dass Luc sie abholte? Sie hätte sich mit ihm am Restaurant treffen sollen. Machte man das nicht so als kluge, verantwortungsvolle, alleinerziehende Mutter, wenn man mit einem Mann ausging?

Zur Hölle. Eine einzige Verabredung, und schon brachte sie das Leben ihrer Kinder durcheinander.

Sie stieg die Treppe hinunter, vorsichtig, um sich in ihren Sandalen nicht den Hals zu brechen, und blieb wie angewurzelt stehen bei dem Anblick, der sich ihr bot. Luc saß auf dem Fußboden, gekleidet in dunkle Jeans und einen Pullover über einem durchgeknöpften Hemd. Er sah verdammt gut aus. Doch nicht deshalb klappte ihr der Unterkiefer hinunter.

Nein, die Überraschung bestand darin, dass er mit gekreuzten Beinen dasaß, auf dem Kopf das glitzernde rosafarbene Diadem, und Sasha um ihn herumtanzte und wie eine Verrückte kicherte. Cliff, ungeachtet seiner vorherigen üblen Laune, jagte Saha hinterher, lachte und sang ein Lied, das er als Kleinkind gelernt hatte.

Der Babysitter, eine junge Frau aus der Nachbarschaft, himmelte Luc mit schwärmenden Blicken an, während sie versuchte, Boomer davon abzuhalten, an dem Spaß teilzunehmen.

»Oh, was ist denn hier los?« Meghan trat ins Wohnzimmer. »Haben die Ritter die Prinzessin gerettet?«

Sasha blieb stehen und verdrehte die Augen. Meghan vermerkte auf ihrer geistigen Mommy-Liste, Sasha zu lehren, dies nicht mehr zu tun. »Nein, Mommy. Noch nicht. Ich versuche es. Aber Cliff ist jetzt der Drache und daher muss ich vor ihm davonlaufen.«

»Ich hatte sie beinahe eingefangen, aber dann kamst du die Treppe hinunter.«

Cliff machte weder ein böses Gesicht noch lächelte er, doch Meghan sah in seinen Augen ein Licht, das sie so lange vermisst hatte. Sie schluckte den Kloß hinunter, der sich in ihrer Kehle gebildet hatte. Sie würde diesen kleinen Lichtfunken in der Erinnerung bewahren und sich solange daran klammern wie möglich.

Sie verzichtete darauf, ihr geliebtes Kind an sich zu drücken, und lächelte stattdessen Luc an, der immer noch die Tiara auf dem Kopf hatte. »Steht dir gut.«

Er lächelte sie an. Das Aufblitzen seiner Zähne entwaffnete sie und ihr Herz hüpfte vor Freude.

»Ich werde in Betracht ziehen, es meiner Garderobe hinzuzufügen«, erwiderte er scherzend. »Ich besitze zwar ein paar Kappen, aber so etwas hat mir noch gefehlt.«

Sasha schlang Luc die Arme um den Hals und küsste ihn auf die Wange. Meghans Augen begannen zu brennen, als sie sah, wie Luc die Umarmung ihrer Tochter erwiderte und ihr einen Kuss auf die Schläfe drückte. Das hatte Richard nie getan. Kein einziges Mal.

Mein Gott. Warum war ihr dieser Gedanke gekommen? Es ist nur eine einzige Verabredung. Nur eine. Luc war nicht der Vater ihrer Kinder. Er war nicht verpflichtet, diese Rolle zu übernehmen, und sie musste intensiver daran arbeiten, Grenzen zu schaffen. Ohne eine klare Linie konnten Menschen verletzt werden.

»Du kannst das Diadem haben, wenn du möchtest«, meinte Sasha ernsthaft. »Es ist mein Lieblingsspielzeug, aber wenn es dir gefällt, gehört es dir. Aber wenn du zu uns zu Besuch kommst, musst du es mitbringen.«

Luc schüttelte lächelnd den Kopf. Dann nahm er das glitzernde Spielzeug von seinem Kopf und setzte es Sasha auf die Haare. »Nein, es gehört dir, meine Kleine. Aber wenn ich hier zu Besuch bin und du Lust hast, es mit mir zu teilen, nehme ich dein Angebot an.«

Sasha nickte, dann küsste sie noch einmal Lucs Wange. »Danke, Onkel Luc.«

Meghan mochte nicht darüber nachdenken, was gerade geschehen war. Denn dann hätte sie die Beherrschung verloren. Stattdessen breitete sie die Arme aus und setzte ein strahlendes Lächeln auf. »Umarmt eure Mutter und gebt mir einen Kuss, meine Kleinen. Mommy und Luc werden zum Abendessen ausgehen, aber ich werde zurück sein, bevor ihr euch verseht.« Die Kinder kamen näher und umarmten sie fest, bevor sie sich wieder von ihr lösten.

Sasha machte einen Schmollmund und streckte die Unterlippe vor. »Warum kann Luc nicht hier mit uns spielen?«

»Weil deine Mutter und ich jetzt ein bisschen zusammen spielen wollen, aber ich werde wiederkommen und mit dir spielen. Ich verspreche es dir.« Er umarmte ihre Tochter, dann streckte er Cliff die Hand entgegen. »Und auch dich werde ich besuchen. Jede Prinzessin braucht einen Drachen.«

Cliff betrachtete eindringlich Lucs Hand und Meghan öffnete bereits den Mund, um Cliff zu ermahnen, nicht so unhöflich zu sein. Doch sie hätte sich nicht sorgen müssen, denn Cliff schüttelte Luc die Hand und stieß die Luft aus. Die Kinder waren zwar noch nicht alt genug, um ganz zu verstehen, was heute Abend vor sich ging, aber Cliff war hart an der Grenze. Sie würde sich bald hinsetzen und ihnen eine Erklärung geben müssen. Sie wusste jedoch nicht, ob es bei einer Verabredung bleiben würde oder nicht. In beiden Fällen musste sie mit den Kindern reden, doch zuerst musste sie diesen Abend hinter sich bringen.

Luc lächelte sie an und sie musste sich daran erinnern

zu atmen. Mein Gott, war er immer schon so sexy gewesen? In ihrer Jugend war er bereits attraktiv gewesen, doch diese breiten Schultern hatte er sich erst später zugelegt, nahm sie an. Sein Kinn war immer schon ein wenig kantig gewesen, doch mit zunehmendem Alter wirkte es kräftig … leidenschaftlich. Seine Augen hatte sie immer geliebt. Lange, dichte Wimpern über einem honigfarbenen Braun. Sie erinnerte sich daran, ihm dies einst gesagt zu haben, und er war unter seiner kaffeebraunen Haut errötet, dann hatte er mit den Schultern gezuckt und erwidert, ihm gefielen ihre Augen auch.

Das war so lange her und wieder einmal erinnerte sie sich daran, dass sie nicht mehr die Menschen von damals waren. Heute waren sie neue Menschen, Meghan und Luc, die alten längst mit Narben bedeckt und verschwunden.

Sie verabschiedete sich von den Kindern und gab dem Babysitter die letzten Instruktionen, bevor sie Luc nach draußen folgte. War es zu spät, um abzusagen?

*Das wäre schwach, Meghan.*

*Schwach.*

Luc legte Meghan die Hand ans Kreuz und runzelte die Stirn. »Was geht in deinem Kopf vor?«

Sie schluckte heftig, dann schüttelte sie den Kopf. »Nichts Wichtiges.« Nur Zweifel, die nichts mit ihm, sondern allein mit ihr zu tun hatten. »Wohin gehen wir?«

Er blickte einen Moment prüfend in ihr Gesicht, bevor er sie zu seinem Pritschenwagen führte. Augenscheinlich hatte er ihn gewaschen, denn er glänzte. »Wir werden zu Luciano's fahren.«

Sie entspannte sich zusehends. »Mir gefällt es dort sehr«, meinte sie, als sie in den Wagen stieg.

»Ich erinnere mich daran.« Er schloss die Beifahrertür, dann ging er um das Fahrzeug herum zu seiner Seite.

Und wieder begann sie zu zweifeln. Sie waren früher schon in dem Restaurant gewesen. Sollten sie noch einmal ganz von vorn beginnen?

»Hör auf zu grübeln. Wir fahren zu Luciano's, weil es dort locker zugeht und es uns beiden dort gefällt. Ich habe mir gedacht, dort könnten wir entspannter sein als in einem neuen Lokal. Wir werden nicht den gleichen Pfad einschlagen wie als Jugendliche, Meghan. Wir werden einen neuen Weg finden. Atem tief durch, okay?«

Sie gehorchte.

»Gut.« Als er ihre Hand ergriff, erstarrte sie, doch dann zwang sie sich, sich zu entspannen. Er startete den Motor und fuhr aus der Auffahrt auf die Straße. »So ist es besser. Und jetzt, da wir nicht mehr die Kinder vor der Nase haben, möchte ich dir sagen, wie großartig du aussiehst. Die kleinen goldenen Dinger auf deinen Beinen.«

Sie grinste. »Dinger?«

»Glitzerpunkte? Ich weiß nicht, wie man sie nennt, aber sie erwecken in mir den Wunsch, mit den Fingern darüberzustreichen.«

Sie schluckte. »Ach wirklich?«

»Wirklich«, lachte er. »Ich würde auch gern über andere Stellen reiben, aber ich habe mir vorgenommen, bei unserer ersten Verabredung darauf zu verzichten.«

Sie hätte nichts dagegen gehabt.

Aber das behielt sie lieber für sich.

Sie unterhielten sich über ihre Arbeit und die Kinder, und ihr Zusammensein gestaltete sich einfacher, als sie erwartet hatte. Sie sprachen über nichts Ernstes, sondern über Allgemeines, worüber man eben so sprach bei einem ersten Treffen. Nur dass sie so viel mehr über sich wussten als andere Leute bei ihrer ersten Verabredung, was zur

Folge hatte, dass sie sich mehr als einmal etwas merkwürdig vorkam.

Als er vor dem Restaurant parkte, öffnete sie nicht die
Tür, sondern packte ihn am Handgelenk.

»Was ist los?«, erkundigte er sich.

»Was tun wir?«

Er seufzte, dann drehte er sich herum, sodass sie
einander ins Gesicht blickten. Die Armlehne trennte sie
voneinander, aber sie konnte seine Hitze trotz alledem
spüren.

»Fängst du wieder damit an?«

Sie knurrte. »Ja, ich fange wieder damit an. Ich hatte
seit mehr als zehn Jahren keine erste Verabredung mehr,
Luc. Und mit dir hatte ich noch niemals eine erste
Verabredung.«

Luc umfasste ihr Gesicht. »Auch für mich ist es eine
erste Verabredung mit dir, meine Süße.«

»Weißt du, wenn du mich Süße nennst, klingt es nicht
so, als fühltest du dich mir überlegen. Nur deshalb erlaube
ich dir, mich so zu nennen.«

Er grinste, seine Augen sprühten Funken. »Ich weiß.
Und was wir jetzt tun? Ich werde aussteigen und dich ins
Restaurant geleiten. Dann werden wir zu Abend speisen,
die Gesellschaft des anderen genießen und sehen, ob wir
als Paar zusammenpassen.«

Sie leckte sich über die Lippen. »Als Paar?«

Er nickte. »Als Paar. Ich werde unsere Freundschaft
nicht aufgeben, Meghan. Ich habe dich schon einmal
verloren, und das wird nicht wieder passieren. Aber ich
möchte gern herausfinden, was geschieht, wenn wir versuchen, einander mehr zu sein.«

»Du warst derjenige, der damals gegangen ist, Luc«,
bemerkte sie. Der Schmerz über sein damaliges
Verschwinden traf sie erneut.

Er presste die Lippen aufeinander und nickte steif. »Ja, ich bin gegangen, aber du hattest mich zuvor verlassen. Das wissen wir beide.«

»Luc«, flüsterte sie. Sie wollte der Vergangenheit nicht ins Auge sehen, doch ihr war bewusst, dass sie das tun mussten.

»Du warst so heftig in ihn verliebt, Meghan, und Richard hat mich gehasst. Er hasste, was uns beide verband, und ich habe es bemerkt. Ich kannte seine Frau besser als er selbst und deshalb wollte er mich aus dem Weg haben. Du hast nicht darum gekämpft, unsere Freundschaft aufrechtzuerhalten, und auch das habe ich bemerkt. Dir war nicht einmal bewusst, dass ein Kampf nötig gewesen wäre. Du hast nur den Mann gesehen, den du geliebt hast, und eure Zukunft. Ich mache dir keinen Vorwurf daraus.«

Sie schüttelte den Kopf. »So hört es sich aber an. Ich hätte dir einen Platz in meinem Leben eingeräumt, Luc. Ich hätte dich nicht aus meinem Leben ausgeschlossen.« Und noch während sie dies sagte, zweifelte sie an ihren eigenen Worten. Richard hatte sie von so vielem abgeschnitten und sie war sich dessen erst jetzt bewusst.

»Ich konnte nicht bleiben, Meghan«, flüsterte er. »Ich konnte nicht bleiben und dir dabei zusehen, wie du einen anderen Mann liebst.«

Etwas machte klick in ihrem Kopf und sie zuckte zurück, die Augen weit aufgerissen. »Auch damals schon?«, fragte sie. Was bedeutete das alles? Er hatte sie damals schon gemocht? Hätte es damals schon mehr werden können?

»Immer«, flüsterte er. »Immer, damals schon und heute auch, aber etwas hat sich verändert.« Er räusperte sich. »Jetzt sind wir beide hier und jetzt sind wir beide an der Reihe. Komm mit mir, Meghan. Gib uns eine Chance.«

In ihrem Kopf drehte sich alles. All die Jahre. Warum hatte sie das nicht bemerkt? »Warum hast du nie etwas gesagt?«

»Weil ich ein Feigling war«, erwiderte er einfach, obwohl es so einfach nicht war. »Ich bereue es, nichts gesagt zu haben. Ich bereue es, etwas verpasst zu haben.«

»Aber ... aber ich wüsste nicht, was ich getan hätte, Luc, selbst wenn du etwas gesagt hättest.«

»Das weiß ich. Und mir ist auch bewusst, dass du Cliff und Sasha nicht hättest, wenn du Richard nicht geheiratet hättest.«

Ihre Augen weiteten sich und er fuhr ihr mit dem Daumen übers Kinn. »So viele Möglichkeiten, so viele Wege, und doch musste ich den einen wählen, Luc. Rückblickend würde ich nichts anders machen, wenn das bedeuten würde, auf meine Kinder verzichten zu müssen.«

»Das weiß ich, meine Süße. Aber wir können in die Zukunft blicken in dem Bewusstsein, dass die Vergangenheit existiert. Da gibt es einen Unterschied.«

Wenn sie es nur so sehen könnte. Wenn sie doch das Risiko eingehen könnte.

»Okay«, sagte sie leise.

»Und versuche, Spaß zu haben. Ich verspreche dir, ich beiße nicht.« Er fing ihren Blick ein und lächelte. »Außer wenn du mich darum bittest. Dann werde ich ein wenig an dir knabbern.«

Sie lachte und Wärme durchflutete sie. »Ich glaube, diese neue Seite an dir wird mir gefallen. Wenn du beißt und reibst. Wer hätte das gedacht?«

Er leckte sich die Lippen. »Ich kann noch mehr. Du musst mich nur darum bitten.«

Sie sog scharf die Luft ein. Sie parkten auf der Rückseite des Restaurants in der Nähe einer Straßenlaterne, befanden sich jedoch nicht in deren Lichtkegel. Sie hatte sogar einen Augenblick lang das Gefühl, vollkommen allein mit ihm zu sein.

Gott sei Dank befand sich die Armlehne zwischen ihnen, sonst hätte sie sich ihm geradewegs an den Hals geworfen, Zweifel hin oder her.

Doch Luc zog an der Lehne und diese glitt in die Höhe, um mit den zwei Sitzen eine Bank zu formen.

Nun gut.

»Wenn du mich weiterhin so anblickst, werde ich dich gegen die Tür pressen und dich küssen, bis uns beiden die Luft wegbleibt.«

Sie schluckte heftig. Ihre Brustwarzen drückten gegen den BH. »Es scheint dir zu gefallen, mich gegen Türen zu pressen.«

Er grinste, sexy und träge. »Verdammt, ja. Ich kann mir nicht helfen. Es gefällt mir irgendwie, wenn du mir ausgeliefert bist.« Plötzlich verdunkelte sich sein Gesicht und sie legte den Kopf schräg. »Jage ich dir Angst ein? Gehe ich zu schnell vor? Zu heftig?«

Seine Worte riefen Bilder in ihr hervor. Luc, der in sie eindringt, ein Rücken, der sich ihm entgegenwölbt, Fingernägel, die sich in Haut graben …

Sie räusperte sich. »Ich habe keine Angst.« *Oder vielleicht ein bisschen.* »Ich … äh … noch nie hat jemand so mit mir gesprochen. Ich wusste nicht, dass du überhaupt so reden kannst.«

Er strich ihr eine Haarsträhne hinters Ohr. »Ich lerne mich selbst gerade kennen, wer ich bin, wenn ich mit dir zusammen bin. Wenn ich zu schnell bin, sag es mir und ich werde mich zurückhalten.« Er blickte ihr in die Augen und sie wusste, er meinte es ernst. »Falls ich irgendetwas tun sollte, dass in dir etwas auslöst, das dir nicht gefällt, sagst du es mir. Ich werde dich nicht verletzen, Meghan. Und du solltest wissen, dass du jederzeit den Mund aufmachen kannst, um zu sagen, was dir gefällt und was nicht.«

Allein diese Worte zu hören und sich von seiner warmen Stimme einhüllen zu lassen, entspannte sie. Sie hatte vorher nicht einmal bemerkt, wie angespannt sie gewesen war. Sie wusste, er sagte dies wegen ihrer Erfahrungen mit Richard. Er wusste zwar nicht, was ihr Ex ihr angetan hatte – sie würde es ihm bald erklären müssen –, doch die Tatsache, dass er sich Sorgen machte, verriet ihr, dass er mehr wusste, als ihr lieb war.

Die Tatsache, dass er sich so fürsorglich verhielt ... und dass er eine bewusste Entscheidung getroffen hatte ... überzeugte sie davon, dass sie es wagen konnte. Und wenn es nur für eine Nacht wäre.

»Küss mich«, forderte sie ihn leise auf. »Küss mich.«

Er lächelte. »Mit dir in einem Auto herumknutschen? Damit könnte ich mich anfreunden.«

Sie schnaufte. »Niemand benutzt mehr den Ausdruck *herumknutschen*, Luc.«

»Wir sind schon älter, meine Süße. Wir müssen nicht mehr ständig auf dem neuesten Stand sein.«

Meghan verdrehte die Augen und lachte. Ja, sie waren älter und er war weitaus heißer als damals, als sie sich bemühten, stets die neusten Ausdrücke zu benutzen. Sie mochte diesen Luc und wie er zu dem Luc ihrer Erinnerung passte.

Sie lachte noch einmal auf, endete jedoch in einem Stöhnen, denn Luc umfasste ihre Wangen und fuhr mit den Lippen auf ihre nieder. Seine Zunge wickelte sich um ihre und sie drückte den Rücken durch, denn sie wollte mehr ... Irgendwie war er auf der Beifahrerseite gelandet und ihr Rücken presste sich gegen die Tür, wie er es gewollt hatte. Ihre Brüste rieben sich an seinem Brustkorb und beide stöhnten. Er leckte über ihre Lippen, knabberte hier und dort. Elektrische Ströme fuhren zitternd durch ihren Körper.

Dann zog er sich zurück. Beide waren atemlos. »Verdammt, wie gut du küsst.«

»Du selbst bist auch nicht schlecht.« Sie setzte sich gerade hin, als er von ihr wegrutschte und ihr dann zuzwinkerte. »Die Scheiben sind von unserem Atem beschlagen. Auf einem Parkplatz. Vor einem Restaurant.«

Luc zog eine Braue in die Höhe, dann wischte er sich ihren Lipgloss vom Mund. »Offensichtlich sind wir immer noch jung.«

Ihre Blicke trafen sich und sie wusste, er bezog sich auf mehr als ein paar beschlagene Scheiben. »Es gefällt mir, wie das klingt.« Meist fühlte sie sich furchtbar alt, wenn sie arbeitete, bis ihr der Rücken schmerzte, und dann arbeitete sie noch ein wenig mehr. Doch in ebendiesem Augenblick, in seinen Armen, fühlte sie, wie die Jahre dahinschmolzen.

»Bist du bereit, ins Restaurant zu gehen, etwas zu essen und dich respektabel zu benehmen? Wenn nicht, fahre ich dich gern zu einem Aussichtspunkt und knutsche etwas mehr mit dir herum.«

Sie schüttelte den Kopf. Er grinste. »Ich habe Hunger und ich glaube, mit dir in deinem Pritschenwagen herumzuknutschen, ist eine einmalige Sache.«

»Ach ja?«, fragte er mit leiser Stimme.

Sie zog eine Braue in die Höhe, dann öffnete sie die Beifahrertür. »Wir werden sehen, oder?« Sie hatte keine Ahnung, wer diese Meghan war, die sich neckend unterhielt und in einem Pritschenwagen herumknutschte, wo jeder sie sehen konnte, doch sie gefiel ihr.

Diese Meghan erinnerte sie an das fröhliche Mädchen, das sie einst gewesen war, das keine Probleme und eine strahlende Zukunft vor sich hatte. Gab Luc ihr dieses Mädchen zurück? Oder lebte sie in der Vergangenheit?

Es spielte keine Rolle. Nicht heute Abend. Morgen früh würde die Realität sie einholen und sie würde den nächsten Schritt tun. Aber heute Abend würde sie tun, was Luc vorschlug, und im Moment leben.

Die Meghan, die im Hier und Jetzt lebte, gefiel ihr.

Wäre sie doch nur real gewesen.

# Kapitel Acht

»KLOPF, klopf! Wir kommen vorbei, um dir Lebensmittel zu bringen!«

Luc fluchte und legte sein Buch beiseite. Er hatte an diesem Sonntagnachmittag einmal nichts tun wollen, um sich auf eine harte Woche vorzubereiten. Doch nun schien es so, als sollte ihm das nicht gegönnt sein.

»Mom, du weißt doch, dass ich dir den Schlüssel nur für Notfälle gegeben habe. Ihr hättet wirklich anklopfen können.« Er erhob sich und nahm seiner Mutter die Tüten ab, rührte sich jedoch nicht. Stattdessen beobachtete er seine Mutter, die zur Kücheninsel marschierte und ihn anlächelte.

»Warum? Hast du diese Frau hier versteckt?«, stieß Tessa gehässig hervor.

Er fing den Blick seiner Mutter auf und biss sich auf die Zunge. Vor seiner Mutter wollte er keine Szene machen. Warte. Warum sollte er sich bemühen, nett zu Tessa zu sein, wenn sie sich so danebenbenahm?

»Habe ich dir nicht gesagt, du sollst Meghan nicht *diese Frau* nennen, Tessa?«

Tessa schniefte und stellte ihre Tüten auf der Arbeitsplatte ab. »Gott. Du meckerst mit mir, nachdem ich den Morgen damit verbracht habe, Lebensmittel für dich einzukaufen? Du bist ja ein netter Bruder.«

Luc verdrehte die Augen und ballte die Hände zu Fäusten. Seine Mutter seufzte.

»Tessa, halt den Mund«, schimpfte Maggie und stemmte die Hände in die Hüften. »Wir werden nicht noch einmal darüber diskutieren.«

»Mom –«

»Ich sagte, kein Wort mehr!«

Luc blickte seine Schwester an und zog eine Braue in die Höhe. Tessa jedoch streckte ihm die Zunge heraus. Dabei war sie die Ältere der beiden. Er ging in die Küche und gab seiner Mutter einen Kuss auf die Wange.

»Du weißt, ich liebe dich, Mom, aber warum habt ihr mir Lebensmittel gebracht? Ich habe erst vor zwei Tagen eingekauft.«

Sie zuckte mit den Schultern. Ihm entging jedoch nicht das Aufflackern in ihren Augen. Sie war neugierig und gab nur vor, für ihn sorgen zu wollen. Sie hatte sich in all den Jahren nicht verändert, in denen er fort gewesen war. Es wärmte ihm das Herz, aber gleichzeitig ärgerte es ihn.

»Ich wollte mich nur davon überzeugen, dass du dich wirklich um dich kümmerst, Baby. Du bist noch im Wachstum.«

Tessa schnaufte wieder. Er gab ihr einen Klaps auf den Hinterkopf. »Mom, Luc schlägt mich.«

»Meine Güte, ihr beiden. Ihr seid doch erwachsen. Benehmt euch auch so.«

»Gerade hast du noch gesagt, ich wäre im Wachstum, und mich dein Baby genannt«, wandte Luc lächelnd ein. »Bin ich nun erwachsen oder nicht?«

Maggie wackelte mit dem Finger vor ihm hin und her;

aus ihren Augen sprühten Funken. »Komm mir nicht mit deiner ausgekochten Logik, Junge. Und jetzt stell die Milch in den Kühlschrank, bevor sie schlecht wird.«

»Ich habe Milch, Mom.« Doch er tat, wie geheißen.

»Nein, du hast weißes Wasser eingekauft, keine Milch. Du brauchst etwas mehr Fett auf den Knochen.«

»Wenn du eine bessere Frau hättest, würde sie vielleicht für dich sorgen«, maulte Tessa und Luc knurrte.

Das reichte. Genug jetzt.

»Okay. Raus aus meinem Haus, Tessa. Wenn du dich wie ein Miststück benehmen willst, dann verschwinde.«

»Was? Ich weiß nicht, was du in ihr siehst, Luc. Sie ist nicht gut genug für dich.«

»Weil sie jemand anderen geheiratet hat? Weil sie ein Leben vor mir hatte?« Er erhob die Stimme und schüttelte die Hand seiner Mutter vom Arm. »Und wenn das so ist, dann verschwinde aus meinem Haus und komm nicht wieder. Das hätte ich nicht von dir erwartet.«

Tessas Augen füllten sich mit Tränen und sie schüttelte den Kopf. Seine Schwester hatte zwar ihre Probleme, doch so etwas hatte er aus ihrem Mund noch nicht gehört. »Mist. Es tut mir leid. Ich habe es nicht so gemeint. Gott, das weißt du doch. Es gefällt mir nur nicht, dass sie dir wehgetan hat. Verdammt. Ich habe es wirklich nicht so gemeint. Ich denke nicht einmal so über sie. Sie hat dir damals wehgetan und jetzt läufst du ihr mit heraushängender Zunge hinterher. Ich möchte nur nicht, dass du zusammenbrichst, wenn sie dich verlässt oder keine Beziehung mit dir führen kann.«

Luc schloss die Augen und zählte bis zehn. Seine Mutter flüsterte neben ihm mit Tessa, doch er blendete ihre Stimme aus.

»Falls du glaubst, Meghan würde mich verlassen, weil sie mich damals nicht geliebt hat, dann kennst du Meghan schlecht. Falls du glaubst, sie wird mich verlassen, weil sie mich schon einmal verlassen hätte, dann irrst du dich. Sie hat mich damals nicht verlassen, weil wir kein Liebespaar waren. Wir haben dieses Gespräch schon einmal geführt, Tessa, und dies ist das letzte Mal, dass ich mit dir darüber rede. Als Teenager habe ich sie geliebt, das will ich nicht leugnen. Und jetzt als Erwachsener bringe ich ihr starke Gefühle entgegen. Vielleicht liebe ich sie. Ich weiß es nicht. Das ist etwas, das Zeit braucht. Aber ich werde mir diese Zeit nehmen und meine Augen weit öffnen. Wenn du damit nicht klarkommst, so ist das dein Problem. Nicht meins.«

»Luc, achte auf deine Worte.« Seine Mutter klang nicht aufrichtig und er hörte den Ärger in ihrer Stimme. Manchmal tadelte sie einfach nur aus mütterlichem Instinkt heraus.

»Es ist Sonntag, Leute, ich wollte einen Tag freinehmen, ein Buch lesen und faulenzen. Morgen werde ich bis zum Hals in Arbeit stecken. Außerdem werde ich Meghan sehen und versuchen herauszufinden, ob es mit uns funktioniert und ob wir zusammenkommen. Und um dem Ganzen die Krone aufzusetzen, muss ich mit allen Montgomerys klarkommen, mit denen ich zusammenarbeite. Ich würde gern behaupten, dass alles gut wird, aber wir wissen nichts. Nichts ist in Stein gemeißelt, und das wisst ihr genauso gut wie ich. Ich liebe euch, aber ich werde meine Beziehung euch gegenüber nicht rechtfertigen. Ich bin ziemlich sauer, dass ich überhaupt gezwungen bin, so darüber zu reden.«

»Luc Dodd, mir gegenüber musst du Meghan nicht verteidigen. Du weißt, ich habe sie als Kind geliebt wie mein eigenes. Ich möchte sie gern kennenlernen, wie sie jetzt ist, und das heißt, du bringst sie eines Tages zum Essen mit, wenn ihr so weit seid.« Sie zwinkerte ihm zu und er entspannte sich ein wenig. »Oder wenn ich glaube, dass ihr so weit seid, und ich sie selbst einlade.«

»Mom.«

»Halt den Mund. Deine Privatsphäre sei dir erlaubt, aber ich will wissen, was zwischen diesem Mädchen und dir läuft. Ich möchte, dass du glücklich bist. Und sie hat dich früher glücklich gemacht, obwohl sie gleichzeitig dafür gesorgt hast, dass Traurigkeit in deinen Augen stand. Ich hoffe, dass diese Traurigkeit von einem Mangel an Entscheidungskraft in eurer Beziehung hervorgerufen wurde und von ihrer Eheschließung mit diesem furchtbaren Mann. Und jetzt nehme ich Tessa mit und du kannst den Rest deines Sonntags genießen.« Er beugte sich zu ihr hinunter und sie küsste ihn auf die Wange. »Baby, wenn du noch einmal so mit mir redest, werde ich dir den Hintern versohlen, okay?«

Er lächelte, obwohl er sich darüber ärgerte. »Es tut mir leid, Mom. Ich war böse auf Tessa, nicht auf dich.«

»Ich war aber auch dabei. Und dein Tonfall gefällt mir nicht.«

Er zeigte seiner Schwester den Mittelfinger und seine Mutter gab ihm einen Klaps auf den Arm. »Mein Haus. Meine Regeln.« Er grinste, während er diese Worte sprach, denn er wollte seine Mutter nicht verärgern, denn sie wäre tatsächlich imstande, ihm trotz seines Alters den Hintern zu versohlen. »Und halt deine Zunge im Zaum, was Meghan anbelangt. Hast du verstanden, Tess? Ich liebe dich wie eine Schwester, aber ich mag die Person nicht, zu der du wirst, wenn du über Meghan herziehst.«

»Ich bin deine Schwester, Arschloch«, maulte sie, küsste ihn jedoch auf die Wange.

Als er sie dann endlich losgeworden war und die Vorräte verstaut hatte, die er nicht brauchte, schmerzte sein Kopf ganz fürchterlich. Er ließ sich auf die Couch sinken und schloss die Augen. Er versuchte, Tessas Worte zu vergessen. Es würde verdammt wehtun, wenn Meghan ihn verließe, doch sie hatte ihnen eine Chance gegeben und der gestrige Abend war gut gelaufen. Er konnte sie immer noch auf seinen Lippen schmecken, wenn er die Augen geschlossen hielt. Sie hatten bisher nur eine Verabredung gehabt. Er musste aufhören, das Schlimmste zu denken, und den Dingen ihren Lauf lassen.

Natürlich konnte er dafür sorgen, dass sie immer an ihn dachte.

Er holte sein Handy aus der Tasche und sandte eine Nachricht an die Frau, die seine Gedanken beherrschte.

*Genießt du deinen Sonntag? Ich hoffe, du erholst dich etwas.*

Die Antwort traf umgehend ein und er grinste. Zumindest ging sie ihm nach ihrem ersten Treffen nicht aus dem Weg. Das war ein Fortschritt. Er hasste es, dass sie ständig Zweifel hatte, doch er konnte ihr keinen Vorwurf daraus machen. Sie musste schließlich an die Kinder denken und außerdem hatte ihr Ex-Mann ihr übel mitgespielt, lange bevor Luc nach Denver zurückgekehrt war.

*Die Kinder wollten eine Bettenburg bauen. Und jetzt bin ich unter Decken begraben, zusammen mit dem Hund, und ignoriere meinen Papierkram. Also ja, ich genieße meinen Sonntag. Und du?*

Lächelnd stellte er sie sich mit ihren Kindern unter Decken und Kissen vor. Er konnte kaum glauben, dass er gestern das kindische Diadem für Sasha aufgesetzt hatte, aber das Mädchen hatte ihn bereits um den kleinen Finger gewickelt und wusste es ganz genau.

*Pass auf meinen Drachen und den Ritter auf. Bis Montag, meine Süße.*

Er hatte gerade die Taste zum Senden gedrückt, als er zu fluchen begann. Er hatte gerade ihre Kinder für sich beansprucht. Nun, das war dumm. Er wusste, dass sie an dieser Stelle eine klare Grenze gezogen oder es zumindest versucht hatte, als sie die Treppe heruntergekommen war und sie zusammen gesehen hatte. Sie nun als *seine* zu bezeichnen, auch wenn es nur in einer dummen SMS war, war idiotisch und viel zu übereilt.

*Das werde ich tun. Bis Montag.*

Er stieß erleichtert den Atem aus. Nun, sie klang nicht verärgert. Das war gut. Vielleicht dachte er zu viel nach. Oder vielleicht dachte er überhaupt nicht. Meghan hielt ihn auf jeden Fall auf Trab.

ALS ER AM nächsten Tag in die Firma kam, blieb er angesichts des Ausdrucks auf den Gesichtern der Montgomery-Brüder wie vom Donner gerührt stehen.

So ein Mist.

Sie wussten Bescheid.

Wie sie es erfahren hatten, wusste er nicht, doch die Buschtrommel der Montgomerys war eine Legende.

Er ließ sie für einen Moment aus den Augen, um sich im Raum umzusehen, ob Meghan vielleicht da wäre, doch er sah sie nicht. Auch hatte er ihren Pritschenwagen nicht auf dem Parkplatz gesehen, was jedoch nichts bedeuten musste, da er entweder noch in der Werkstatt sein konnte oder sie bereits den ihres Vaters benutzte. Und jetzt musste er seine Aufmerksamkeit schnellstens wieder den beiden Männern vor ihm zuwenden, die aussahen, als wollten sie ihm den Hals umdrehen.

Die Konfrontation konnte entweder ganz übel oder nur ein wenig unangenehm ausgehen.

*Geschäft* und *Vergnügen* zu vermischen war niemals eine gute Idee. Wenn man zu der Mischung noch *Familie* hinzufügte, nun, dann hatte man das perfekte Rezept für eine Katastrophe.

»Wir müssen uns unterhalten«, ergriff Wes mit finsterer Miene das Wort.

Storm neigte zustimmend den Kopf zur Seite. »Setz dich.«

Aber Luc wollte sich nicht setzen. Diese beiden hatten zwar damals Griffin von Decker weggezerrt, als ihr Bruder ihren besten Freund wegen einer vergleichbaren Sache angegriffen hatte, doch das hatte nichts zu bedeuten. Eine andere Schwester. Andere Gegebenheiten.

»Ich nehme an, ihr habt es gehört?«

»Was gehört?«, fragte Wes. »Dass ihr beiden, du und Meghan, eine Verabredung hattet und du sie ausgeführt hast? Ihre erste Verabredung nach dem Arschloch? Ja, das haben wir gehört. Sasha hat es Leif erzählt. Leif hat es an Austin weitergegeben. Neuigkeiten machen schnell die Runde.«

»Sie ist erwachsen«, erwiderte Luc. »Sie trifft ihre Entscheidungen selbst. Ihr wisst doch, dass ich ihr niemals wehtun würde.«

Storm nickte. »Das wissen wir. Und deshalb reagieren wir auch nicht wie bei Griffin damals und schlagen dich zusammen. Du bist ein guter Mann, Luc, und ich weiß, du hast sie in unserer Jugend geliebt.«

Luc blinzelte angesichts dieser Enthüllungen und dann erstarrte er, als jemand hinter ihm scharf den Atem einsog.

Mist.

Er drehte sich herum und erblickte Meghan, die mit weit aufgerissenen Augen und geröteten Wangen an der Tür stand.

»Was ist hier los?«, keuchte sie, dann hielt sie eine Hand in die Höhe. »Ich kann es kaum glauben, dass meine Brüder sich so benehmen.« Sie blickte Luc in die Augen, dann stellte sie sich neben ihn, ergriff jedoch nicht seine Hand. Da dies ihr Arbeitsplatz war, war ihre Haltung ganz vernünftig. Aber allein das Gefühl, sie so nahe bei sich zu wissen, entspannte ihn ein wenig.

»Ihr zwei … ich kann es einfach nicht glauben.«

Die beiden Brüder hielten gleichzeitig die Hände in die Höhe und wirkten in diesem Augenblick so sehr wie Zwillinge – die sie ja auch waren –, dass Luc beinahe aufgelacht hätte.

»Wir haben ihn nicht angerührt«, versicherte Wes eilig. »Ehrlich. Wir mussten lediglich unsere Pflicht als Brüder erfüllen. Schließlich bist du unsere Schwester.«

»Wir haben uns Sorgen gemacht«, erklärte Storm leise. »Obwohl das unnötig war, da es sich um Luc handelt. Aber wir lieben dich so sehr.«

Meghan seufzte und Luc sah, wie sie sich eine Träne abwischte. Er hätte ihr gern geholfen und ihre Traurigkeit weggewischt, aber vor ihren Brüdern in deren Firma wäre das im Augenblick nicht klug gewesen. Stattdessen ballte er die Hände zu Fäusten und gab sich Mühe, sich zu beherrschen.

»Ich liebe euch zwei Idioten. Und wirklich, ihr solltet euch keine Sorgen machen. Ich bin diejenige, die sich Sorgen machen sollte.«

Luc fuhr herum. »Du solltest dir Sorgen machen?«, entfuhr es ihm. Er wusste, sie hatte ihre Zweifel, doch dass sie dies ausgerechnet jetzt erwähnte, fand er unangebracht.

Meghan warf die Arme in die Luft. »Seht ihr? Deshalb will ich über dieses Thema nicht während der Arbeitszeit reden … nein. Also, Schluss jetzt. Ich muss zur Baustelle und ihr drei ebenfalls. Wes und Storm, ich liebe euch beide, aber dies ist mein Leben, nicht euer Leben. Ihr könnt eure Meinung für euch behalten. Luc? Wir können uns später über alles unterhalten, versprochen.«

Mit diesen Worten stürmte sie hinaus und überließ die drei Männer, die hinter ihr her starrten, sich selbst.

»Wir hätten dich nicht angerührt«, stieß Wes hervor. »Wir wollten nur deine Absichten erfahren.«

Luc schnaufte. »Ich würde gern zuerst Harry meine Absichten mitteilen, Kumpel. Das weißt du doch.«

Storm schüttelte den Kopf. »Sie gehört zu dir. Schon immer. Das weiß ich. Wir werden es akzeptieren. Aber Luc, wenn du ihr wehtust, tun wir dir weh.«

»Wenn ich ihr wehtue, lasse ich mir von euch wehtun. Alles klar?«

Den Kopf voller schwerer Gedanken sammelte er einige Papiere von seinem Schreibtisch ein und ging dann nach draußen zu seinem Pritschenwagen. Dies war nicht gerade die beste Art gewesen, den Tag zu beginnen. Aber definitiv auch nicht die schlechteste. Immerhin hatten sie die Situation gemeinsam bewältigt. Er hoffte nur, es gäbe ein *Gemeinsam*, das zu bewältigen wäre.

Als er die Baustelle erreichte, sah er, dass Meghan über ihren Plänen brütete. Er wusste, er sollte ihr einen gewissen Freiraum lassen, aber es bedrückte ihn, wie sie auseinandergegangen waren.

»Meghan.«

Sie blickte auf und schenkte ihm ein kleines Lächeln. Ein Fortschritt. »Entschuldige, dass ich so aus dem Büro gestürmt bin. Die Situation war mir einfach so peinlich.«

Er blieb stehen und blinzelte. »Du entschuldigst dich? Ich hätte mich entschuldigen sollen.«

»Nein, ich. Wir hätten über die Arbeit reden müssen und wenn meine Brüder dich nicht in die Zange genommen hätten, hätten wir professionelle Umgangsformen eingehalten, davon bin ich überzeugt.«

Er blickte zu Boden. Die Distanz zwischen ihnen betrug nur knapp einen halben Meter. Dann schaute er ihr wieder in die Augen. »Im Moment verhalten wir uns absolut professionell. Möchtest du später gern ein bisschen unprofessionell werden?«

Sie schnaufte. »Das muss einer der schlimmsten Sprüche aller Zeiten gewesen sein.«

Er wackelte mit den Augenbrauen, erleichtert, sie lächeln zu sehen. »Ich werde mich bemühen. Was meinst du? Ich weiß, es ist Montag, aber ich könnte bei euch zum Abendessen vorbeikommen oder so. Aber wenn das für die Kinder noch zu früh ist, dann macht es auch nichts.« Er benahm sich wie ein linkischer Narr, doch mit der Zeit würde er zu seinen geschliffenen Umgangsformen zurückfinden.

»Heute und morgen haben die Kinder schulfrei. Sie sind über Nacht bei Maya.«

Er hüstelte. »Wirklich?«

Sie lächelte breit. »Wirklich. Sie wollten über Nacht bei Tante Maya bleiben und Maya muss nicht arbeiten. Und daher habe ich sturmfreie Bude.« Sie erstarrte und auf ihren Wangen bildeten sich rote Flecke. »Äh …«

»Also wie wäre es dann, wenn ich zum Abendessen vorbeischaue?«, fragte er leise. Er berührte sie nicht. Kam nicht näher. Immerhin befanden sie sich auf der Baustelle. Sie gegen den Pritschenwagen zu pressen war gewiss nicht die beste Art zu beweisen, dass sie gleichzeitig zusammen und professionell sein konnten.

»Abendessen.«

»Nur ein Abendessen, Meghan.«

»Abendessen«, wiederholte sie. »Ja, das geht.«

Er lächelte. »Gut.« Bevor er etwas Dummes tun konnte, wie zum Beispiel sie zu küssen, kehrte er zu seinem Abschnitt der Baustelle zurück, wobei er wie ein Idiot grinste.

Abendessen klang verdammt fantastisch.

~

ALS ER IN ihre Einfahrt einbog, holte er tief Luft. Dann schaltete er den Motor ab und stieg aus. Er wusste nicht, was es mit dieser Frau auf sich hatte, aber sie brachte ihn vollkommen durcheinander und ließ ihn über die kleinste Kleinigkeit nachdenken. Sie machte aus ihm wieder den Jungen, der keinerlei Erfahrung hatte, der unfähig war, mit einer Frau zu reden, ohne über die eigenen Worte zu stolpern.

Er holte noch einmal tief Luft und bewegte die Schultern.

Heute Abend würde er einfach nur Luc sein.

Und sie einfach nur Meghan.

Und zusammen, nun, zusammen würden sie noch etwas mehr sein.

Meghan öffnete die Tür, bevor er überhaupt anklopfen konnte. Scheinbar war er nicht der Einzige, der ein wenig nervös war, da sie nach ihm Ausschau gehalten haben musste. Heute trug sie andere Leggings und ein langes, fließendes Oberteil, das sich an ihre Kurven schmiegte, wenn sie sich bewegte. Am liebsten hätte er sie ausgezogen und jeden Zentimeter von ihr gekostet.

Sein Schwanz meldete sich zu Wort und er versuchte, nicht an eine nackte Meghan zu denken. Den Abend mit einem Ständer zu beginnen, der vermutlich lange anhalten würde, könnte ihm unerträgliche Schmerzen bescheren.

»Ich habe deinen Wagen gehört«, erklärte sie, dann trat sie zurück. Boomer lief herbei, beschnüffelte ihn und begab sich dann wieder in sein Hundebett. »Du hast keinen Wunsch zum Abendessen geäußert, daher habe ich Huhn mit Reis gekocht.« Sie rang die Hände. Er runzelte die Stirn. »Aber wenn du das nicht magst, kann ich dir etwas anderes machen. Oder etwas bestellen. Sag mir einfach nur, was du willst.«

Oh, Mann. Dies war nicht seine Meghan. Es würde mehr als ein paar nette Worte brauchen, um ihr begreiflich zu machen, dass er nicht Richard war. Der Hurensohn hatte ihr gewiss übel mitgespielt.

Falls er Richard je wieder begegnen würde, würde er ihn wahrscheinlich zusammenschlagen.

Er umfasste Meghans Gesicht mit beiden Händen. »Hör auf, dir Sorgen zu machen, Meghan. Alles, was du zubereitest, ist gut.« Doch sie entspannte sich nicht und er unterdrückte einen Fluch. »Ich hätte vorschlagen sollen, das Essen gemeinsam zuzubereiten. Nicht nur du. Ich habe mich selbst zum Abendessen eingeladen, aber ich hätte etwas mitbringen oder selbst kochen sollen, meine Süße. Ich wollte ehrlich einfach nur mit dir zusammen sein. Es könnte mir nicht gleichgültiger sein, was du kochst, denn mir wird alles gut schmecken, weil du es bist, die es zubereitet hat. Hast du verstanden, meine Süße?«

Sie stieß den Atem aus, dann löste sie sich von ihm. »Verdammt. Ich weiß nicht, warum ich mich immer wieder so verhalte. Ich schwöre dir, ich besitze ein Rückgrat.«

Sie begann, im Zimmer auf und ab zu gehen. Er zwang sich, sich nicht vom Fleck zu rühren. Ihr jetzt zu nahe auf den Pelz zu rücken hätte ihr nicht geholfen. »Das weiß ich. Ich habe es selbst erlebt. Du hast dich mir gegenüber oft genug behauptet.«

»Das reicht nicht.«

Jetzt ging er doch zu ihr und fuhr mit der Hand ihren Arm entlang, um schließlich ihre Hand zu ergreifen. »Wenn es nicht reicht, dann wirst du es eben ändern. Du bist stärker, als du glaubst.«

»Das sagst du, aber ich habe nicht das Gefühl. Und die

Tatsache, dass ich mich darüber auch noch beklage, ärgert mich.«

Er neigte den Kopf und strich mit den Lippen leicht über ihre. »Du schuftest dich zu Tode und versuchst ständig zu beweisen, dass du etwas wert bist, Meghan. Dabei ist es jedes Mal ein Beweis, wenn ich deine Kinder lächeln sehe. Sie sind glücklich, gesund und werden geliebt. Du rackerst dich ab wie eine Verrückte, weil du nicht nur deinen Brüdern beweisen willst, dass du den Job perfekt ausführst, sondern weil dir dein Job auch gefällt. Ich habe es bemerkt, Süße. Ich sehe, wie du arbeitest, wie du dich bewegst. Wann hörst du auf, darüber nachzudenken, wie du jemand anderen glücklich machen kannst? Du bist die Meghan von früher oder zumindest die Meghan, die du sein willst. Also hör auf zu grübeln und sei einfach du selbst.«

Sie legte den Kopf schief und strich mit der Hand seinen Rücken hinauf, bis ihre Finger zärtlich auf dem Kragen seines Hemdes liegen blieben. »Das hast du alles bemerkt?«

Er nickte. Er hatte noch viel mehr bemerkt, doch er wollte sie nicht verschrecken. Er mochte sich während des vergangenen Jahres zwar eingeredet haben, dass es ihm ohne sie in seinem Leben gut ging, doch er konnte sich nicht länger selbst belügen.

»Luc ... was wird aus uns? Ich weiß nicht, ob ich schon für etwas Ernstes bereit bin.«

Er schüttelte den Kopf. »Meghan, ich sehe, dass du es ernst nimmst. Wenn es lediglich eine Affäre, eine Sache für eine Nacht wäre, nach der wir einfach so auseinandergehen würden, wärst du nicht so angespannt, so nervös. Würde ich weniger von dir erwarten, wäre das sehr respektlos von mir.«

Sie leckte sich über die Lippen. »Wenn wir das hier

tun, wenn ich dich mit in mein Bett nehme, für länger als eine Nacht, dann ändert sich alles.« Sie verzog das Gesicht. »Und das willst du doch, das war nur zu offensichtlich. Du weißt, was ich meine.« Sie musterte sein Gesicht und runzelte die Stirn. »Was hat Storm heute im Büro gesagt? Du hättest immer eine Schwäche für mich gehabt? Was genau meinte er damit?«

Diesmal war er es, der das Gesicht verzog. Er wollte ehrlich zu ihr sein. »Ja, es stimmt. Ich hatte dich sehr gern, Meghan. Das weißt du.«

»Ja«, erwiderte sie bedächtig, wobei sie das Wort in die Länge zog. »Aber so wie er es ausgedrückt hat … klang es, als wäre es mehr als das gewesen. Mehr als das, worüber wir zuvor geredet haben.«

Nun musste er aufs Ganze gehen. »Ich liebte dich, Meghan. Ich habe nichts gesagt, weil ich ein Feigling war. Es war mehr als ein Gernhaben. Ich wollte mehr von dir als Freundschaft, mehr als das, was wir hatten, doch ich habe nie etwas in der Richtung unternommen. Das war mein Fehler. Und als du Richard geheiratet hast, wusste ich, ich musste verschwinden. Das war damals, Meghan. Ich weiß, jetzt sind wir andere Menschen.« Er umfasste ihr Gesicht. »Ich weiß, du bist nicht mehr dieselbe Meghan wie damals, aber diese gefällt mir auch. Ist das okay? Zu viel?«

Sie schluckte heftig. »Es wäre okay gewesen, wenn du den letzten Teil nicht hinzugefügt hättest. Es macht mir Angst. Ich werde dich nicht anlügen. Ich bin nicht bereit … nun, ich bin einfach noch nicht bereit, mich zu verlieben.«

Ihre Worte fuhren ihm wie ein Messerstich ins Herz, doch er nahm es tapfer auf. Eigentlich überraschte es ihn nicht. »Nur weil ich gewisse Gefühle habe, heißt das nicht, dass du sie erwidern musst.«

»Ich habe es vorher nicht gewusst, hätte es aber sehen müssen. Hätte damals erkennen müssen, wie du zu mir standest. Aber ich habe es nicht gesehen, und das war mein Fehler.«

»Wir leben nicht in der Vergangenheit. Wir leben im Hier und Jetzt. Also lass uns das Verlieben beiseiteschieben und über den Weg nachdenken, auf dem wir uns befinden.« Er küsste sie langsam, eine zärtliche Berührung mit den Lippen, mit der Zunge. »Bist du bereit für mich, Meghan? Wenn du mich willst, dann sag es. Falls nicht, falls du mehr Zeit brauchst, dann werden wir dein Huhn mit Reis essen und uns nur unterhalten. Ich werde dich nicht drängen. Aber eins solltest du wissen: Sobald ich in deinem Bett bin, sobald du dich in meine Arme legst, wird der Umgang mit mir nicht mehr leicht sein. Nicht süß und nett. Ich bin fordernd. Ich will jeden Zentimeter von dir. Will dich schmecken, dich ficken, Liebe mit dir machen. Ich will alles. Bist du bereit dazu? Denn wenn du es nicht bist, musst du es mir jetzt sagen.«

Ihre Augen verdunkelten sich und sie teilte die Lippen. Er legte ihr die Hand um den Nacken und strich mit dem Daumen über ihren rasenden Puls. Er wusste, seine Worte gefielen ihr. In ihrem Blick las er eher Erregung als Angst. Doch er musste es von ihr hören. Er konnte es zwar sehen, aber das war nicht genug.

Sie lächelte. »Mir gefällt diese Seite von dir.«

Er grinste, wohl wissend, dass sein Lächeln ein wenig gierig wirkte. »Ist das ein Ja?«

Ein Herzschlag.

»Ja.«

Und schon stieß er mit dem Mund auf ihren hinunter und zog sie eng an sich, sodass ihre Körper sich aneinanderschmiegten. Die eine Hand noch in ihrem Nacken, glitt er mit der anderen ihren Rücken hinunter, um ihr Gesäß zu umfassen. Sie stöhnte an seinen Lippen und er drängte sich gegen sie.

Er ließ seine Lippen an ihrem Kinn hinaufwandern, dann biss er in ihr Ohrläppchen. Das geschockte Keuchen, das sie ausstieß, heizte ihn weiter an.

»Ist der Ofen abgeschaltet?«, erkundigte er sich brummend. »Ich möchte jeden Zentimeter von dir kosten und will nicht, dass das Haus um uns herum niederbrennt.«

Sie nickte, eine eher unkontrollierte Bewegung. »Alles ist ausgeschaltet.« Sie schauderte, als er über die Stelle leckte, an der ihr Puls hart pochte. »Ich ... ich bin nicht gut darin.«

Er erstarrte, dann löste er sich von ihr. »Wie bitte?«

»Ich bin nicht gut ... darin.«

»Was soll das heißen, Meghan?«, hakte er nach. Eine brennende Wut auf diesen Hurensohn stieg in ihm auf, der diesen Ausdruck in Meghans Augen hervorgerufen hatte.

Sie reckte das Kinn und erinnerte ihn an die Meghan, die sie in Wirklichkeit war. »Ich bin nicht gut im Sex.«

Er schüttelte den Kopf, dann nahm er ihre Hand und legte sie auf seinen von seiner Jeans bedeckten Schwanz. Er stöhnte auf, als ihre Pupillen größer wurden. »Spürst du das? Du machst mich bereits hart, wenn du nur neben mir stehst, Meghan. Du wölbst dich mir entgegen, wenn ich dich küsse. Du stöhnst, wenn ich dich streichle, und du hältst dich nicht zurück. Du irrst dich also. Du wirst wunderbar sein. Und wenn wir es immer und immer wieder tun müssen, damit du das glaubst, dann werden wir es tun.«

Sie schnaufte und er stieß erleichtert die Luft aus. »Es ist nicht so, als wäre ich nicht erregt, Luc.« Sie leckte sich die Lippen, dann presste sie seinen Schwanz zusammen, was sie beide vollkommen durcheinanderbrachte. »Ich habe einen Vibrator. Drei sogar. Ich weiß, wie ich mich selbst befriedigen kann.« Sie schluckte. »Nur so habe ich in den letzten Jahren einen Orgasmus bekommen können.«

Er biss die Zähne aufeinander, verdrängte Richard jedoch aus seinen Gedanken. »Dieser Mann gehört nicht zwischen uns, Meghan. Dieser Mann gehört nicht in unser Bett. Was auch immer das Arschloch dir erzählt haben mag, ignoriere es. Du bist besser, als er dir glauben machen wollte.«

»Ich sage mir immer wieder, dass ich nicht die bin, zu der er mich abgestempelt hat, aber was ich auch tue, es holt mich immer wieder ein.« Sie klang ebenso wütend, wie er es war, wenn er daran dachte, dass der Kerl sie so heruntergemacht hatte. »Es gefällt mir nicht, wenn ich mich so verhalte.«

»Die Tatsache, dass dir dein Verhalten bewusst ist, bedeutet, dass du auf dem richtigen Weg bist, meine Süße.« Er küsste sie wieder. »Und jetzt zeig mir dein Schlafzimmer, damit ich dir diese Sachen ausziehen kann. Ich möchte mein Gesicht gern zwischen deinen Schenkeln vergraben, um herauszufinden, ob du so süß bist, wie ich es mir vorgestellt habe.« Er machte eine Pause. »Und Meghan? Ich habe mir vieles vorgestellt.«

Sie errötete, zog ihn jedoch an der Hand die Treppe hinauf. Sein Herz raste und sein Verlangen wuchs. Sie war so unsagbar sexy. Er würde alles in seiner Macht Stehende tun, um ihr zu zeigen, was er sah.

Eine starke, fähige, supersexy Frau.

Sobald sie das Schlafzimmer betraten, zog er sie an sich und hob sie auf seinen Arm.

»Luc! Lass mich runter.«

Er grinste und trug sie zum Bett, wo er sie genau vor der Bettkante absetzte. »Ich habe mir immer gewünscht, dies zu tun. Also sei still und erlaube mir, dich zu lieben.«

Ihre Augen weiteten sich und er küsste sie noch einmal,

diesmal barg er ihr Gesicht in beiden Händen. Sie drängten sich aneinander und vertieften den Kuss mit jedem Augenblick. Er erkundete mit den Händen ihren Körper, um sie dann schließlich um ihre Brüste zu legen. Ihr Gewicht erregte ihn noch mehr.

»Mehr als eine Handvoll«, flüsterte er an ihren Lippen.

»Sie sind nicht mehr so straff wie früher«, erklärte sie leise.

Er stöhnte und kniff durch ihr Hemd und den BH in ihre Brustwarze. »Glaubst du etwa, das kümmert mich? Glaubst du, es stört mich, dass keiner von uns beiden mehr zwanzig ist? Du bist jetzt mit mir zusammen, Meghan. Die Frau neben mir ist die, die ich will. Also erzähl mir nicht, du hättest nicht mehr denselben Körper, den du einst hattest, denn, meine Süße, du bist umwerfend. Also lass mich dich liebkosen.«

Wieder küsste er sie, dann zog er ihr das Oberteil über den Kopf. Ihre Brüste waren von rosafarbener Spitze umgeben und verdammt sexy. Er senkte den Kopf und leckte durch die Spitze an einem Nippel. Sie stöhnte. Er saugte die harte Knospe zwischen seine Zähne, dann gab er sie frei und widmete sich mit der gleichen Inbrunst der anderen Brustwarze. Sie fuhr ihm mit den Händen unkontrolliert über Gesicht und Schultern, als müsste sie ihn unbedingt berühren.

Gut.

Er schob die Spitze nach unten. Ihre dunklen Nippel waren spitz und hart. »Gott, ich habe von deinen Brustwarzen geträumt.«

Sie kicherte mit rauer Stimme. »Ach wirklich?«

»Ja. Ich hätte gern gewusst, ob sie rosa, rot oder vielleicht ein wenig dunkel wären. Ob sie klein oder groß wären. Ob sie empfindlich wären und ich sie so erregen könnte, dass du kommst.« Er blickte ihr in die Augen.

»Können sie dich zum Kommen bringen, Meg? Wenn ich sie lecke und an ihnen knabbere, kann ich deine Muschi dazu bringen, sich zusammenzuziehen, ohne dass ich deine Klitoris berühre? Sag es mir.«

Sie schluckte heftig, ihre Kehle arbeitete. »Ich ... ich weiß es nicht. Sie sind ziemlich sensibel.«

»Woher weißt du das, Meg?«, fragte er, während er mit den Fingern über die harte Knospe fuhr. »Spielst du mit dir selbst? Erzähl es mir.«

Sie leckte sich die Lippen und er stellte sich ihre rosa-farbene Zunge auf seinem Schwanz vor. Bald. »Ja, ich ziehe an ihnen und drücke sie zusammen, während ich an mir herumfummele. Oder wenn ich den Vibrator in mir habe oder an meiner Klitoris spiele.«

»Mein Gott, Meghan. Es gefällt mir, wenn du so schmutzig daherredest. Mach weiter so. Hörst du mich?« Als sie antwortete, durchbrach sie die Mauer, die sie zwischen ihnen errichtet hatte, die Mauer, die die Zeit zwischen ihnen errichtet hatte.

»Solange du weiter so mit mir redest.«

»Abgemacht.« Er saugte an ihren Nippeln, wechselte zwischen beiden hin und her, bis sie stöhnte und sich zitternd gegen ihn drängte.

»Luc ... Luc.«

»Ja, sag meinen Namen.« Er biss zu und sie erstarrte. Dann gaben ihre Knie nach. Er zog sich zurück und fing sie auf, bevor sie fiel. Ihr Körper lag schlaff und warm in seinen Armen. »Alles in Ordnung, meine Süße?«

Sie blinzelte zu ihm auf, strahlend blaue Augen gerahmt von schwarzen Wimpern. »Ich ... ich bin gekommen. Und dabei habe ich noch meine Hose an.«

»Ja. Willst du noch einmal kommen?«

»Nur, wenn du es auch tust.«

Er lächelte und küsste sie. »Ich denke, das können wir

einrichten.« Er wollte, dass sie noch einmal kam, wollte, dass sie seinen Schwanz drückte, bis sie beide bewusstlos wären.

Er hielt Meghan in seinen Armen und wenn es nach ihm ginge, würde er sie niemals mehr loslassen.

*Die reinste Glückseligkeit.*

## Kapitel Neun

»ICH WILL DICH BERÜHREN«, stöhnte Meghan. »Bitte.«
In ihrem Kopf drehte sich alles. Sie konnte es kaum glauben, dass er sie allein mit Mund und Händen auf ihren Brüsten zum Kommen gebracht hatte. Das hatte sie noch nie zuvor erlebt. Gewiss, mit dreißig waren ihre Brustwarzen empfindlicher geworden, aber sie hatte nicht geglaubt, dass sie so sensibel geworden waren.

»Ich sehne mich so sehr danach, in dir zu sein, Meghan. Ich sollte noch warten. Langsam machen. Dich schmecken, aber ich muss in dir sein.« Das tiefe Brummen seiner Stimme rollte über ihren Körper und sie sog scharf die Luft ein.

»Du bist immer noch angezogen«, bemerkte sie lachend. Sie warf einen Blick zwischen sich und ihn. Sie standen immer noch da mit ineinander verschlungenen Gliedmaßen. »Ja, es wird irgendwie schwer, das mit einer Hose zu tun.« Gott, es gefiel ihr, was er mit ihr anstellte, zu wem sie bei ihm wurde. Wenn sie sich gehen ließ, würde dieser Zustand bei ihr vielleicht länger anhalten als nur für den Augenblick.

Oder würde sie wieder alles vermasseln?

Nein. Zum Teufel. Luc war hier. Sie war hier. Sie sollte verflucht sein, wenn sie verlöre, was sie in Händen hielt.

»Vielleicht muss ich meinen Mund zwischen deinen Schenkeln platzieren«, sagte er leise, eine Hand in ihrem Haar, mit der anderen ihr Gesäß umfassend.

»Was hast du gesagt?« Sie blinzelte. Die Hitze, die durch ihren Körper getobt war, kühlte sich bei ihren Gedankengängen etwas ab. Doch seine Worte hielten den Prozess einen Moment auf.

»Süße, du bist mit deinen Gedanken weit entfernt und nicht hier bei uns. Ich sehe es dir an.« Er zog leicht an ihren Haaren, um sie zu zwingen, ihn anzublicken.

Sie keuchte kurz auf, versuchte jedoch nicht zurückzuweichen. Dies war Luc. Ihr Luc. Zumindest für diese eine Nacht. Falls er sie danach nicht mehr würde haben wollen, so hätte sie zumindest die Erinnerungen, an die sie sich klammern könnte. Er hatte ihr versprochen, ihre Freundschaft würde nicht enden, aber wie konnte er etwas so Ungewisses versprechen?

Wieder zog er an ihren Haaren. Sie zwang sich, diese depressiven Gedanken beiseitezuschieben.

»Sieh mich an, Meghan. Ich möchte, dass du hier bei mir bist, wenn ich dich ficke. Ich möchte, dass deine Gedanken bei meinem Schwanz sind, der in deine süße Muschi hineingleitet. Ich möchte, dass du mich reitest und mir zeigst, was du mir geben kannst. Möchtest du das? Glaubst du, du kannst hier bei mir bleiben anstatt dort, wo du gerade gewesen bist?«

Sie stand mit nacktem Oberkörper vor ihm, in seinen Armen, und sie hatte sich noch nie so verletzlich gefühlt. Er bat sie nicht nur um ihren Körper. Er bat sie um Körper und Seele.

Sie konnte es. Heute Abend konnte sie es.

»Okay.«

»Okay, *Herr*.«

Sie erstarrte. Ihre Augen weiteten sich.

Luc grinste sie an, dann beugte er sich zu ihr hinunter und küsste sie innig auf den Mund. »Das war ein Scherz. Eines Tages würde ich dich vielleicht gern fesseln, sodass du mir ausgeliefert bist. Und vielleicht würde ich dir auch gern diesen süßen, kleinen Hintern versohlen«, er kniff in eine ihrer Pobacken und sie stöhnte, »aber nur, wenn du es möchtest. Möchtest du es, Meghan?«

Sie schluckte. »Ich …« Sie stöhnte wieder, als er seinen Schwanz, der immer noch in der Jeans steckte, gegen ihren Bauch presste.

»Ich werde das als ein Ja betrachten, da du die Fähigkeit zu sprechen verloren hast.« Er löste sich von ihr und trat einen Schritt zurück. »Und jetzt lass mich dir die Hose ausziehen, denn ich muss dich schmecken.«

Er zog die Leggings an ihren Beinen hinab und das Höschen gleich mit. Sie hob einen Fuß nach dem anderen, um ihm zu helfen. Sie zitterte am ganzen Körper, weil der Anblick, wie er vor ihr kniete, sie so sehr erregte. Sie fuhr mit der Hand über seinen Kopf, die dichten Haarstoppeln kitzelten ihre Handfläche.

Luc blickte zu ihr auf und lächelte. »Vielleicht sollte ich es wieder abrasieren, wenn du mich in Zukunft immer so tätschelst.«

»Mir gefällt beides«, sagte sie ehrlich. »Obwohl, ich glaube, ich mag es, wenn du ein paar Bartstoppeln auf der Wange hast.«

Er beugte sich vor und küsste ihre Schenkel. Sie erbebte erneut. Sie wollte ihn, sehnte sich nach ihm. »Du willst doch nur, dass mein Bart über die Innenseite deiner Oberschenkel kratzt, wenn ich dich verschlinge.«

Angesichts dieser Worte begann ihre Klitoris zu pochen. Wie gut Luc es verstand, sie mit Worten zu erregen, etwas, das Richard nie getan hatte. Sie erstarrte wieder einmal. Wie konnten ihre Gedanken nur so abschweifen! Nein. Sie würde jetzt nicht an diesen Mann denken.

»Sieht so aus, als würde ich keine gute Arbeit leisten«, knurrte Luc.

Bevor sie noch einen weiteren Gedanken fassen konnte, lag sie mit gespreizten Beinen rücklings auf dem Bett und der Mann vor ihr presste seinen Mund fest auf ihre Klitoris.

Ihr Rücken hob sich vom Bett, doch er hatte eine Hand auf ihren Bauch, die andere auf ihre Hüfte gelegt und hielt sie in Position. Er arbeitete fieberhaft mit seiner Zunge und ließ sie über das harte Knötchen schnellen, während er im nächsten Moment daran saugte. Sie zwang sich, die Augen nicht zu schließen, sodass sie ihn beobachten konnte. Seine dunkle Haut hob sich deutlich von ihrer bleichen ab. Sie hatte noch niemals etwas so Erotisches gesehen, etwas, das so richtig aussah.

Jetzt leckte er sie und reizte ihre Öffnung mit der Zungenspitze. Als ihre Blicke sich trafen und sie die Hitze in seinen Augen sah, krampften ihre inneren Wände sich zusammen. Noch einmal leckte er sie, dieses Mal langsam, während er ihr stetig tief in die Augen blickte. Dann umkreiste er ihre Öffnung mit den Fingern, um daraufhin zwei in sie hineinzuschieben. Sie sog scharf die Luft ein und schloss die Augen.

*Nein. Ich will sehen, wie er mich leckt.*

Seine Finger fanden tatsächlich den Punkt in ihr, den bisher nur sie allein hatte aufspüren können. Er übte Druck darauf aus. Ihr Mund klappte auf und ihr Körper zitterte vor Hitze, als stände sie in Flammen. Ihre Nippel wurden hart und spitz und ihre inneren Muskeln schlossen sich um seine Finger.

Und immer noch leckte, reizte und saugte er. Sie schlang die Beine fester um seinen Kopf und versuchte, ihn von sich wegzudrücken, um ihren nicht enden wollenden Orgasmus abzubrechen, aber Luc hatte anderes im Sinn. Er saugte noch fester und brachte sie noch einmal zum Höhepunkt.

Unmöglich.

Aber noch nicht genug.

Als sie zum zweiten Mal von den Höhen des Orgasmus hinabsegelte, schloss sie die Augen, ihr Körper gesättigt, aber dennoch am Rand eines Abgrundes harrend, von dessen Existenz sie nichts gewusst hatte.

»Meghan, Süße, sieh mich an, sieh uns an.«

Sie öffnete die Augen, um einen nackten Luc über sich schweben zu sehen, die Augen dunkel vor Verlangen, die Muskeln angespannt. »Luc …«

Er lächelte, bevor er sie küsste. Sie konnte sich selbst auf seiner Zunge schmecken. Noch nie zuvor hatte sie einen Mann geküsst, nachdem dieser sie oral befriedigt hatte. Tatsächlich waren Jahre vergangen, dass überhaupt ein Mann sie auf diese Weise verwöhnt hatte.

Luc kniff in eine ihrer Brustwarzen und ihr Geist kehrte in die Gegenwart zurück. Ihr Körper wollte eine weitere Runde. Dieser Mann war eine Maschine und sie war so gierig. Und zum ersten Mal gestattete sie sich, gierig zu sein.

»Bist du bei mir, Meg?«

»Bei dir«, flüsterte sie mit heiserer Stimme. Sie erinnerte sich vage daran, seinen Namen geschrien zu haben, als sie zum zweiten und dritten Mal gekommen war – daher auch ihre raue Stimme. Sie blickte an sich hinab und sog die Luft ein. So wie sein Körper über ihrem verharrte, sie nicht berührte, aber ihr doch so nahe war, lag sein mit einem Kondom bekleideter Schwanz genau auf ihrem Venushügel. Wie schwer und dick er war! Sie blinzelte.

»Ähm … Luc?« Wie sollte sie ihn nur ganz in sich aufnehmen?

Er lachte leise, dieses männliche Lachen, das ihr geradewegs in ihr Herz fuhr. »Du bist ganz nass und bereit für mich. Keine Sorge. Ich passe in dich hinein.«

Sie zog eine Braue in die Höhe. »Natürlich. Aber woher wusstest du, was ich gedacht habe?«

»Du hast es laut ausgesprochen, meine Süße.« Er küsste sie erneut, als sie gerade fluchen wollte, dass ihr Monolog doch kein innerer gewesen war. »Und jetzt schau dir an, wie ich dich ausfülle. Ich möchte, dass du dir ansiehst, wie mein Schwanz deine süße Muschi ausfüllt. Und wenn ich bis zu den Hoden in dir vergraben bin, dann beweg deine Hüften, deinen Körper. Beweg dich einfach. Sei bei mir, wenn ich dich ficke. Fick mich auch. Mach Liebe. Hab Sex. Tu alles, was du willst. Okay, Meg?«

Ihre Augen füllten sich mit Tränen und sie nickte, denn sie wusste, dies war ihr Luc. Gleichgültig, was als Nächstes geschehen mochte, gleichgültig, ob er sie ebenso bemängelte wie Richard, dies war ihr Luc. Nie würde sie diesen Moment vergessen, niemals vergessen, wer in ihr war.

Er küsste ihre Wangen und leckte die Tränen ab, die sie nicht einmal bemerkt hatte.

»Du gehörst mir, Meghan. Du bist mein für jetzt, mein für länger.« Dann warf er sich nach vorn und dehnte sie, was ein köstliches Brennen hervorrief.

Sie sog scharf die Luft ein und beobachtete, wie er langsam in sie eindrang und wieder hinausglitt, so lange, bis er zur Gänze in ihr war.

Sie ganz ausfüllte.

Noch nie hatte sie sich so ausgefüllt gefühlt, noch

niemals ein solch starkes Gefühl gehabt, an etwas teilzuhaben, das sie nicht verstand, nicht erfassen konnte, außer, wer jetzt mit ihr zusammen war, wer jetzt in ihr war.

»Mein, meine Süße. Du gehörst mir.«

Sie blickte ihm in die Augen und er küsste sie, zog sich zurück und stieß dann wieder in sie hinein. Ihr Körper wölbte sich ihm entgegen, ihre Hände fuhren zu seinem Rücken. Sie grub ihre Nägel in seine Haut und schlang die Beine um seine Taille. Sie wollte mehr.

Sie tat, worum er sie gebeten hatte, und bewegte die Hüften, um ihm bei jedem Stoß entgegenzukommen. Sein Schwanz glitt in sie hinein und hinaus, immer schneller, bis sie kaum noch mithalten konnte, kaum noch ihre Augen offen halten konnte.

»Komm für mich, Meghan. Noch einmal.« Er blickte ihr in die Augen und sie kam, denn ihr Körper hatte bereits die Kante des Abgrunds erreicht, als Luc gesprochen hatte. Er rief ihren Namen und presste seinen Mund auf ihren, während sein Körper zuckte und sein Sperma das Kondom in ihr füllte.

Als ihr Körper gerade zu schmerzen begann, rollte Luc von ihr herunter und nahm sie mit sich, sodass sie auf ihm zu liegen kam, seinen immer noch harten Schwanz tief in ihr.

»Ich kann nicht mehr«, ächzte sie vollkommen verausgabt.

Er umfasste mit einer Hand ihr Gesäß und streichelte mit der anderen träge ihren schweißnassen Rücken. »Ist okay, Liebes. Ich wollte nur, dass du oben liegst. Ich wollte dich nicht zerdrücken.«

»Aber du bist immer noch hart.«

Er lachte rau auf. »Ja, aber ich bin verdammt heftig gekommen, Meg. Lass mich eine Minute ausruhen, dann kümmere ich mich um das Kondom.«

Sie hob den Kopf und schluckte. »Bleibst du über Nacht?«, fragte sie, ohne zu wissen, woher die Frage kam. Sie hätte das Gefühl haben müssen, sich verstecken zu wollen, um mit den Gefühlen klarzukommen, die sie nicht verstand. Stattdessen wollte sie, dass er blieb. Ihre Kinder waren nicht zu Hause und Lucs Wagen würde in der Auffahrt stehen bleiben, wo ihre Nachbarn ihn sehen konnten, doch es würde sie nicht allzu sehr kümmern. Und Meghan wollte sich darüber keine Gedanken machen. Zumindest nicht jetzt.

»Gewiss«, erwiderte er schlicht, dann küsste er sie wieder.

Sie kuschelten sich aneinander, bis Luc aufstand, um das Kondom zu entsorgen. Sie blieb im Bett zurück, ein Haufen schlaffer Gliedmaßen und ein erschöpfter Körper. Als er zurückkehrte, säuberte er sie mit einem warmen Tuch, bevor er wieder zu ihr ins Bett schlüpfte und sich von hinten an sie schmiegte. In seinen warmen, tröstlichen Armen schlief sie bald ein.

Und an Richard dachte sie nicht mehr.

Nur an Luc.

»ICH WUSSTE, dass du tätowiert bist. Ich habe es schon früher gesehen, aber noch niemals von Nahem.« Meghan lag auf Lucs Brustkorb und fuhr mit den Fingern die Konturen seines Schulter-Tattoos nach, das am Arm hinunterreichte. Sie wusste, ein Teil des Motivs führte bis auf seinen Rücken hinab, doch bis jetzt hatte sie es noch nicht zur Gänze gesehen. Sie war mit Tätowierungen um sich herum aufgewachsen, ja, zwei ihrer Geschwister hatten sogar ein Tattoostudio. Doch aus irgendeinem

Grund gefielen ihr seine Motive besser. Sie runzelte die Stirn. »Warte. Ich kenne diesen Stil.«

Luc zuckte mit den Schultern, dann setzte er sich auf, sodass sie auch seinen Rücken betrachten konnte. »Austin hat es gemacht.«

»Aber … Austin?« Sie konnte jetzt nicht darüber nachdenken, denn ihr Blick heftete sich wie gebannt auf die Einzelheiten, die in seine Haut geätzt waren. Das Tattoo zeigte einen großen Tribal-Drachen, dessen Kopf auf dem Muster ruhte, das sich über Lucs Brust ausbreitete. Der Schwanz des Tieres wand sich um den rechten Oberschenkel.

Meghan sog bei diesem Anblick scharf die Luft ein. Wirklich … diese Arbeit war großartig. »Wann hat Austin dir das Tattoo gemacht?«

Luc drehte sich herum und zog sie wieder zu sich heran, sodass sie nun wieder so nebeneinanderlagen wie zuvor. »Er hat mich dort besucht, wo ich gelebt habe, nachdem ich fortgegangen war. Ich vertraue nur ihm, wenn es um Tattoos geht.« Er verzog das Gesicht. »Ich traue auch Maya, aber ich wusste, dass Austin bei mir auftauchen würde, als wäre er im Urlaub und wollte sich mit mir die Welt ansehen. Maya hätte wahrscheinlich versucht, mich zu zwingen, nach Hause zurückzukehren.«

Er hatte recht, was Maya anbelangte, und wenn ihre Schwester von Austins Arbeit an Lucs Körper erfahren würde, wäre sie sauer. Maya und Austin beachteten bestimmte Regeln, was Familie und enge Freunde betraf. Sie teilten die menschlichen Leinwände genau untereinander auf. Außer wenn es um Sierra ging, Austins Frau, wechselten die beiden sich ab. Luc hatte einst allen Montgomerys nahegestanden, daher würde es in diesem Fall Streit geben.

»Sie wird dich umbringen«, sagte sie leise. »Oder Austin.«

Luc seufzte. »Ich habe noch mehr Haut für sie, die sie tätowieren kann. Ich wusste nicht, ob ich jemals zurückkehren würde, und damals war Austin aus persönlichen Gründen ohnehin unterwegs.«

Meghan nickte. Auch ihr ältester Bruder hatte seine Dämonen, die Sierra besänftigt hatte, doch darum ging es jetzt nicht. »Er hat die ganze Zeit gewusst, wo du warst, und es mir nicht erzählt.«

»Du hattest dein eigenes Leben, Meghan. Das gehört alles der Vergangenheit an. Jetzt bin ich hier.« Er schubste sie, sodass sie auf den Rücken rollte. Dann legte er die Hand auf ihre Hüfte. »Und nun zu deinem Tattoo. Es ist verdammt sexy.«

Sie errötete und blickte an sich hinunter auf die Montgomery-Iris auf ihrer Hüfte, die normalerweise vom Saum ihres Höschens verdeckt wurde. Weder sie noch Luc hatten gestern Abend Zeit daran verschwendet, sich das Tattoo des anderen zu betrachten. Jedes Familienmitglied trug das Logo auf der Haut, sogar ihre Eltern. Das MI mit einem Kreis und umgeben von Blumen war sowohl das Logo der beiden Firmen als auch der Familie. Sierra hatte auch ein Tattoo dieser Art bekommen, als sie Austin geheiratet hatte, und Decker ebenfalls, als er die Ehe mit Miranda geschlossen hatte. Richard hatte nicht einmal einen Gedanken daran verschwendet. Eigentlich hasste er ihr Tattoo sogar. Sie war sich auch ziemlich sicher, dass Alex' Ex-Frau sich niemals hatte tätowieren lassen. Außer Richard mit seiner Verachtung hatte sie es keinem von beiden übel genommen, dass sie sich nicht tätowieren lassen wollten. Ein Tattoo war etwas Persönliches, auch wenn die Welt es manchmal zu Gesicht bekam. Sie würde nie jemanden zwingen, sich etwas in die Haut ätzen zu lassen. Die Tatsache, dass ihr Ex ihr Tattoo schmutzig und für unter seiner Würde befunden hatte, hatte jedoch die Dinge nicht gerade leichter gemacht. Allerdings hatte der Mann niemals etwas leichter gemacht.

Luc zeichnete mit dem Finger das Tattoo auf ihrer Hüfte nach. »Total sexy, meine Süße.« Er beugte sich hinunter und küsste es, was elektrische Stöße durch ihren Körper schickte. »Ich muss heute ein paar Sachen erledigen. Aber können wir uns später sehen?«

Sie löste ihre Gedanken von Lucs Hand und runzelte die Stirn. »Ich hole die Kinder ab und esse mit ihnen zu Mittag, bevor ich sie Mom und Dad übergebe.« Sie seufzte. »Mom und Dad wollen sie gern für einen Nachmittag bei sich haben, obwohl Dad so schwach ist. Ich konnte nicht Nein sagen. Wes ist dort, um ihnen zu helfen, für den Fall, dass sie jemanden brauchen. Ich habe Besorgungen zu machen, aber ich treffe mich mit den Mädchen für einen Nachmittagskaffee im Taboo. Möchtest du mich vielleicht danach dort abholen?« Es war seltsam, mit jemandem den Tag zu planen, aber sie glaubte, es tun zu können. So verhielten Freunde sich doch. Und immerhin waren sie Freunde. Auch wenn sie sich manchmal nackt auszogen. Oder zumindest einmal nackt ausgezogen hatten.

*Lebe im Augenblick, Meghan.*

*Sorge dich nicht um deine Kinder.*

*Gönn dir auch etwas.*

Wenn sie sich das immer und immer wieder vorsagte, würde sie es vielleicht glauben.

Luc fuhr mit dem Finger über ihr Kinn, den Kopf zur Seite geneigt. »Okay.« Er strich mit den Lippen über ihre, eine sanfte Liebkosung. »Ich sollte gehen. Ich habe keine Kleider zum Wechseln mit.«

Sie nickte, ihre Zunge fühlte sich schwer an. »Luc …
was sagen wir den anderen?«

Er runzelte die Stirn und setzte sich aufrecht hin. Die
Decke verhüllte ihn kaum.

»Müssen wir etwas sagen? Haben wir nicht gestern in
der Firma genug gesagt?«

»Die Leute werden reden«, sagte sie. Doch sofort
verfluchte sie sich, als sie den Schmerz in seinen
Augen sah.

»Das weiß ich. Wir alle reden gern. Ist das ein Problem
für dich? Wir wollen doch kein Geheimnis daraus machen.
Wir haben doch die Katze bereits aus dem Sack gelassen.«

Sie lächelte über den Ausdruck und stieß die Luft aus.
»Dies ist neu für mich.«

Er umfasste ihr Gesicht und erwiderte ihr Lächeln.
»Auch für mich ist es neu. Noch niemals habe ich mit
meiner besten Freundin geschlafen.« Diesmal teilte sie
gierig die Lippen, als er sie küsste, gierig nach mehr,
obwohl sie wusste, dass sie beide aufbrechen mussten.
»Und jetzt muss ich wirklich aufstehen, sonst werde ich
niemals aus dem Haus kommen.« Er senkte seine Stirn auf
ihre hinab. »Hör auf zu grübeln. Lebe einfach. Ich weiß,
das ist beinahe unmöglich für dich, aber versuch es zumindest. Ich werde dir eine Nachricht schicken, wenn ich
meine Aufgaben erledigt habe, und dann sehen wir, ob du
noch im Taboo bist. Pass auf dich auf.«

Nach einem letzten Kuss ließ er sie mit einem wunden,
schmerzenden Körper im Bett zurück. Ja, trotz der Tatsache, dass sie nicht mehr als ein paar Stunden geschlafen
hatten, hatte sie sich noch nie so energiegeladen gefühlt.
Luc war geradewegs zurück in ihr Leben geschlittert, doch
diesmal hatte er einen vollkommen neuen, unglaublichen
Platz eingenommen. Wenn sie sich einredete, ihre Beziehung wäre locker, würde es sie nicht so sehr ängstigen.

Doch sie hatte das Gefühl, für Luc war es alles andere als locker.

∼

»DU HAST MIT JEMANDEM GESCHLAFEN«, stellte Hailey fest, ihre Freundin und Eigentümerin des Taboos, sobald Meghan das Café betreten hatte. Der stumpfe Pony der Frau hatte heute einen Streifen aus knalligem Pink und auf der anderen Seite einen weiteren Streifen, der zu ihrem platinblonden Bob passte.

Meghan ging direkt zum Tresen und blickte sich um. Glücklicherweise war das Lokal beinahe leer, da der größte Andrang bereits vorbei war. Doch leider war der Tresen nicht so leer.

Miranda klatschte in die Hände und tanzte auf ihrem Hocker herum. »Das war aber auch Zeit!«

»Luc, richtig?«, riet Maya und biss in einen Keks. »Du siehst erschöpft aus und glühst von innen. Das steht dir gut.«

Meghan war sich sicher, dass ihre Wangen rot leuchteten, zwang sich jedoch, sich an Mirandas andere Seite ans Ende des Tresens zu setzen.

Sierra, die neben Maya saß, grinste. »Oh, ich freue mich für dich. Luc ist ein großartiger Mann.«

»Ich mag ihn«, fügte Callie hinzu, eine der Künstlerinnen von Montgomery Ink und zugleich eine von Meghans Freundinnen. »Er wird sicher bei uns vorbeischauen, um sich noch mehr Tattoos machen zu lassen. Maya hat ihn für sich beansprucht und Austin hat viel zu schnell nachgegeben. Ich denke, der bärtige Mistkerl plant irgendetwas.«

»Hast du meinen Ehemann gerade einen bärtigen Mistkerl genannt?«, fragte Sierra lächelnd.

»Nun, er ist eigentlich kein Mistkerl, aber es hört sich so schön an«, erklärte Callie, bevor sie an ihrem Milchshake nippte.

Sierra schloss die Augen und rieb sich die Schläfen. »Warum bin ich nicht einfach zu Hause geblieben? Ich habe Rechnungen zu begleichen, Hausarbeit, Wäsche und noch vieles mehr zu erledigen. Ich habe keine Zeit für diese Spielchen.«

Miranda beugte sich zu Meghan hinüber und legte ihr den Arm um die Taille. »Du liebst uns. Komm schon. Du konntest früher nie mit uns so wie jetzt zusammensitzen. Und jetzt können wir alles bequatschen.«

»Und sie meint wirklich *alles*«, sagte Hailey, die ein Törtchen und einen Kaffee vor Miranda auf den Tisch stellte. Die Frau wusste immer, was Meghan wollte, ohne dass diese es sagen musste. Sie war eben wie geschaffen fürs Geschäft, trotzdem verblüffte sie Meghan manchmal. »Beim letzten Mal habe ich alles über Deckers Vorliebe für Tischplatten zu hören bekommen.«

Meghan stöhnte. »Das ist meine kleine Schwester, Leute. Können wir bitte nicht über Sex reden?«

»Du hattest doch welchen«, erwiderte Maya. »Das ist gut. Es war wirklich Zeit für dich, dich mal durchblasen zu lassen.«

Meghan verschluckte sich beinahe an ihrem Törtchen, doch die andere Frau lachte und gab Maya einen Stupser. »Mein Gott, Maya. Ich glaube, du müsstest öfter mal rauskommen bei den Ausdrücken, die du benutzt.«

Maya grinste, dann presste sie ihr Zungenpiercing gegen die Lippen. »Ich kann mir nicht helfen, aber es gefällt mir zu sehen, wie ihr alle zur gestrengen Mutter werdet, wenn ich so unflätig daherrede. Wie dem auch sei, ich bin froh, dass ihr endlich zusammen seid. Er ist ein guter Mann. Ihr seid ein schönes Paar.«

Meghan wollte über dieses Thema nicht reden. Sie war immer noch ganz durcheinander wegen der Tatsache, dass sie Sex gehabt hatte. Guten Sex. Fantastischen Sex. Sie war in der vergangenen Nacht mindestens sechsmal gekommen, während sie mit Richard nie einen Orgasmus gehabt hatte. Richard hatte sie nie so weit bringen können. Sie mochte zu Beginn ihrer Beziehung mit Richard zum Höhepunkt gekommen sein, doch jetzt, da sie mit Luc so heftig gekommen war, glaubte sie, dass sie sich viel zu lange selbst belogen hatte.

Verdammt. Sie hatte keine Ahnung, wie der nächste Schritt aussehen würde. Was würde sie tun? Wenn die Sache zu ernst würde, könnte sie verletzt werden. Wahrscheinlich würde sie ohnehin verletzt werden, doch es gab eine Art Schmerz, von dem sie sich niemals erholen könnte. Außerdem brauchten ihre Kinder sie mehr als sie einen Mann. Falls sie Luc noch mehr Zugang zu ihrem Leben gewährte, als er ohnehin schon besaß, was würde geschehen, wenn er es sich anders überlegte und sie verließ?

»Hör auf damit.«

Meghan blickte blinzelnd zu Maya auf, die aufgestanden war und sich neben sie gestellt hatte. »Womit soll ich aufhören?«

»Du denkst darüber nach, was schieflaufen könnte, und machst dir Vorwürfe. Dieses verdammte Arschloch ist aus deinem Leben verschwunden und du musst dich selbst immer wieder daran erinnern, dass er gegangen ist, weil er ein gestörter Idiot ist. Er ist nicht deinetwegen gegangen.«

Meghan presste die Lippen aufeinander und vermied es, die anderen Frauen anzublicken, die ihr mitleidige Blicke zuwarfen. Sie brauchte deren Mitleid nicht, sie hatte genügend Mitleid für ein ganzes Leben.

»Maya, darüber möchte ich nicht reden.«

»Vielleicht sollten wir das aber«, erwiderte ihre Schwester schnippisch. »Vielleicht nicht hier und jetzt, aber bald. Und was Luc anbelangt? Wenn du ihn wegjagst, weil du aufgrund der Geschehnisse in der Vergangenheit Angst hast, dann tust du dir nur selbst weh – und Luc. Atme tief durch und lass ihn in dein Leben. Nimm ihn, wie er ist. Er ist bereits durch einige Schichten zu dir durchgedrungen und ich denke, das ist für euch beide gut.«

»Maya …«

»Was ist hier los?«

Meghan warf ihrer Schwester einen scharfen Blick zu, dann schaute sie über die Schulter und entdeckte ihren Bruder Griffin. Er blickte sie, Maya und die anderen Frauen am Tresen stirnrunzelnd an.

»Ich wusste nicht, dass du heute hier hereinschaust«, sagte Meghan, um einen leichten Ton bemüht. Sie hob das Gesicht und er hauchte ihr einen Kuss auf die Wange, bevor er die Reihe der Frauen am Tresen entlangging, um bei jeder das Gleiche zu tun, auch bei Hailey.

»Ich brauche Koffein und habe keinen Kaffee mehr im Haus.«

»Was für ein Horror!« Miranda verdrehte die Augen und schlang ihrem Bruder einen Arm um die Taille. »Weißt du, da gibt es etwas, das nennt sich Lebensmittelladen. Du begibst dich in die Öffentlichkeit, so ähnlich wie hier, und kaufst Dinge, die du zum Überleben brauchst.«

»Das ist wirklich genial«, bemerkte Sierra grinsend.

»Ich bin von Komödiantinnen umgeben«, erwiderte Griffin trocken.

»Soll ich dir etwas mitbringen, wenn ich morgen einkaufen gehe?«, erkundigte Meghan sich, die sich um ihren jüngeren Bruder sorgte.

Griffin wehrte ab. »Ich werde eine Firma anrufen, die

das für mich erledigt. Ich muss mich nur vom Handy erinnern lassen, die Bestellung online aufzugeben.«

»Was bedeutet, dass du deine Räuberhöhle nicht verlassen musst«, maulte Maya. »Ich mache mir Sorgen um dich.«

Meghan stimmte ihr zu. Sie hatte ihren Bruder noch niemals so müde gesehen. Müde und ein wenig verloren, wenn sie ihn genauer beschreiben sollte. Sie wusste nicht genau, was sie tun konnte, aber sie würde sich bemühen, einen Weg zu finden, ihm zu helfen. Sie hatte viele Pflichten, aber die Familie ging vor.

»Sieht aus wie ein volles Haus«, sagte Luc, als er zur Tür hereinkam.

Meghans Wirbelsäule wurde sofort stocksteif. Mist. Sie wusste nicht, wie sie reagieren sollte. Ihre Wangen röteten sich und in ihrem Bauch flatterten Schmetterlinge herum. Sie fing die neckenden Blicke der Mädchen ein und die neugierige Miene von Griffin, hatte jedoch keine Zeit, um darüber nachzudenken.

Luc nahm die Sache in die Hand und gab ihr einen sanften Kuss. Er war nicht besonders erotisch und er hielt seine Hände auf ihrem Gesicht, doch sie schloss die Augen für einen Moment und genoss das Gefühl. Nur dieser Mann, nur Luc, konnte diese Empfindungen in ihr auslösen.

»Hey«, keuchte sie.

»Hey«, sagte er leise, ein Lachen in den Augen.

Oh, der Mann wusste, was er angerichtet hatte, und schämte sich nicht einmal. Sie war eine erwachsene Frau in einer … in einer Beziehung. Sie durfte sich so benehmen.

Was immer das *so* auch sein mochte.

Griffin räusperte sich und Meghan hielt die Luft an. Er hatte sich nicht besonders gut aufgeführt, als Miranda und Decker begonnen hatten, sich zu verabreden. Wer wusste

also, was geschehen würde? Aber anstatt Ärger sah sie ...
Sehnsucht auf seinem Gesicht?

Seine Miene veränderte sich, bevor sie sie genau analysieren konnte. Er lächelte. »Schön. Möchtest du einen Kaffee, Luc? Ich brauche eine Koffein-Spritze.«

Luc strich mit der Hand über ihren Rücken und sie entspannte sich. »Das hört sich gut an.«

Anstelle von Streit, anstelle von Fragen und vorsichtigen Blicken saß sie mit ihren Mädels, Griffin und Luc am Tresen und trank Kaffee. Die Welt war nicht untergegangen, weil sie mit Luc in der Öffentlichkeit gesehen wurde.

Ein kleiner Schritt weiter.

Doch sie fühlte sich, als hätte sie einen großen Sprung gemacht.

Wohin wusste sie nicht, aber sie hatte das Gefühl, es bald herauszufinden.

## Griffin

Das Leben sollte eigentlich nicht so hart, nicht so chaotisch sein. Doch Griffin Montgomery hatte keine Ahnung, was er tat. Er stand in seinem Büro und die Stapel Papier, Aktenordner und Bücher sahen aus, als hätten sie sich vermehrt, während er im Taboo einen Kaffee getrunken hatte.

Wann hatte er zum letzten Mal eine Putzfrau hier?

Wann hatte er zum letzten Mal hier aufgeräumt?

Er fuhr sich mit der Hand übers Gesicht. Er wusste, er musste sein Leben ändern, bevor er es für immer vermasselte. In seiner Familie heiratete man, ließ sich wieder scheiden, zeugte Kinder und blickte nach vorn in die Zukunft, doch er hatte nichts zustande gebracht, außer sich immer tiefer in seine Arbeit zu vergraben.

Das Schreiben war alles, was er hatte. Doch er konnte nicht schreiben.

Konnte kein einziges Wort zu Papier bringen.

Noch niemals hatte er einen Abgabetermin versäumt, doch der letzte war in einem Nebel aus Leid und Selbstzweifeln an ihm vorübergezogen.

Wenn er nicht mehr schreiben konnte, was blieb ihm dann?

Nichts.

Genau.

Nichts.

Er hatte nicht einmal die Energie, vor Luc und Meghan den großen Bruder zu spielen. Bei Decker und Miranda hatte er die Beherrschung verloren und reagiert, ohne nachzudenken. Und jetzt wusste er nicht, was er tun sollte angesichts einer Schwester, die eine ernste Beziehung mit einem Mann einging, dem er vertraute.

Gewiss, auch Decker hatte er vertraut, doch er war ausgeflippt, hatte alles gründlich vermasselt und den Preis bezahlt.

Jetzt kamen die Wörter nicht mehr und er wusste nicht, was er als Nächstes tun musste. Denn ohne zu schreiben, ohne seine Charaktere, die ihn auf die nächste Ebene führten, ihm den Magen füllten und ein Dach über dem Kopf gaben, was blieb ihm dann noch?

Nichts, wiederholte er noch einmal.

Und war das nicht eine Schande?

Etwas musste sich ändern, das war sicher. Doch er hatte keine Ahnung was.

Griffin Montgomery befand sich in einer festgefahrenen Lage und wusste nicht, was er dagegen tun sollte.

## Kapitel Zehn

LUC FLUCHTE VOR SICH HIN, dann zwang er sich, tief
Luft zu holen. Er war nicht in der Stimmung, sich schon
wieder mit einem Zulieferer auseinanderzusetzen, der
keine Ahnung von seinem Fach hatte. Der Mann, mit dem
Montgomery Inc. jahrelang zusammengearbeitet hatte,
hatte sich zur Ruhe gesetzt und sein Geschäft lieber
geschlossen, anstatt es zu verkaufen. Luc und die anderen
waren also gezwungen gewesen, sich nach einem anderen
Zulieferer umzusehen. Von allen Leuten, die für die Montgomerys arbeiteten, brauchte Luc meistens das wenigste
Material. Doch das wenige, das er brauchte, machte den
Unterschied aus zwischen fehlerhafter Verkabelung und
einem Haus, in dem man sicher leben konnte.

Die Dumpfbacke, die eigentlich die neuen Steckdosen
und Kabel hätte liefern sollen, war nicht aufgetaucht. Luc
kniff sich in den Nasenrücken und versuchte, sein Temperament zu zügeln. Er musste zu Wes und Tabby gehen, um
zu sehen, was er sonst tun konnte, da er nicht an der alten
Verkabelung des Hauses arbeiten konnte, solange ihm das
neue Material fehlte. Es war zwar nicht sein Fehler, dass er

die Dinge nicht zur Hand hatte, die er brauchte, doch trotzdem fühlte er sich, als hätte ihm jemand in die Eier getreten.

»Was ist los?«

Luc seufzte, als Wes mit seinem nicht wegzudenkenden Tablet in der Hand ins Haus trat. »Stan hat bis jetzt das neue Material nicht geliefert. Er hatte versprochen, heute vorbeizukommen, da er es gestern nicht geschafft hat. Ich habe jetzt den Schwarzen Peter gezogen, weil ich nicht weiterarbeiten kann, wenn ich nicht habe, was ich brauche.« Er stemmte die Hände in die Hüften und versuchte, seinen Ärger im Zaum zu halten. Etwas aufgrund seines eigenen Fehlers nicht zu schaffen war eine Sache – das unterlag seiner Kontrolle. Aber etwas nicht zu schaffen aufgrund des Fehlers eines anderen und Wes und die anderen zu enttäuschen? Das hasste er mehr als alles andere.

Wes runzelte die Stirn und berührte ein paar Schaltflächen auf dem Bildschirm des Tablets. »Nun. Dies ist nun schon das zweite Mal, dass Stan zu spät liefert. Wir haben uns für ihn entschieden, weil er einen guten Ruf und anständige Preise hatte, aber jetzt hat er Mist gebaut.«

Luc fuhr sich mit der Hand über den Kopf und ging im Geist seine Liste für den heutigen Tag durch. »Ich kann an ein paar Dingen arbeiten, für die ich keine neuen Teile brauche, aber dieses Haus ist zum größten Teil Schrott, wie du weißt. Die Verkabelung muss vollkommen überholt werden, um die heutigen Anforderungen zu erfüllen. Das meiste stammt noch aus den Fünfzigern und der Rest war kurzgeschlossen.«

»Ich weiß«, bestätigte Wes, der immer noch stirnrunzelnd auf seinem Tablet arbeitete. »Ich hätte am liebsten das ganze Gebäude abgerissen und ganz neu aufgebaut, aber Storm hätte mich umgebracht.«

Luc schnaufte, dann holte er zwei Dosen Mineralwasser aus seiner Kühlbox und reichte eine Wes. »Das Haus hat solide Grundmauern, aber alles andere ist Müll.«

Wes seufzte und fuhr sich mit der Hand durchs Haar. Der Mann trug verschlissene Jeans und ein Flanellhemd anstatt seiner normalen Freizeithose und eines durchgeknöpften Hemdes. Er liebte es zwar, sich schick zu kleiden, doch auf der Baustelle verzichtete er darauf, da er kein Idiot war.

»Ich kenne einen anderen Zulieferer, bei dem wir bestellen können, denn mit Stan werde ich nicht mehr zusammenarbeiten.«

Luc zog eine Braue in die Höhe, während er weiter an seinem Getränk nippte. »Du willst Stan also feuern? Ich beschwere mich zwar nicht, aber die Arbeitgeber, bei denen ich zuvor gearbeitet habe, hätten eher mir oder einem anderen Mitarbeiter die Schuld gegeben, anstatt sich einen neuen Zulieferer zu suchen.«

Wes zeigte ihm den Mittelfinger, dann trank er einen Schluck von seinem Wasser. »Dass du so schlecht von uns denkst! Tabby und ich beobachten Stan bereits seit einigen Monaten, da dies unser erstes großes Projekt mit ihm ist. Er ist unzuverlässig. Und ich arbeite nicht gern mit Nieten.«

Luc nickte, während er im Geiste durchging, was er ohne Material in der restlichen Zeit tun konnte. Nicht viel, merkte er schließlich. »Sobald du einen neuen Zulieferer hast, sage ich dir, was ich brauche, aber so wie es aussieht, werde ich auf dieser Baustelle mit meiner Arbeit ein wenig hinterherhinken.« Das nervte, aber es gab nichts, was er ohne neue Kabel tun konnte, um das Haus sicher zu machen.

»Wir werden alle ins Hintertreffen geraten, da auch Decker neues Material braucht. Heute noch. Verdammt.

Okay, Tabby und ich werden uns jetzt gleich darum kümmern. Tu vorerst, was du kannst, und wenn du nichts mehr zu tun hast, fahr zu einer anderen Baustelle oder hilf Decker und Meghan. Ich bin mir sicher, dass sie Arbeit für dich haben.«

Mit diesen Worten zog Wes sein Handy aus der Tasche und verließ das Gebäude. Er sprang bereits von einer Sache zur nächsten, plante und organisierte, sodass alle anderen in Ruhe arbeiten konnten. Die Tatsache, dass Stan sie alle hatte sitzen lassen, warf nicht gerade ein gutes Bild auf ihn. Auf Luc selbst allerdings auch nicht.

Er leerte seine Wasserdose, warf sie auf den Haufen, den er später zur Recyclingtonne bringen würde, und machte sich auf den Weg zu der Stelle, an der er letzte Woche zu arbeiten aufgehört hatte. Er hatte noch einige Dinge zu tun, bevor ihm in diesem Raum die Arbeit ausging.

Als er den Raum betrat, erstarrte er, dann stieß er einen Fluch aus. »Was zum Teufel ist hier passiert?«, stieß er hervor, während er auf die gerade fertiggestellte Trockenmauer zuging. »Ich war mit dieser Wand noch nicht fertig.« Er zog den Plan hervor und schaute nach, wo er die Steckdose zuvor installiert hatte. Jetzt befand sie sich einen Meter weiter rechts. Luc kannte seine Pläne wie seine Westentasche. Jemand musste die verfluchte Steckdose bewegt haben. Und wer wusste schon, was derjenige noch alles angerichtet hatte?

Jason, einer der jüngeren Bauarbeiter, kam mit den Händen in den Hosentaschen hereingeschlendert. »Steve hat mir gestern aufgetragen, die Wand fertigzustellen. Hätten wir warten sollen?«

Und wieder kniff Luc sich in den Nasenrücken. Jason war ein netter Junge, doch er tat, was die anderen ihm sagten, und hatte keine eigene Meinung. Auch an gesundem Menschenverstand mangelte es ihm. »Die Steckdose wurde bewegt und die Wand wurde fertiggestellt, bevor ich meine Arbeit beendet hatte. Jetzt habe ich keine Ahnung, was hinter der Trockenmauer vor sich geht. Wir werden die Wand wieder einreißen müssen, damit ich nachsehen kann. Wir werden also für dieses Projekt, das mich ohnehin total nervt, noch mehr Zeit brauchen, und die haben wir nicht.« Lucs Zorn schwoll an, doch noch konnte er ihn im Zaum halten. Er mochte zwar zornig werden, aber er gab der Wut nicht oft nach, denn dann explodierte er.

»Was zum Teufel tust du da, Jason? Beweg deinen Hintern hierher!«, schrie Steve aus dem anderen Raum. Luc ballte die Hände zu Fäusten. Er mochte Steve nicht besonders. Der Hurensohn war bereits älter und ziemlich festgefahren. Es gefiel ihm nicht, für die jüngeren Montgomerys zu arbeiten, und Luc hasste er aus irgendeinem Grund. Normalerweise war das unwichtig, aber Lucs Arbeit wurde erschwert durch Mitarbeiter, die sich wie Arschlöcher benahmen.

Luc stapfte hinter Jason her und verschränkte die Arme vor der Brust, als er in die Küche trat. »Steve. Würde es dir etwas ausmachen, mir zu erklären, warum du die Wand über meinem Arbeitsplatz hast errichten lassen? Ich war noch nicht fertig und es war auch nicht für gestern vorgesehen.«

Steve zog eine buschige Braue in die Höhe. »Würde es dir etwas ausmachen, mir nicht zu sagen, was ich zu tun habe? Du warst fertig. Gib nicht mir die Schuld, wenn du einen Fehler gemacht hast. Du bist doch der Arsch, der den Job nur bekommen hat, weil er die Schwester vom Boss fickt.«

Luc blinzelte; der glühende Zorn, der wie ein Schwert in ihn gefahren war, erstarrte zu Eis. »Wie bitte?«

»Du hast mich sehr gut verstanden. Du warst fertig. Wenn etwas mit den Steckdosen nicht stimmt, musst du es gewesen sein. Vielleicht bist du doch nicht so perfekt, wie du glaubst. Du hast sie an den falschen Stellen angebracht. Wes, Storm und Decker werden sich jetzt mit deinem Mist auseinandersetzen müssen.«

Luc stürzte auf Steve zu. Er überragte den Mann, doch er wollte ihm nicht die Nase brechen. »Zuerst einmal wirst du nie mehr, und ich meine nie mehr, so über Meghan reden. Ich bringe dich um. Hast du mich verstanden?«

»Willst du mir drohen, Junge?«

»Nein, ich gebe dir ein Versprechen. Alle Probleme, die du mit mir außerhalb unseres Jobs hast, können wir nach Feierabend besprechen. Aber meine Arbeit zu unterminieren, weil du irgendeine verdrehte Idee im Kopf hast, damit kommst du nicht durch. Und jetzt reiße diese verdammte Wand nieder und lass mich die Probleme beheben, die du verursacht hast. Ich werde herausfinden, ob du die Lage der Steckdosen verändert oder irgendetwas anderes getan hast, um meine Arbeit zu sabotieren. Und dann werde ich dafür sorgen, dass du fliegst. Hörst du mich?«

Steves Gesicht lief rot an und er stieß hervor: »Du glaubst, nur weil du das kleine Miststück fickst, kannst du so mit mir reden?«

Luc machte einen Satz nach vorn und schlug dem Mann mit der Faust auf die Nase. Doch das knirschende Geräusch befriedigte ihn nicht. Er sog heftig die Luft ein. Er wusste, er hatte versagt. Er hatte zugelassen, dass sein Privatleben sich mit der Arbeit vermischte, und hatte einen Mann geschlagen. Es spielte keine Rolle, dass Steve wahrscheinlich wirklich derjenige war, der seine Arbeit sabotiert hatte. Er hatte den Mann wegen seiner Worte über Meghan geschlagen. Mist.

»Was zum Teufel ist hier los?«, schrie Wes, der mit Meghan hinter sich in den Raum stürmte.

Verdammt.

Meghan war leichenblass und zitterte am ganzen Körper. Als er ihr die Hand entgegenstreckte, trat sie einen Schritt zurück. Er erstarrte. Verflucht, war das Angst auf ihrem Gesicht? Hatte sie etwa Angst vor ihm?

Mein Gott.

»Steve, verlasse sofort meine Baustelle. Du bist entlassen«, polterte Wes.

Luc warf Meghan einen letzten Blick zu. Der Zorn, der in ihm aufgestiegen war, kochte nun brodelnd. Die widrigen Umstände dieses Tages häuften sich zu einem riesigen Berg und er hatte keine Ahnung, was er tun sollte. Er hatte Aggressionen loswerden müssen, seine Wut, doch dabei hatte er, wie es schien, die einzige Frau verschreckt, die ihm mehr als alles andere bedeutete.

»Ich werde dich anzeigen, du Mistkerl«, tobte Steve und hielt sich die Nase. »Er hat mich geschlagen, obwohl ich ihn nicht provoziert habe.«

Luc wollte gerade etwas erwidern, ließ jedoch Wes den Vortritt. »Ich habe gehört, was du über Meghan gesagt hast und was über Luc. Ich kann mir auch ziemlich gut vorstellen, wer Lucs Arbeit sabotiert hat. Allein das gäbe mir genug Grund, dich zu feuern. Aber wenn du dann auch noch die Familie beschmutzt? Dann bist du draußen. Wir sind kein großes Unternehmen. Wir sind die Montgomerys. Mit uns treibt man keine Scherze.«

»Dann rutscht mir doch alle den Buckel runter. Ich brauche euch nicht.« Und mit diesen Worten stolzierte Steve aus dem Raum. Eine Spur aus Blutstropfen blieb hinter ihm zurück.

Jason schaute hastig umher und trat von einem Fuß

auf den anderen. »Es … es tut mir leid. Ich wusste nicht, dass ich etwas Falsches tat.«

Luc konnte nicht sprechen. Jedes Wort würde als Schrei über seine Lippen kommen und er hatte bereits sowohl Meghan als auch Jason verschreckt. Und das sollte für einen Tag genügen.

»Du hast nichts Falsches getan, Jason«, sagte Wes mit kaum zurückgehaltenem Ärger. »Warum arbeitest du nicht mit dem Rest deines Teams an dieser Wand? Ich muss für eine Minute mit Luc reden.«

Das war's. Er würde seinen Job verlieren, weil er die Beherrschung verloren hatte. Normalerweise beherrschte er sich so gut, dass niemand wusste, dass er manchmal kurz vor dem Explodieren stand. Nur heute hatte er sich nicht in der Gewalt gehabt.

Er vermied es immer noch, Meghan ins Gesicht zu blicken, denn dort würde er nicht nur Schmerz entdecken, sondern auch Angst. Allein der Gedanke daran schnitt ihm ins Herz. Stattdessen reckte er das Kinn in die Höhe, blickte Wes stolz an und schritt hocherhobenen Hauptes aus dem Haus. Er war sich nur allzu bewusst, dass alle Blicke auf ihn gerichtet waren.

»Bin ich gefeuert?«, fragte er mit schneidender Stimme.

Wes schüttelte den Kopf, die Hände zu Fäusten geballt. »Zur Hölle, nein. Ich habe gehört, was Steve gesagt hat. Es überrascht mich, dass du ihm nicht mehr als nur die Nase gebrochen hast.«

Überrascht blinzelte Luc. »Ich habe einen Mann während der Arbeitszeit geschlagen, Wes.«

»Ja. Er hatte es verdient.« Er verzog das Gesicht. »Obwohl er vielleicht Anzeige erstatten wird. Wir werden uns damit auseinandersetzen, wenn es sein muss, aber du wirst nicht deinen Job verlieren. Ich habe gesehen, was sie aus deiner Arbeit gemacht haben, und ich weiß, dass nicht du es warst. Sie waren es.«

Er hätte erleichtert sein müssen, doch er konnte an nichts anderes denken als daran, was geschehen wäre, wenn Wes weniger klug gewesen wäre. Und dazu kam noch die Tatsache, dass Meghan kein Wort mit ihm gewechselt und ihn auf diese gewisse Weise angesehen hatte. Er hätte alles verlieren können.

»Dein Material ist noch nicht hier und die Stimmung ist angespannt«, sagte Wes leise. »Warum fährst du nicht nach Hause und arbeitest an Kostenvoranschlägen für den nächsten Job oder boxt eine Runde? Vielleicht lasse ich heute alle früher Feierabend machen. Ich bin verdammt sauer, dass das kleine Arschloch so über Meghan geredet und unseren Zeitplan durcheinandergebracht hat. Und dann auch noch dieser Stan! Ich glaube, ich muss mich heute betrinken.«

Luc nickte verständnisvoll. »Dann fahre ich jetzt. Morgen werde ich wieder hier erscheinen.« Er warf einen letzten Blick auf das Haus und wandte sich ab, als er Meghan nirgendwo sehen konnte. Er hatte ihr Angst eingejagt. Er hatte geschrien, einen Mann geschlagen und mit den Armen herumgefuchtelt. Er wusste nicht alles, was sie mit Richard durchgemacht hatte, aber er hatte eine Grenze überschritten. Er wusste nicht, ob der andere je Hand an Meghan gelegt hatte, doch die Tatsache, dass sie Angst gehabt hatte, sagte genug.

Er war nicht gut genug für Meghan Montgomery. Zuvor war er es nicht gewesen und ganz gewiss auch jetzt nicht.

Als er in die Auffahrt zu seinem Haus einbog, schlug er auf das Steuer. Zu viel Zorn tobte durch seine Adern und er brauchte einen Weg, ihn loszuwerden. Er ging ins Haus, zog die Kleider aus und stieg in eine alte Jogginghose, die ihm auf den Hüften hing. Wenn er nur etwas wütender gewesen wäre, hätte er begonnen, auf den Boxsack in seiner Garage einzuschlagen, ohne sich vorher die Hände zu schützen. Er zeigte jedoch so viel Geistesgegenwärtigkeit, sich um seine Knöchel zu kümmern, denn er hatte zu arbeiten. Wenn er in der Firma auftauchen würde, unfähig, seine Hände zu benutzen, weil er ein verdammter Idiot war, dann könnte er es Wes nicht verdenken, wenn dieser ihn feuern würde.

Er konzentrierte seinen Geist auf den Sack, der vor ihm von der Decke hinabbaumelte, und nahm sorgfältig die richtige Stellung ein. Das hatte er vor Jahren von Decker gelernt. Und in den Jahren seiner Abwesenheit hatte er seine Technik verbessert. Mit jedem Schlag versuchte er, den Zorn rauszulassen.

Den Zorn wegen des fehlenden Materials.

Den Zorn wegen der Sabotage seiner Arbeit.

Den Zorn auf Steve.

Den Zorn auf die Haltung seiner Schwester.

Den Zorn auf Richard.

Seinen Zorn wegen Meghans Angst.

Seinen Zorn auf seine eigene Handlungsweise.

Der Schweiß rann ihm über die Stirn, doch er schüttelte ihn ab. Er ließ nicht nach, der Sack schlug gegen seine Hände zurück. Seine Arme begannen zu schmerzen, seine Beine brannten von der Stellung, die er eingenommen hatte. Doch er hielt nicht inne. Er wusste nicht, wie viel Zeit verstrichen war, bis ihm ein durchdringendes Summen ins Bewusstsein drang. Er hielt den Sack an und fluchte, während er versuchte, einen klaren Kopf zu bekommen.

Jemand musste sich gegen den Klingelknopf gelehnt haben, um einen solch anhaltenden Ton zu produzieren. Ohne sich die Mühe zu machen, sich abzutrocknen, stapfte er zur Tür. Scheinbar hatte sein Zorn sich nicht abgekühlt.

Stattdessen hatte er sich nur müde geboxt, doch die Spannung war nicht gewichen.

Er stieß den Atem aus, als er die Tür öffnete und Meghan erblickte, die die Stirn runzelte. Mist. Er war nicht bereit, sich von ihr abservieren zu lassen. Wahrscheinlich verdiente er es, angesichts seiner Reaktion. Auch konnte sie gut auf die Blicke und das Geflüster der Kollegen verzichten, die aus ihrem Zusammensein resultierten. Er hatte sich Mühe gegeben, während der Arbeitszeit eine gewisse Distanz zu ihr aufrechtzuerhalten, doch die Leute kümmerte das nicht. Sie dachten sich ihren Teil und Luc musste es ausbaden. Aber das hieß noch lange nicht, dass Meghan auch darunter leiden musste.

»Du hast kein einziges Wort gesagt.«

Er blinzelte, rührte sich jedoch nicht von der Stelle.

»Du redest immer noch nicht, Luc.« Sie ließ den Blick über seinen Körper schweifen und verharrte auf seinem nackten Oberkörper. Er zwang seinen Schwanz, nicht zu reagieren. Nur weil er ein Feuer in ihren Augen glimmen sah, bedeutete das nicht, dass sie ihn wollte. Es war nur eine Reaktion. Er hatte ihr Angst eingejagt. Sie musste ihn abservieren und gehen.

»Was willst du von mir hören?«, stieß er hervor. Sein Schwanz gehorchte ihm nicht. Stattdessen beulte das verdammte Ding seine Hose aus, steinhart und begierig darauf, in Meghans süße Hitze einzudringen.

Kleiner Ficker.

Meghan zog die Brauen zusammen. »Möchtest du mich nicht hereinbitten?«

»Nicht, wenn du mit mir Schluss machen willst. Du kannst das gleich hier draußen auf der Veranda erledigen, wenn es dir recht ist.« Verdammt. Er wusste, er benahm sich wie ein Arschloch, aber er wollte ihr keine Angst mehr machen. Wenn sie jetzt ging, würde er sie nicht mehr verletzen können. Er wäre derjenige, der mit Schmerzen zurückbliebe, doch das war besser, als wenn er ihr wehtäte. Er war zu zornig, zu geladen, um sich mit ihr auseinanderzusetzen. Wenn er die Hand ausgestreckt und nachgegeben hätte, hätte er sie gegen die Wand gepresst und sie hart gefickt. Sie war zu zerbrechlich, zu kostbar für die Art von Aufmerksamkeit, die er ihr im Moment geben konnte.

Meghan verdrehte die Augen und zwängte sich an ihm vorbei. Total verwirrt wich er zur Seite. »Du bist ein Idiot.«

»Wie bitte?« Er schloss die Tür hinter sich und folgte ihr in die Küche.

Sie zog zwei Wasserflaschen aus ihrer Tasche und warf ihm eine zu. Er fing sie auf, immer noch verwirrt. »Trink etwas. Du siehst aus, als hättest du jeden Milliliter Wasser aus deinem Körper ausgeschwitzt. Nicht dass du nicht verdammt sexy aussiehst, so verschwitzt und beinahe nackt, aber du musst zu allem Überfluss nicht auch noch dehydrieren.«

Er drehte den Verschluss von der Flasche ab und trank sie in einem Zug leer, wobei er Meghan nicht eine Sekunde aus den Augen ließ. Sie leckte sich die Lippen und sein Schwanz richtete sich auf und zeigte wieder einmal direkt auf sie.

Verräter.

»Warum bist du hier?«, erkundigte er sich, sobald er die Flasche abgesetzt hatte.

»Ich bin hier, weil du gegangen bist, ohne ein Wort zu sagen.« Sie stellte ihre halb leere Flasche neben seine und schlich näher an ihn heran. Sie bettete ihre Hand auf seine Brust genau über seinem Herzen. Er schluckte heftig.

»Was hätte ich sagen sollen? Ich bin sauer geworden und habe dir Angst eingejagt.«

»Ja, du bist sauer geworden, weil dieses Arschloch sowohl deine Arbeit als auch das Geschäft meiner Familie sabotiert und schmutzige Bemerkungen über mich gemacht hat. Das hat mich auch wütend gemacht. Hast du mir Angst eingejagt? Nein.«

Er schüttelte den Kopf. »Ich habe den Ausdruck auf deinem Gesicht gesehen.«

»Du hast meine vorübergehende Verblüffung gesehen. Ich kam herein und hörte, wie dieses Arschloch üble Sachen über uns abgelassen hat, und dann hast du den Kerl geschlagen. Es überrascht mich, dass du nicht fester zugeschlagen hast.« Sie zog die Brauen zusammen. »Ich bin mit den Montgomery-Jungs und Maya aufgewachsen. Ich bin es gewohnt, die Fäuste zu benutzen, auch wenn Worte genügen. Es gefällt mir nicht, dass du vielleicht Schwierigkeiten bekommst, weil er der Typ ist, der gern Wellen schlägt, aber ich bin nicht sauer deshalb.«

Endlich erlaubte er sich, ihr Gesicht mit beiden Händen zu umfassen. Sie schmiegte sich an seine Handflächen und küsste sie. Er schluckte heftig; sein Körper war unerträglich angespannt. Er begehrte sie, aber wenn er sie jetzt nähme, wäre er zu grob.

»Du bist zurückgewichen, Meghan.«

»Ja, aber nicht deinetwegen.« Sie blickte ihm in die Augen und kam ihm noch näher. Sie ließ ihre Hand von seiner Brust bis zum Taillengummi seiner Jogginghose wandern.

Mein Gott, wie sehr er sich nach ihrer Berührung sehnte!

»Richard hat mich niemals geschlagen. Er hat mich nur mit Worten verletzt, mit seinem Verhalten. Ich habe keine Angst vor Männern. Und darüber bin ich verdammt froh. Ich weiß, ich habe Probleme, und wir arbeiten beide daran. Du hilfst mir so sehr, eigentlich, weil du so bist, wie du bist. Wie dem auch sei. Ich habe kein Problem damit, dass du heute jemanden geschlagen hast.

Eine andere Frau hätte vielleicht ein Problem damit, ich jedoch nicht.«

»Ich … ich weiß nicht, was ich mit dir anstellen soll.«

»Sei einfach du selbst, mehr brauche ich nicht.« Sie zerrte an seinem Taillengummi. Er ergriff ihr Handgelenk.

»Meghan«, warnte er sie. »Ich wäre nicht zärtlich. Ich bin nicht gerade in sanfter Stimmung.«

»Für mich musst du nicht sanft sein. Ich will nur, dass du du selbst bist. Das habe ich dir doch bereits gesagt. Bei unserer … Beziehung geht es doch darum, in der Lage zu sein, sich umeinander zu kümmern. Hast du mir das nicht gesagt? Nun, bis jetzt hast du dich vorrangig mit meinen Problemen beschäftigt. Und jetzt werde ich mich um dich kümmern.«

Er fuhr ihr mit dem Daumen über die Unterlippe. Als sie zubiss, stöhnte er auf. »Und mich zu berühren, dich von mir lieben zu lassen, würde das bedeuten, dich um mich zu kümmern?«

»Ich glaube, du musst loslassen, und ich bin hier, um das geschehen zu lassen. Falls du noch mehr reden willst, bin ich für dich da. Glaube nicht, du müsstest mich behandeln, als wäre ich schwach, nur weil ich mich so fühle.«

Er stieß die Luft aus und lehnte seine Stirn gegen ihre. »Ich habe dich kein einziges Mal für schwach gehalten. Du bist die stärkste Frau, die ich kenne, Meghan. Ich möchte nicht, dass du etwas tust, was du später bereust.«

Sie löste sich von ihm und blickte ihm in die Augen. »Ich will, dass du mich fickst, Luc. Mache Liebe mit mir. Hab Sex. Tu, was du willst. Ich möchte, dass du tust, was du tun musst, denn das ist genau das, was auch ich brauche. Wir haben alle Zeit der Welt für mehr Worte und ich weiß, sie werden gesagt werden. Aber in diesem Augenblick? Mit dir beinahe nackt und ganz verschwitzt in meinem Arm? Ich brauche dich jetzt bei mir.«

In diesem Augenblick sah er das Licht in ihren Augen, das ihn an die Verlockung erinnerte, bekannt als die Meghan, die er einst geliebt hatte. Er hatte geglaubt, dieses Feuer wäre vollkommen erloschen. Er würde alles dafür tun, um diesen Funken in ihr wieder zu einem Feuer anfachen zu können, ihr dieses Feuer zurückgeben zu können.

»Sag mir, was du willst, meine Süße«, stieß er mit einem tiefen Grollen hervor.

»Das habe ich bereits.«

Er schlang seine Hand um ihren Nacken und bog ihren Kopf mit dem Daumen unter ihrem Kinn nach oben. »In allen Einzelheiten. Sag mir, was ich mit dir tun soll. Was du mit mir tun willst. Sag es mir.«

»Ich dachte, du könntest nicht langsam machen.«

Er senkte den Kopf und knabberte an ihrer Lippe. »Sag mir, was du willst, und ich werde dir geben, was du meiner Meinung nach brauchst. Es wird nicht langsam gehen. Es wird hart und schnell sein. Ist das in Ordnung für dich, meine Süße?«

»Oh Gott, ja.«

Er grinste. »Gut. Und jetzt erzähl es mir.«

»Ich will dir den Schwanz lutschen, bis du zitterst. Dann möchte ich von dir auf der Küchenarbeitsplatte gefickt werden, und zwar hart. Wie hört sich das an?«

Sie warf ihm ein verführerisches Lächeln zu. Er griff zwischen sich und sie und drückte seinen Schwanz an der Wurzel zusammen, damit er nicht sofort kam. Mein Gott, wie er es liebte, wenn sie so schmutzig daherredete! Hinter ihren vielen Schutzschichten versteckte sich eine Sexgöttin. Er wollte sie so schnell wie möglich ausziehen, bis sie nackt vor ihm stand und sich ihm vollkommen hingab.

Nur ihm allein.

Er löste sich von ihr, behielt jedoch die Hand in ihrem Nacken. »Dann hol meinen Schwanz raus und lutsche ihn.

Ich werde deinen Mund ficken, Meg. Sperr ihn also weit auf, damit du meinen Schaft ganz in dich aufnehmen kannst.«

Sie ließ sich auf der Stelle auf die Knie nieder und zog ihm die Jogginghose an den Beinen hinunter. Er fuhr ihr mit der Hand durchs Haar, um sie wissen zu lassen, dass er da war und alles unter Kontrolle hatte. Als sie jedoch begann, an der Spitze seiner Männlichkeit zu lecken, glaubte er, die Oberhand verloren zu haben.

»Ach du mein Gott.«

Ihre Lippen vibrierten um seinen Schwanz herum. Sie schluckte so viel sie konnte und legte ihre Hände um den Rest. Dann zog sie sich zurück, machte ihre Wangen hohl und schnellte mit der Zunge entlang der Spalte. Ihr Kopf bewegte sich vor und zurück und er zog den Bauch ein, um nicht in ihren Mund zu kommen. So sehr es ihm auch gefiele, er wollte lieber in ihr kommen.

Er zog an ihrem Haar und sie blickte mit seinem Schwanz im Mund zu ihm auf. Sie sah so verdammt heiß aus, dass er beinahe explodiert wäre. »Ich werde deinen Mund ficken. Mach weit auf.«

Sie summte wieder und er stieß die Hüften mit kleinen, winzigen Bewegungen nach vorn, bis er den hinteren Teil ihrer Kehle berührte. Als sie nicht würgte, machte er weiter, bemühte sich jedoch, nicht zu tief einzudringen. Er wollte ihr nicht wehtun, aber gütiger Himmel, sie fühlte sich so gut an um ihn herum.

Als seine Hoden sich anspannten, zog er sich zurück. Dann zog er sie hoch und in seine Arme. Fest presste er seinen Mund auf ihren, während er sie auf die Arbeitsplatte hob. Sie schlang die Beine um seine Taille, sodass sein Schwanz sich gegen den Schritt ihrer Jeans drängte.

»Ich muss ein Kondom holen. Beweg dich nicht«, erklärte er mit einem Fluch. Dann löste er sich von ihr, ließ

seine Jogginghose zu Boden fallen und lief hastig ins Badezimmer. Sein Schwanz schlug gegen seinen Bauch, als er in
die Küche zurückeilte, wo er wie angewurzelt stehen blieb
angesichts des Anblicks, der sich ihm bot.

Meghan hatte sich schnell nackt ausgezogen und ihre
Beine hochgezogen, sodass sie mit gespreizten Beinen
dasaß, die Hand zwischen ihren Schenkeln. Sie bearbeitete
sich mit den Fingern, ließ sie in sich hinein- und wieder
hinausgleiten.

»Konnte nicht warten«, keuchte sie.

»Mein Gott. Ich bin der glücklichste Mann auf der
Welt.« Schnell riss er das Päckchen auf und streifte sich
das Kondom über seinen Schaft. »Ich werde ab jetzt
Kondome in allen Räumen des Hauses aufbewahren
müssen.« Vielleicht würden sie eines Tages ja auch ohne
diese auskommen. Doch jetzt war nicht der richtige Zeitpunkt, darüber zu reden.

Er küsste sie und ließ seine Zunge in ihren Mund
hinein- und wieder hinausgleiten. Sie stöhnte und
wanderte mit der Hand von ihrer Muschi zu seinem
Schwanz.

»Komm und sei in mir. Bitte. Um Gottes willen, fick
mich.« Sie drückte die Wurzel seines Schaftes zusammen.
Er verdrehte die Augen.

»Hände auf die Kante. Ich werde dich hart ficken,
Meg. Ich möchte nicht, dass du abrutschst.« Dann packte
er ihre Hüften und drang mit einem einzigen Stoß in sie
ein. Sie stöhnten beide auf. Ihre Muschi krampfte sich um
seinen Schwanz zusammen. Er hatte sie nicht vorbereitet,
sie nicht geleckt, und doch war sie bereit, so verdammt
feucht und erwartungsvoll.

Er blickte ihr tief in die Augen, während er sie fickte, in
sie hinein- und wieder hinausglitt, hart und schnell. Ihr
Atem synchronisierte sich und beide keuchten, als sie

gemeinsam heftig kamen. Er zog sie an sich und blieb tief in ihr vergraben, als er sich in das Kondom in ihr ergoss. Ihre Muschi presste sich wie ein Schraubstock um ihn herum zusammen. Sie zitterte am ganzen Körper, als sie von ihrem Höhenflug zurückkehrte. Er strich ihr mit zitternden Händen die Haare aus dem Gesicht.

»Zu hart?«, fragte er.

»Niemals«, flüsterte sie und küsste sein Kinn. »Noch einmal«, bat sie und wärmte ihn mit ihrem Lächeln bis ins Mark.

»Ich habe ein Monster erweckt. Gib mir eine Minute und dann tun wir es noch einmal. Diesmal vielleicht auf dem Tisch.«

Sie schmiegte sich an ihn, die Beine immer noch um seine Taille geschlungen. »Alles, was du willst. Es gefällt mir. Obwohl ich nicht weiß, was ich empfinden werde, wenn ich in deiner Küche eine Mahlzeit zu mir nehme.«

»Was? Du glaubst, du kannst dort nicht essen, wo wir gefickt haben? Ich werde dich auf jedem Möbelstück und jeder Arbeitsplatte ficken, die ich habe, also wirst du dich daran gewöhnen müssen.«

Sie verdrehte die Augen und streichelte seinen schweiß-nassen Rücken. »Geht es dir jetzt besser? Zweifelst du nicht mehr?«

»Mit dir in meinen Armen, Süße? Ja, es geht mir besser. Es tut mir leid, ich war ein Arschloch.«

»Tut mir leid, dass du ein Arschloch sein musstest. Aber zieh dich nicht noch einmal von mir zurück, okay? Ich ... ich bin nicht gut darin.«

Er verfluchte sich, dann küsste er sie auf die Schläfe. »Es tut mir leid, Meghan. So leid.«

»Schon gut. Ich kenne dich.« Sie lächelte zu ihm auf. »Ich kenne dich wirklich, weißt du.«

Er nickte, dann lehnte er seinen Kopf gegen ihren. Sie

kannte ihn so gut, wie er sie kannte. Was bedeutete, sie würden immer wieder Fehler machen. Sie konnten nicht anders. Sie waren so lange befreundet gewesen, es war unvermeidbar, dass sie Fehler machten. Doch das bedeutete nicht, dass sie deshalb die Beziehung beenden mussten. Und beim nächsten Mal würde er sich bemühen, sich daran zu erinnern. Denn die Frau in seinen Armen war die Eine für ihn. Er wollte sie nicht gehen lassen.

# Kapitel Elf

MANCHMAL, wenn sie ihre Gedanken schweifen ließ, konnte sie sich vorstellen, ihr Leben wäre so perfekt, wie sie es sich wünschte. Dann wieder wusste Meghan, dass dies nicht der Fall war. Doch das war nicht so wichtig. Heute hatte sie das Gefühl, ihr Leben würde sich nach ihren Wünschen entwickeln, und das musste sie genießen. Sie schlang die Arme um sich und tat einen tiefen Atemzug, der in einem glücklichen Seufzer endete.

Zufriedenheit, oder sollte sie es wagen zu sagen ein glückliches Gefühl, erfasste sie und sie schloss die Augen, um die Erinnerungen an Lucs Kuss und Berührung noch einmal aufleben zu lassen. Wirklich, hätte sie ein Notizbuch besessen, hätte sie jetzt kleine Herzchen mit ihren Initialen darauf gemalt. So albern kam sie sich im Augenblick vor. Sie hatten nicht über Liebe geredet und wie es aussah, war sie auch noch nicht bereit dazu, aber sie waren sich einig, sich ernsthaft zu mögen.

Okay, sie mochte sich vielleicht eher wie ein Mädchen aus der Highschool anhören als eine Mutter in den Dreißigern, die zwei Kinder hatte, aber im Augenblick störte sie das nicht im Geringsten. Luc brachte sie zum Lächeln, erinnerte sie daran, dass sie eine Frau mit Bedürfnissen war, mit Gefühlen, und das konnte sie ihm nie wiedergutmachen. Doch er behauptete, sie selbst wäre es gewesen, nicht er, die dies vollbracht hatte. Als hätte sie dies die ganze Zeit in sich getragen, es jedoch vergraben.

Das konnte durchaus wahr sein, und wenn sie ernsthaft darüber nachdachte, gefiel ihr dieser Gedanke. Obwohl es andererseits keine Rolle spielte, wer sie dazu gebracht hatte, wieder zu lächeln. Das Lächeln auf ihrem Gesicht war es wert, sich zu bemühen, es aufrechtzuerhalten. Sie war glücklich. Sie mochte zwar nicht alle Antworten kennen, mochte nicht wissen, wohin die Zukunft sie führte, aber sie fühlte sich nicht mehr so überwältigt.

Boomer bellte und ihre Kinder stritten sich lauthals über etwas. Meghan schloss noch einmal die Augen.

Okay, vielleicht war sie überwältigt, doch diesmal auf positive Art, diesmal konnte sie damit umgehen. Sie brauchte zwar keinen Mann, um sich ganz zu fühlen, doch der Gedanke, dass jemand sie so wollte, wie sie war, und nicht, wie er sie haben wollte, änderte alles.

»Ist alles in Ordnung?«, rief sie aus ihrem Schlafzimmer. Sie musste die Wäsche in die Schränke einräumen und zahlreiche andere Hausarbeiten erledigen, bevor sie sich auf den Weg zu ihren Eltern machen würden. Die Kinder besaßen wegen des Regens zu viel aufgestaute Energie und waren nicht glücklich darüber. Für eine kleine Weile hatten sie lieb zusammen im Wohnzimmer gespielt, doch einen ganzen Tag nur zu zweit miteinander zu verbringen war zu viel für Sasha und Cliff. Zur Hölle, auch für sie war es zu viel.

»Cliff will nicht Verkleiden spielen!«, schrie Sasha. Sie lief in Richtung Meghans Schlafzimmer. Das Tapsen ihrer kleinen Füße kam näher und näher. »Warum will er nicht spielen, Mommy? Was habe ich denn getan?«

Meghan blinzelte, als sie diese Worte hörte. Was hatte Sasha getan? Diese Worte klangen so verdammt vertraut, außer dass es immer hieß: *Was hat Meghan getan?* Projizierte sie ihr eigenes Verhalten auf ihr kleines Mädchen?

Verdammt. Meghan stellte den Wäschekorb ab und ging zu Sasha. Sie kniete sich vor ihr Kind und umfasste dessen Gesicht. »Du hast nichts falsch gemacht. Cliff möchte einfach nicht mit dir spielen, weil er etwas anderes machen will. Nicht, weil du irgendetwas getan hast.«

»Aber du sagst auch immer, es wäre deine Schuld. Also ist es meine Schuld, wenn Cliff nicht spielen will.«

Der Schmerz fuhr ihr wie ein Dolch ins Herz. Was hatte sie getan? Was hatte Richard getan? Sie hätte den Mann lange vorher verlassen müssen. All sein Spott und seine Drohungen, die Kinder zu behalten, weil er derjenige gewesen war, der Geld verdiente, waren haltlos gewesen. Er hatte nicht um das Sorgerecht gekämpft, als er sie verlassen hatte, und seitdem war er aus ihrem Leben verschwunden.

Meghan holte tief Luft, denn sie wusste, wenn sie nicht vorsichtig vorging, konnte dies verheerende Auswirkungen haben. Sie selbst gewöhnte sich gerade erst an die Frau, die sie jetzt war – dank ihrer eigenen und Lucs Bemühungen –, und sie sollte verflucht sein, wenn sie zuließe, dass ihr eigenes schlechtes Verhaltensmuster aus der Zeit mit Richard ihr Baby beeinflusste.

»Es ist nicht dein Fehler«, wiederholte Meghan mit den Händen auf Sashas Schultern bestimmt. Aus dem Augenwinkel sah sie Boomer und Cliff hinter Sasha herbeikommen, doch sie konzentrierte sich weiter ganz auf ihre Tochter. »Was habe ich gesagt? Dass alles meine Schuld war? Das stimmte oft nicht. Wenn du etwas tust, womit du jemanden verletzt, ja, dann ist das deine Schuld. Aber wenn etwas nicht so geschieht, wie du es willst oder wie andere es wollen, dann ist das nicht automatisch deine Schuld. Verstehst du mich?«

Sasha nickte mit weit aufgerissenen Augen. Cliff streckte die Hand aus und legte sie auf Meghans. Sie sog scharf die Luft ein. Doch als sie ihrem Sohn in die Augen blickte, zog er die Hand zurück. Diese schwache Berührung hatte etwas zu bedeuten. Musste einfach etwas bedeuten.

»Ich werde mich bemühen, nicht immer mir die Schuld zu geben«, versprach Meghan. Sie strich Sasha eine Haarsträhne hinters Ohr. »Wir drei haben eine Menge durchgemacht und ich weiß, es war hart, aber es wird besser, oder? Sind wir glücklich?«

»Ich bin glücklich«, flüsterte Sasha.

»Cliff?«, fragte Meghan, die sich vor Cliffs Antwort fürchtete.

Er nickte schwach, sagte jedoch nichts. Sie atmete erleichtert auf. Das war ein Fortschritt. Boomer klopfte langsam mit dem Schwanz auf den Boden und Meghan musste unwillkürlich leise lachen. »Ich glaube, Boomer ist auch glücklich.«

Sie beugte sich vor und küsste Sasha auf die Stirn, bevor sie Cliff die Arme entgegenstreckte. Er zögerte einen Moment, dann schlang er seine kleinen Ärmchen um ihre Schultern. Sie atmete zitternd ein und umarmte ihn. Nicht zu fest, aber fest genug, um zu spüren, dass er da war. Sasha umarmte sie von der anderen Seite und Boomer schob seine Nase zwischen sie.

Familie.

Das war ihre Familie.

Gott, wie sehr sie sie liebte! Wenn sie nun noch Luc dazurechnete und was er alles hier eingebracht hatte, so wurde sie noch einmal von einem Glücksgefühl erfasst. Alles war gut. Endlich.

Da klingelte es an der Haustür und sie runzelte die Stirn. Sie wollte sich mit ihrer Familie in ein paar Stunden im Haus ihrer Eltern treffen. Da sie den Pritschenwagen ihres Vaters benutzte, musste sie nicht abgeholt werden. Vielleicht war es Luc, der hier vorbeikam, anstatt sich dort mit ihr zu treffen. Obwohl, wenn sie genauer darüber nachdachte, so hatte er gesagt, er äße mit seiner Familie zu Mittag, bevor er zum Abendessen zu den Montgomerys käme.

Sie ging zur Tür und öffnete, ohne durch den Spion zu blicken.

Dummer, verfluchter Fehler.

Der Magen drehte sich ihr herum und was auch immer sich noch in ihrem Magen befinden mochte, drohte wieder hochzukommen. Auf den Handflächen brach ihr der Schweiß aus und ihre Schultern sackten automatisch zusammen.

»Richard.«

Das war nicht ihre Stimme. Nicht die Stimme, die sie in den letzten Monaten gehört hatte. Nein, dies war die Stimme der Frau, die er geschaffen hatte, die sie ihm erlaubt hatte zu schaffen. Was wollte er hier? Oh Gott, was?

Er hatte sich die Haare zurückgekämmt und das hämische Grinsen auf seinem Gesicht war ausgeprägter als früher. Er hatte außerdem etwas an Gewicht verloren, das er zugelegt hatte. Alles in allem sah er so aus, als kümmerte er sich besser um sich selbst als zuvor.

Oder eine andere Frau kümmerte sich besser um ihn, als sie es getan hatte.

*Nein. Schluss damit, Meghan. Du hast nichts falsch gemacht.*

*Richard ist das Arschloch, das dich misshandelt hat. Du bist kein Fußabtreter.*

Er ließ den Blick über ihre Jeans und ihr ärmelloses Oberteil schweifen und zuckte mit den Schultern. Sie hatte an diesem Morgen und Nachmittag sauber gemacht und andere Hausarbeiten erledigt und hatte sich erst später umziehen wollen. Doch in diesem Augenblick kam sie sich fehl am Platze vor im Vergleich zu seinem Aufzug in Anzug und Krawatte. Nein, vergiss es, er war fehl am Platze. Er war derjenige, der sie gezwungen hatte, in diese nicht so großartige Gegend zu ziehen.

Es spielte keine Rolle, was sie anhatte, denn er hatte kein Recht, seine Meinung dazu zu äußern. Er war aus ihrem und dem Leben ihrer Kinder seit einem Jahr verschwunden.

Ihre Kinder.

Mist. Sie bewegte sich etwas zur Seite, sodass sie vor dem Türspalt stand und ihm den Blick ins Haus versperrte. Sie würde nicht zulassen, dass er ihren Kindern wehtat. *Ihren* Kindern, denn *seine* waren es nicht mehr. Er hatte das Recht auf sie verloren, als er während der Scheidung kein Interesse gezeigt und sich nicht um das Sorgerecht bemüht hatte. Stattdessen hatte er ihr Geld genommen und war in eine neue Zukunft aufgebrochen.

Und doch stand er jetzt hier.

»Was willst du?«, fragte sie, während sie betete, dass die Kinder nicht kämen, um zu sehen, wer vor der Tür stand.

»Mommy?« Jemand zupfte an ihrem T-Shirt.

Mist.

Richards Miene zeigte keinerlei Regung. Er hielt den Blick stur auf Meghan gerichtet anstatt auf Sasha, die an Meghans Seite aufgetaucht war.

»Geh zurück in dein Zimmer, Sasha«, flüsterte Meghan.

»Daddy?«, fragte Sasha mit einer Stimme so leise wie die einer Maus. Ihre Tochter sprach niemals so leise. Verflucht sei dieser Mann. »Daddy?«

»Ich muss mit dir reden, Meghan. Schaff die Kinder aus dem Weg.«

Dieser Tonfall. Dieser verfluchte Tonfall. Sie hasste diesen Ton. »Nein, du wirst nicht mit mir reden. Dies ist mein Haus. Wenn du reden willst, kannst du mit meinem Anwalt reden.« Sie wollte die Tür schließen, doch er legte eine Hand darauf, um sie geöffnet zu halten. Ihr Herz begann zu rasen und sie schob Sasha hinter sich.

»Geh in dein Zimmer, Sasha.«

»Mommy …«

»Sofort.«

»Komm schon«, flüsterte Cliff hinter ihnen und dann hörte sie eher als dass sie es sah, dass die beiden sich in den hinteren Teil des Hauses zurückzogen.

Boomer legte sich auf ihre Füße, was sie etwas beruhigte. Der Hund war zwar kein Kampfhund, doch immerhin groß genug, um sich einigermaßen sicher zu fühlen.

»Nimm die Hand von meiner Tür, Richard. Es gibt nichts, was ich mir von dir anhören möchte.«

»Ich habe das Besuchsrecht, Meghan. Du weißt genauso gut wie ich, dass du sie mir nicht entziehen kannst.«

Meghan lachte. »Du hast nicht einmal um sie gekämpft. Glaub ja nicht, ich kaufe dir ab, dass sie dir wichtig sind.«

Richard lächelte nur. »Und genau deshalb bin ich hier. Meine Verlobte Ambrosia und ich denken über Kinder nach.«

Verlobte.

Ambrosia.

Was. Zum. Teufel.

»Um genau zu sein, wir denken über Cliff und Sasha nach. Muss ich dieses Gespräch wirklich wie ein gewöhnlicher Klinkenputzer auf der Veranda führen?«

Meghan presste die Zähne aufeinander. »Du wirst nicht in mein Haus kommen. Es ist mir egal, ob du heiratest.« Ihre Babys würden eine Stiefmutter bekommen, aber damit würde sie sich später auseinandersetzen. In jeder anderen Hinsicht war ihr Richard vollkommen egal. »Und nun verschwinde von meiner Veranda, bevor ich die Polizei rufe.«

»Meine Kinder sind in diesem Haus, Meghan. Du kannst mich nicht davon abhalten, sie zu sehen.«

Meghan hob stolz den Kopf. »Verschwinde.«

Richard runzelte die Stirn und ließ den Blick noch einmal abschätzend über ihren Körper schweifen. Sie würde eine Dusche brauchen. »Ich weiß nicht, warum du auf einmal Rückgrat zeigst, aber es gefällt mir nicht. Ich bin hier, um dich zu warnen. Ambrosia und ich wollen Kinder, aber sie will sich ihren Körper nicht ruinieren, wie du es getan hast. Kinder wären gut für unser Image und da ich zwei zur Verfügung habe …«

Die Leere, die sie einst in Richards Anwesenheit verspürt hatte, füllte sich mit Wut. »Was? Nein. Du wirst meine Kinder nicht bekommen.«

»Unsere Kinder, Meghan Warren. Unsere Kinder.«

»Ich bin eine Montgomery, du Arschloch. Du wirst mir meine Kinder nicht nehmen. Du hast sie nicht gewollt, als wir verheiratet waren, und du hast während der Scheidung nicht um sie gekämpft.«

»Du meinst, als ich dich verlassen habe, weil du nicht gut genug warst? Sprichst du darüber?«

Die hämischen Worte versetzten ihr einen Stich, doch sie ignorierte es. Die Kinder waren wichtiger als ihr eigener Schmerz. »Du bekommst sie nicht. Hör auf, mir zu drohen, Richard.«

»Oh, ich werde sie bekommen. Ich habe so viel Macht, davon kannst du nur träumen. Ambrosia will diese Kinder, und sie wird sie bekommen. Du bist doch nur eine ausgelaugte Hausfrau, die zu Mommy und Daddy laufen musste, um Geld zu erbetteln. Deine Brüder hatten Mitleid mit dir und haben dir einen Job gegeben, den du nicht verdienst. Du lebst in einer heruntergekommenen Gegend. Und jetzt fickst du einen Handlanger in demselben Haus, in dem du unsere Kinder aufziehst. Im Vergleich zu dem, was ich ihnen geben kann, hast du nichts.«

Sie bewahrte jedes Wort, jede Bemerkung im Gedächtnis, denn später würde sie sich damit auseinandersetzen. Was sie fühlte, worum sie weinte, ging allein sie etwas an und nur sie. Nicht Richard. Wie er von Luc erfahren hatte, wusste sie nicht. Die Tatsache, dass er sie vielleicht beobachtete oder wohl eher, wie sie ihn kannte, beobachten ließ, verursachte ihr eine Gänsehaut, doch auch das ignorierte sie.

»Ich gebe ihnen Liebe, Aufmerksamkeit und meine Seele. Du bist derjenige, der ihnen nichts gibt.« Sie betete, dass ihre Kinder sich in ihr Zimmer zurückgezogen hätten. Sie mussten Richards schmerzende Worte nicht hören. Sie musste sowohl physisch als auch symbolisch die Tür vor ihm verschließen.

»Du machst sie so schwach, wie du es bist. Ambrosias Körper wird sich nicht verändern und wir werden die Kinder benutzen, wozu wir sie brauchen. Sie ist kein Schwächling und sie kommt aus reichem Hause. Du kommst aus einem Haus tätowierter Arbeiter aus der Gosse.«

»Du hast in die Familie eingeheiratet, Richard«, stieß sie hervor.

»Ich habe dich geheiratet, weil ich glaubte, du wärst klug genug, die lächerlichen Idioten, die du Familie nennst, hinter dir zu lassen, aber nein, wir mussten sie jedes Wochenende besuchen. Mit Ambrosia muss ich so etwas nicht tun. Und mit ihr stelle ich die besten Leute ein, die sich so um mich kümmern, wie ich es verdiene. Sie verdirbt auch meine Hemden nicht, wie du es getan hat. Und sie liegt nicht kalt wie eine Leiche im Bett, wenn wir ficken. An Ambrosias Seite bin ich nun mit den Leuten zusammen, die ich verdiene. Ich habe einen wichtigen Job und kenne Leute, die mir helfen werden voranzukommen. Mit den Kindern werden wir die perfekte Familie haben und ich muss nicht noch einmal verdammte, schreiende Babys ertragen.«

Mein Gott, die emotionalen Ausbrüche dieses Mannes kannten in ihrer Grausamkeit keine Grenzen. Die ganze Litanei kannte sie bereits. Acht Jahre lang hatte er ihr erzählt, sie wäre nicht gut genug, und doch war sie wegen der Kinder bei ihm geblieben. Weil sie Angst gehabt hatte. Nun, sie hatte keine Angst mehr. Nein, das war gelogen. Sie war zu Tode verängstigt, doch ihre neu gefundene Stärke gab ihr jeden Rückhalt, den sie brauchte. Sie wusste, sobald er die Kinder nicht mehr bräuchte, würde er sie in ein Internat abschieben. Sie würde auf keinen Fall zulassen, dass ihre Kinder auch nur in seine Nähe kamen.

»Du wirst meine Kinder nicht anrühren.«

»Ich kam hierher aus Höflichkeit«, schnappte Richard. »Mein Anwalt wird in Kürze die Papiere aufsetzen. Du kannst dir Zeit und Geld sparen, was du natürlich nicht hast, wenn du jetzt nachgibst und sie mir gibst.«

»Die Kinder sind keine Sache, die man gewinnen kann, Richard. Sie sind meine Babys.«

»Und du bist nicht gut genug für sie.«

Sie ballte die Hände zu Fäusten. »Nein, du bist nicht gut genug für sie.«

Sie trat zurück und schlug ihm die Tür vor der Nase zu. Dann verriegelte sie sie mit zittrigen Fingern. Mein Gott! Das konnte doch nicht wahr sein! Sie durfte ihre Kinder nicht verlieren. Kein Richter würde sie ihm geben, nachdem ihr Ex nicht um sie gekämpft hatte.

Aber leider hatte der Hurensohn Geld und wie sie gelernt hatte, konnte man mit Geld alles kaufen. Sie legte eine Hand auf ihr Herz und betete, es möge aufhören, so laut zu schlagen, dass sie nicht nachdenken konnte. Sie traute ihrem Ex zu, dass er alles, was er hatte, vor Gericht einsetzen würde. Wenn die Frau, die ihn mit Geld überschüttete und seine Selbstüberschätzung schürte, Kinder haben wollte, dann würde er sie ihr beschaffen. Es kümmerte ihn nicht, dass er eine Familie zerstörte, dieselbe Familie, die er schon einmal so gefühllos zerstört hatte. Bei ihm war alles stets ein Endspiel.

Sie durfte ihre Babys nicht verlieren. Sie hätte ihr Leben für sie gegeben. Ihre Kehle arbeitete, als sie heftig schluckte. Was sollte sie tun? Sie hatte weder das Geld für einen Anwalt noch für eine lange gerichtliche Auseinandersetzung um das Sorgerecht. Auch wollte sie sich nicht auf ihre Familie stützen. Jeder von ihnen hatte schließlich seine eigenen Probleme. Allein die Rechnungen für die Behandlung ihres Vaters schränkte ihre Eltern ungemein ein. Die Familie mochte zwar zwei Firmen besitzen, doch wie Richard es deutlich gemacht hatte, waren sie immer noch Arbeiter. Diese Tatsache hatte sie nie gestört, doch jetzt wünschte sie sich, sie hätte das Geld, um ihre Kinder zu schützen.

»Mommy?«

Meghan wischte sich hastig die Tränen vom Gesicht.

Sie hatte noch nicht einmal gemerkt, dass sie geweint hatte.

»Ja, Sasha?«

»Ist Daddy weg?«, fragte sie, wobei ihre kleine Unterlippe zitterte.

Meghan nickte. »Ja, Baby.«

»Gut. Ich mag ihn nicht.« Mit ausgebreiteten Armen lief Sasha auf ihre Mutter zu. Meghan ließ sich auf die Knie nieder und zog ihre Tochter an sich. Cliff machte einen Schritt vorwärts, berührte sie jedoch nicht. Stattdessen schlang er die Arme um Boomer.

Sashas Worte brachen ihr das Herz, doch nicht so sehr wie die Tränen, die jetzt auf ihr T-Shirt tropften. Der Hurensohn brachte ihre Kinder zum Weinen. Sie nahm ihre Tochter eine Weile fest in den Arm, den Blick auf ihren Sohn gerichtet, der sich von ihr zurückgezogen hatte, nachdem Richard ausgezogen war. Das war das Werk ihres Ex. Er hatte versucht, sie zu brechen.

Das würde sie nicht noch einmal erlauben.

Sie wusste nicht, ob sie sich in diesem Fall auf ihre Eltern und ihre Familie stützen konnte. Es mochte zu viel verlangt sein. Und sie hatte lange genug gelernt, ihren Mann zu stehen. Trotzdem, auch wenn sie es allein schaffen konnte, hieß das nicht, dass sie allein war. Es gab nur einen einzigen Menschen, den sie in diesem Augenblick anrufen wollte, und wenn es nur wäre, um seine Stimme zu hören.

Allein der Wunsch hätte sie beängstigen sollen, doch sie konnte keine Furcht in sich finden ... nur das Bedürfnis, jemanden an ihrer Seite zu haben, wenn sie sich der größten Herausforderung ihres Lebens stellte.

Luc würde kommen, wenn sie ihn anrief. Er würde für sie da sein.

Und sie würde sich bemühen, das Gleichgewicht

zwischen Geben und Nehmen zu finden. Mehr konnte sie nicht tun.

~

LUC WÄRE GERN GEGANGEN, denn wöchentlich eine gemeinsame Mahlzeit war ein bisschen zu viel. Tessa verhielt sich immer noch zickig, obwohl sie sich ein klein wenig zurückhielt. Und seine Mutter drängte ihn ständig, Meghan mitzubringen. Er wusste, Meghan war noch nicht bereit dazu, daher hatte er sie nicht gefragt. Er hatte das Gefühl, es konnte nicht mehr lange dauern, bis seine Mutter aktiv würde und Meghan selbst einlüde.

Er wollte lieber nicht darüber nachdenken, wie das enden könnte.

Glücklicherweise blieben nur noch ein paar Minuten, dreißig, um genau zu sein, bis er gehen und sich mit Meghan treffen konnte. Es war nicht so, als liebte oder schätzte er seine Familie nicht. Es war eher die Tatsache, dass alle glaubten, er müsste jetzt jede Minute mit ihnen verbringen, da er so lange fort gewesen war. Er machte ihnen keinen Vorwurf daraus. Meist war er wirklich gern bei ihnen, aber jedes Wochenende war zu viel bei seiner knapp bemessenen Zeit.

»Luc? Hörst du zu?«, fragte Tessa schnippisch.

Er holte tief Luft, entschlossen, sich auf keinen neuen Streit mit seiner Schwester einzulassen. Sie sah einfach nicht ein, dass er keinen Wert auf ihre Meinung legte, was Meghan anbelangte. Tessa glaubte immer noch, er und Meghan wären dieselben Menschen wie vor Jahren. Beide hatten sie sich verändert, aber Tessa bekam das einfach nicht in ihren Kopf. Andererseits hatte sie Meghan auch damals nicht sonderlich gemocht, bevor Luc die Stadt verlassen hatte. Er konnte es nicht ändern, konnte das

Problem nicht beheben. Er hoffte nur, Tessa käme eines Tages über ihre fehlgeleiteten Gefühle hinweg.

»Nein, ich habe nicht zugehört«, gab er ehrlich zu.

»Du denkst schon wieder an diese Frau.«

»Tessa«, sagte er in warnendem Tonfall.

»Tessa, ich weiß nicht, wann du so verbittert geworden bist, aber du musst aufhören, deinen Bruder wegen Meghan zu bedrängen. Was hat sie dir getan?«

Er hätte seine Mutter küssen mögen. Manchmal war sie wirklich gut.

»Es war nicht Meghan, die mich damals veranlasst hat, die Stadt zu verlassen. Ich bin aus freiem Entschluss gegangen. Sie wusste nicht einmal etwas davon. Ehrlich, dieses Thema hat sich wirklich abgenutzt, wir haben es doch immer und immer wieder besprochen. Ich habe genug davon. Ich weiß, es gefällt dir nicht, aber Meghan ist jetzt Teil meines Lebens. Wenn du also keinen Weg findest, damit zu leben, weiß ich nicht, was ich tun kann. Dein Zorn ist fehl am Platz. Ja, wenn du irgendein anderes Argument anführen könntest, würde ich versuchen, darauf einzugehen, aber irgendwie kann ich mir das nicht vorstellen.«

Sein Handy summte und er warf einen Blick auf das Display.

*Ich weiß, du bist bei deiner Familie, aber kannst du bald vorbeikommen? Ich brauche dich. Richard war hier.*

*Bist du okay?*

*Mir fehlt nichts. Uns fehlt nichts. Es ist nur … könntest du kommen?*

Er stand auf, noch bevor ihm bewusst war, was er tat. »Ich muss los. Meghan braucht mich.«

Tessa warf wütend die Serviette auf ihren Teller. »Also wirklich. Sie ruft dich und du gehorchst?«

Luc schob seinen Stuhl an den Tisch und räumte

seinen Teller ab. »Ihr Ex war bei ihr. Ich weiß nicht genau, was geschehen ist, aber sie ist mit ihren Kindern zu Hause. Also ja, ich gehe. Falls das für dich ein Problem ist, Tessa, dann pfeife ich auf dich.«

»Lass den Teller stehen, Baby«, sagte seine Mutter mit Besorgnis in der Stimme. »Geh und finde heraus, was dieses Arschloch deinem Mädchen angetan hat. Sag Bescheid, falls du uns brauchst. Wir sind für dich da.« Sie blickte Tessa drohend an. »Wir alle.«

Er stellte seinen Teller wieder auf den Tisch und küsste seine Mutter auf die Wange. »Ja, ich werde euch Bescheid geben. Danke. Ich liebe euch.« Er nickte dem Rest seiner Familie zu, dann eilte er zu seinem Wagen. Die Fahrt zu Meghans Haus dauerte nur eine Viertelstunde, doch es waren die längsten fünfzehn Minuten seines Lebens. Er hatte keine Ahnung, warum Richard nach so langer Zeit bei ihr aufgetaucht war, doch allein die Tatsache, dass er überhaupt dort erschienen war, machte Luc sauer.

Er bog in die Auffahrt ein und sprang aus dem Wagen, kaum dass er den Motor abgestellt hatte. Meghan stand mit bleichem Gesicht auf der Türschwelle. Doch sie schien unverletzt. Sie hob eine Hand in die Höhe, sobald er sie erreicht hatte. Er nahm ihre Hand und drückte sie an seine Brust, denn er wollte sie spüren, sie jedoch nicht bedrängen.

»Die Kinder sind im Haus. Also werden wir uns ruhig unterhalten, okay?« Ihre Stimme zitterte. Er hätte Richard nur zu gern die Eier abgerissen.

»Was ist geschehen?« Seine Stimme klang wie ein Brüllen, daher holte er tief Luft. »Was war los?«, wiederholte er seine Frage, dieses Mal ruhiger.

Sie schloss die Tür hinter sich, sodass sie auf der Veranda stehen bleiben mussten. »Richard war hier, um mir zu sagen, dass er vor Gericht gehen wird, um das

Sorgerecht zu beantragen.« Als sie ihm Wort für Wort berichtete, was das Arschloch gesagt hatte, spannten sich Lucs Schultern an und ein wilder Zorn stieg in ihm auf.

»Das wird nicht geschehen«, sagte er, so leise er konnte. Er wollte nicht toben, wollte sie nicht mit der Stärke seines Zorns ängstigen. »Ich werde mit dir kämpfen. Wir werden alles in unserer Macht Stehende tun, um ihn von den Kindern fernzuhalten. Du sagst mir, was getan werden muss. Ich bin für dich da. Ich sage nicht, dass ich mich darum kümmern werde, weil du der Entscheidungsträger bist, aber du brauchst mich? Ich bin da. Zur Hölle, auch wenn du mich nicht brauchst, bin ich da.«

Eine einzelne Träne rann über ihre Wange. Sie beugte sich vor und küsste ihn auf die Brust. »Danke. Ich wusste, du würdest kommen. Ich weiß nicht warum, aber ich wusste es. Was du gerade gesagt hast, hört sich gut an. Ich habe noch keinen genauen Plan, weil mir immer noch der Kopf schwirrt, aber ich danke dir. Nun, die Kinder sind im Haus und sie wissen, dass etwas im Argen ist, aber ich habe ihnen noch nicht alles erzählt. Ich brauche zuerst einen Plan, wie ich an die Sache herangehe.«

Er nickte und gab seiner Sehnsucht nach, sie an sich zu ziehen. Er legte ihr seine Hand aufs Kreuz und stieß den Atem aus. »Willst du mich dabeihaben?«

Sie biss sich auf die Lippe, dann nickte sie. »Ja. Ich weiß, wir haben noch keine klaren Pläne für unsere Zukunft, aber dessen ungeachtet warst du immer gut für meine Kinder. Und ich werde jetzt auch einmal egoistisch sein. Ich brauche dich.«

»Aber deshalb darfst du dich nicht für egoistisch halten.« Er küsste sie auf den Scheitel. »Fahren wir trotzdem heute Abend zu deinen Eltern?«

Sie nickte in seinen Armen. »Ja. Ich muss es ihnen

mitteilen. Und da heute Abend fast alle anwesend sind, kann ich alles in einem Rutsch erledigen.«

»Wirst du dir von ihnen helfen lassen?«, fragte er. Da sie stets versuchte, alles allein zu tun, auch wenn es nicht nötig war, war er sich nicht sicher, wie ihre Antwort lauten würde.

»Ich … ich weiß es nicht.«

»Also dann. Bist du so weit hineinzugehen?« Er löste sich von ihr und wandte den Kopf in Richtung Fenster. »Ich habe gerade gesehen, wie Sasha durch die Gardine spähte. Sie weiß also, dass ich hier bin.«

»Das überrascht mich nicht.« Meghan stellte sich auf die Zehenspitzen und Luc beugte sich vor und strich mit seinen Lippen zärtlich über ihre. »Danke. Danke, dass du alles stehen und liegen gelassen hast und hergekommen bist.«

»Du bist es wert, Meghan. Das und noch viel mehr.«

Sie schenkte ihm ein unsicheres Lächeln. Dann folgte er ihr ins Haus. Auf keinen Fall würde es Richard gelingen, die Kinder in seine schmutzigen Hände zu bekommen. Er würde einen Weg finden, ihnen zu helfen und diesen Hurensohn für immer aus ihrem Leben zu verbannen.

Trotz all der Spannung, die in der Luft hing, all der Unsicherheit, blieb eine Tatsache.

Meghan hatte sich an ihn gewandt, als sie Hilfe brauchte. Wenn das kein Fortschritt war!

Ein Schritt näher, erinnerte er sich. Ein Schritt näher … in Richtung meines Ziels.

## Kapitel Zwölf

»DAS WIRD NICHT GESCHEHEN.«

Meghan stieß den Atem aus angesichts der hitzigen Worte ihres Vaters. Er mochte zwar aufgrund der Krebserkrankung, die seinen Körper auffraß, weder den massigen Körper noch die Kraft von einst haben, doch der starke Wille der Montgomerys brannte immer noch in ihm.

Luc drückte ihre Hand und gab ihr so viel Halt, wie sie es nie für möglich gehalten hätte. Er hatte kein Wort gesagt, seitdem sie hereingekommen waren, doch er war da, ihr Fels, ihr Heiligtum.

Es machte ihr Angst, wie gern sie sich darauf stützte. Sie schob den Gedanken beiseite, wohl wissend, dass sie sich früher oder später mit ihrer Furcht und Abhängigkeit auseinandersetzen musste.

»Ich werde es nicht zulassen«, sagte sie leise. Sie hatte nicht so leise sprechen wollen. Eigentlich hätte sie am liebsten geschrien und gebrüllt, als sie im Haus ihrer Eltern eingetroffen waren und mit der ganzen Familie gesprochen hatten. Doch ihre Stimme blieb leise, eine Ruhe, die die in ihr wachsende schiere Panik überdeckte.

»Wir werden dir einen Anwalt besorgen«, meinte Wes und zog sein Handy aus der Tasche, wahrscheinlich, um eine entsprechende Person anzurufen oder herauszusuchen.

Storm legte seinem Zwillingsbruder eine Hand auf den Arm, um ihn aufzuhalten. »Hat Meghan nicht bereits einen Anwalt?« Er blickte sie fragend mit hochgezogener Braue an. Sie liebte all ihre Brüder, wirklich, aber manchmal verstand Storm sie besser als alle anderen. Trotz seines Fünftagebartes mochte er zwar ruhig und gesammelt wirken, aber er konnte einen Zahn zulegen, wenn es sein musste. Sein Temperament ähnelte ihrem und wenn man bedachte, dass Wes und sie wiederum das gleiche Organisationstalent besaßen, erinnerte sie sich daran, wie nahe die Zwillinge ihrem Herzen standen.

»Ja, ich habe einen Anwalt. Aber er war nur so gut, wie ich es mir damals erlauben konnte.« Bei diesen Worten zuckte sie zusammen und bemühte sich, die vorwurfsvollen Blicke ihrer Familie zu ignorieren.

»Nun, beim letzten Mal durften wir dir nicht helfen«, warf Maya ein. Ihre Stimme klang nicht so laut, wie Meghan erwartet hatte. Tatsächlich hatte Maya sich eigentlich überhaupt nicht lauthals aufgeregt. Allein das verriet Meghan, wie besorgt Maya war. Als ihre Schwester mit Jake im Schlepptau bei ihr zu Hause aufgetaucht war, hatte sie nur einen Blick auf Meghans Gesicht geworfen und Jake gebeten, sich um die Kinder zu kümmern. Zu seinen Gunsten sei gesagt, dass er beide Frauen kurz auf die Brauen küsste und dann tat, wie ihm geheißen. Er war von Natur aus kein unterwürfiger Mensch – er beugte sich nicht einmal Mayas starker Persönlichkeit –, also musste er gespürt haben, was los war.

»Diesmal helfen wir dir«, sagte Miranda, die Deckers Hand hielt. »Alle zusammen können wir dir einen Top-

Anwalt besorgen. Der Mistkerl wird die Kleinen nicht anrühren.«

Decker grinste vor sich hin, was Meghans eigenes Lächeln widerspiegelte. Der Mann liebte es, wenn seine Verlobte wild wurde. Auch Meghan gefiel es, denn ihre Schwester war durch die Hölle gegangen. Es war gut zu sehen, dass nichts die Frau hatte zähmen können.

»Ich kenne ein paar Leute«, bemerkte Griffin. Die Traurigkeit, die sie schon zuvor in seinen Augen hatte glimmen sehen, trat jetzt deutlicher hervor. Sie wusste nicht, was ihren Bruder bedrückte, hatte jetzt keine Zeit, sich damit zu beschäftigen, aber sie gab sich selbst das Versprechen, es herauszufinden. »Ich habe mit ihnen schon ein paarmal anlässlich einer Recherche für ein Buch zusammengearbeitet. Und falls sie dich nicht annehmen können, kennen sie auf jeden Fall jemanden, der sich auf Sorgerechtsfälle spezialisiert hat. Sie sind verdammt gut auf ihrem Gebiet. Also nein, du solltest nicht denselben Anwalt wie letztes Mal benutzen.«

Meghan runzelte die Stirn, sein Tonfall gefiel ihr nicht, doch Luc drückte wieder einmal ihre Hand und hielt sie davon ab, etwas zu sagen, was sie vielleicht bereut hätte.

»Beim letzten Mal hat dein Anwalt dir das Sorgerecht verschafft, aber dieser Fall liegt anders«, warf Austin ein. »Diesmal stellt Richard eine Forderung. Ich glaube nicht einmal, dass uns der Mann helfen könnte, der uns zur Seite gestanden hat, als wir Leif offiziell aufgenommen haben.«

»Nein, er ist nicht geeignet«, wandte Sierra ein. »Es handelt sich um drei vollkommen unterschiedliche Fälle. Sogar die Anwälte, mit denen ich in der Vergangenheit vor Gericht gearbeitet habe, sind in deinem Fall ungeeignet. Aber wir werden jemanden für dich finden, der perfekt ist.«

»Stört es eigentlich niemanden, dass wir scheinbar alle

einen Anwalt haben, den wir bei Bedarf aus der Tasche ziehen können?«

Meghan sog scharf die Luft durch die Nase ein und musterte Alex. Er hielt zwar keinen Drink in der Hand, aber die Art, wie er sprach – langsam, als versuchte er, jedes Wort zu formulieren –, verriet ihr, dass er entweder einen Kater hatte oder schon betrunken war. Decker und Miranda hatten ihn abgeholt, Gott sei Dank, sodass er nichts verpassen würde. Aber sie kannte ihren eigenen Bruder nicht mehr. Sie hatte Richard und er hatte Jessica mit nur einigen Monaten Abstand geheiratet und beide Ehen hatten ungefähr zur selben Zeit mit einer Scheidung geendet. Sie wusste von ihrem eigenen Schmerz, kannte die Schlachten, die sie geschlagen hatte, doch Alex' kannte sie nicht. Sie wusste nichts über die beiden. Sie hasste sich dafür, dass sie nichts wusste, ihm nicht helfen konnte, doch ihre Kinder hatten Vorrang.

Wenn sie nur nicht das Gefühl gehabt hätte, dass ihre Sorgen gerechtfertigt waren! Ihr Bruder war auf dem Weg, sich selbst zu zerstören, und gleichgültig, wie oft seine Geschwister auch versuchten, ihm zu helfen, er würde seinen Weg nicht finden, bevor er es nicht selbst wollte.

Sie betete, er möge bis dahin nicht sich selbst oder andere verletzen.

»Wir haben eine Menge durchgemacht, Alex, und dies werden wir auch überstehen«, sagte ihre Mutter in scharfem Tonfall, den Meghan eine Weile nicht von ihr gehört hatte. »Ich werde euch einen Kaffee holen.«

Alex schnaufte. »Ich brauche keinen Kaffee. Ein Scotch wäre nett.«

»Alex«, schimpfte Marie.

»Schon gut«, murmelte er.

Meghan brach das Herz für ihren Bruder, doch sie musste sich auf ihre Kinder konzentrieren. Das brachte sie beinahe um, aber sie hatte keine Wahl. Außerdem gab es noch mehr Montgomerys, die sich um ihn kümmern konnten. Doch zuerst musste er sich um sich selbst kümmern wollen.

Luc löste seine Hand aus ihrer und rieb ihr das Kreuz. Sie holte tief Luft und unterhielt sich weiter über Anwälte und Richards Anschuldigungen. Und doch war sie sich während der ganzen Zeit mit einem kleinen Teil ihres Geistes der Hand gewahr, des Menschen, dem diese Hand gehörte.

Er war ihr seit seiner Ankunft in ihrem Haus nicht von der Seite gewichen und sie stützte sich auf ihn. Er hatte sich, ohne nachzudenken, ihr Chaos, ihre Probleme zu eigen gemacht. Er hatte ihr die Hand gehalten, den Rücken gestreichelt, die Schläfen geküsst ... all das und so viel mehr. Er hatte sich ihr nicht nur als Stütze zur Verfügung gestellt, sondern auch ununterbrochen seinen gärenden Zorn kontrolliert, den er vor Cliff und Sasha verbergen wollte, wie sie wusste. Sie sah die Wut in seinen Augen und sein Bedürfnis, alles zum Guten zu wenden.

Luc verdiente, mehr von ihr zu bekommen. Er brauchte eine Frau in seinem Leben, die jeden Augenblick mit ihm teilen und genießen konnte. Er brauchte eine Frau, die nicht so viel Gepäck mit sich herumschleppte wie sie. Gott weiß, was in Zukunft geschehen konnte mit Richard und den Verhandlungen, die ihr bevorstanden. Nur weil ihr Ex damals nicht um die Kinder gekämpft hatte, bedeutete das noch lange nicht, dass sich mithilfe der richtigen Leute und der richtigen Summe an Geld nicht in einer Sekunde alles ändern konnte.

Luc musste nicht seine Zeit verschenken und seine Zukunft aufgeben, um ihre Probleme zu lösen. Das hatte er bereits. All das ... wie oft er sie nach Hause gebracht hatte, als ihr Wagen streikte, wie oft sie ein Treffen mit ihm hatte abbrechen müssen, weil die Kinder sie brauchten, die Kraft, die er benötigte, um mit ihr umzugehen, wenn sie ihn ignorierte … all das war zu viel. Sie hatte ihm bereits einmal wehgetan, weil sie nicht erkannt hatte, was ihr bevorstand, und sie wollte ihn nicht noch einmal verletzen.

Etwas zerbrach in ihr, ein scharfes Knacken, das in der Leere ihres Herzens widerhallte. Er durfte dieses Opfer nicht bringen und auf seine strahlende Zukunft mit einer Frau verzichten, die ihn mit ganzer Seele und ohne Einschränkungen lieben konnte, die nicht an eine mit Herzschmerz und Pein gepflasterte Vergangenheit gefesselt war. Hatte er ihr nicht selbst gesagt, dass er sie einst geliebt hätte, sie jetzt jedoch als Erwachsene, die noch einmal von vorne begannen, nur gernhatte. Wenn sie ihn jetzt abwies, wäre er nicht so verletzt.

Es bräche ihr das Herz, aber sie verdiente es nicht anders.

Sie musste sich auf ihre Kinder konzentrieren, nicht auf den Mann, den sie kannte, wenn sie in die schmerzende Höhle blickte, die einst ihr Herz gewesen war. Luc verdiente mehr als die Scherben einer Frau, die schon vor langer Zeit zerstört worden war.

Sie straffte die Schultern und ihr Körper wurde taub. Ihre Augen füllten sich mit Tränen, doch sie blinzelte sie zurück. Für Tränen war kein Platz. Sie musste tapfer sein, einem Mann zuliebe, der eine Zukunft verdiente, die bis zum Rand mit Hoffnung und Versprechen gefüllt war.

Während sie all dies dachte, sprach sie immer weiter und schmiedete Pläne mit ihrer Familie. Lucs Hand gefror auf ihrem Rücken. Er blickte auf sie hinab.

Er konnte nicht wissen, was sie vorhatte. Doch seinem Blick wich sie lieber aus. Die Auseinandersetzung musste unter vier Augen stattfinden. Später. Wenn sie den Mut hätte, zu tun, was sie tun musste.

Er würde verletzt sein, doch nicht so sehr, wie er es wäre, wenn sie zuließe, dass er sie liebte.

Ihre Kinder würden weinen und Luc zurückhaben wollen, doch sie durfte Luc nicht mehr verletzen, als sie es ohnehin getan hatte. Wenn sie ihm Einlass gewähren würde, würde sie sich zu sehr auf ihn verlassen und am Ende alle zerstören.

Es war das Beste so.

Und eines Tages würde sie sich vielleicht von dem Opfer erholen.

LUC WUSSTE, etwas stimmte nicht. Der Ausdruck in Meghans Augen war nicht zu übersehen. Sie hatte aufgegeben. Oh, sie hatte zwar mit ihrer Familie einen Plan entwickelt, was ihre Kinder betraf. Aber etwas anderes war in ihr zerbrochen.

An der Art, wie sie beinahe unmerklich seiner Berührung und seinem Blick auswich, konnte er erraten, was sie aufgegeben hatte.

Nämlich ihn.

Nun, mal sehen. Sie hatte Angst. Und dazu hatte sie auch jedes Recht. Doch so einfach würde er sie nicht davonkommen lassen. Und sie einfach gehen zu lassen, ohne noch einmal zu überlegen, wäre der leichte Weg. Die Frau wollte unbedingt stets alles allein machen. Dass sie sich nun von ihrer Familie helfen ließ, beruhte allein auf ihrer Entschlossenheit, ihre Kinder zu schützen.

Aber sie weigerte sich, ihr Herz zu schützen.

Oder besser gesagt, sie hatte das verdammte Ding mit einem Schutzschild umgeben, der ihm den Einlass verweigerte. Er würde ihr doch nicht wehtun, verdammt! Sobald die Kinder im Bett wären, würde er ihr zeigen, dass weglaufen keine Option war.

Er liebte Meghan Montgomery-Warren und er sollte verflucht sein, wenn er sie gehen ließe, nur weil sie Angst davor hatte, sich voll und ganz auf einen anderen Menschen einzulassen. Er konnte bereits die sogenannten vernünftigen Gründe hören, die dafürsprachen, dass sie ihn verließ. Doch keiner davon kümmerte ihn. Meghan gehörte zu ihm und er würde nicht zulassen, dass sie die Chance auf eine gemeinsame Zukunft vertat, weil sie Angst hatte, oder noch absurder, sich um ihn sorgte.

Er liebte sie.

Basta.

Natürlich war ihm das bewusst. Es war keine Überraschung, doch heute Abend war nicht der richtige Zeitpunkt, es ihr zu gestehen. Nicht, wenn die Frau, die er liebte, im Sinn hatte, ihm eine Abfuhr zu erteilen, um ihn zu schützen, oder eher um sich selbst zu schützen. Der wahre Grund lag wahrscheinlich irgendwo dazwischen, doch auf keinen Fall würde er zulassen, dass sie wegwarf, was sie verband.

Er verabschiedete sich von den Montgomerys und nahm die Blicke wahr, die der Tatsache galten, dass er zu ihr und den Kindern hielt. Es waren keine neugierigen oder gar befremdliche Blicke. Nein, sie schätzten ihn, und das bestätigte sein Gefühl, dass er keinen Fehler beging, wenn er Meghan nicht erlaubte, ihn abzuweisen.

Jemand zog an seiner Hand und er blickte in Sashas große Augen hinab. Nun waren sie seit ungefähr einer halben Stunde wieder in Meghans Haus. Die ganze Zeit vermied Meghan, mit ihm zu reden oder ihn an sich heranzulassen. Doch bald würden die Kinder zu Bett gehen und dann würden sie über alles sprechen.

Zuerst musste er jedoch dafür sorgen, dass dieses kleine

Mädchen wusste, dass er immer für sie da war. Er kniete sich vor sie und lächelte. »Ja, Sasha?«

»Wirst du uns etwas vorlesen?«, fragte sie mit merkwürdig leiser Stimme.

»Gewiss. Weißt du denn schon, welches Buch?«

Sie nickte. »Ähm …« Sie machte eine Pause und biss sich auf die Lippe. »Onkel Luc?«

»Ja, Prinzessin?«

»Wird Daddy uns wirklich von Mommy wegholen? Weil ich das nicht will. Er lächelt mich niemals an und seine Augen waren gemein. Ich weiß, er sollte mein Daddy sein, aber ich will lieber dich. Oder nur Mommy. Bitte, zwingt mich nicht, zu Daddy zu gehen, okay?«

Sein Herz zerbrach in tausend Stücke angesichts dieses kleinen Mädchens. Er konnte ihr kein Versprechen geben, von dem er nicht wusste, ob er es halten konnte. Geld regierte die Welt und manchmal arbeiteten die Gerichte nicht für diejenigen, die ehrlich waren und hart arbeiteten. Doch er sollte verflucht sein, wenn er ihr jetzt Angst einjagte. Stattdessen erklärte er ihr die einzige Wahrheit, die er kannte.

»Deine Mommy liebt dich.« Er holte tief Luft. »Und ich liebe dich auch, Prinzessin. Egal was geschieht, keiner von uns beiden wird dich allein lassen.«

»Ich liebe dich auch, Onkel Luc.« Sie schlang ihm die Arme um den Hals und er drückte sie so fest es ging, ohne ihr wehzutun. »Und jetzt das Buch?«

Er holte tief Luft, dann stand er mit ihr auf dem Arm auf. Sie küsste ihn auf die Wange, dann begann sie drauflos zu plappern, was sie am nächsten Morgen in der Schule tun würde, während er sie ins Kinderzimmer trug.

Wirklich. Ein entzückendes Kind.

Und er würde sie so erbittert beschützen, wie Meghan es tat. Die Frau, die er liebte, musste das endlich in ihren

Kopf bekommen. Meghan stand auf der Türschwelle und hatte die Arme um sich geschlungen. Er nickte ihr zu, dann steckte er Sasha ins Bett. Als er schließlich zwei Geschichten vorgelesen hatte, waren Cliff und Sasha friedlich eingeschlummert. Cliff hatte nicht viel mehr als *gute Nacht* zu ihm gesagt, doch er konnte die Spuren des Tages auf dem Gesicht des kleinen Jungen sehen.

Er hatte das Gefühl zu wissen, was mit Cliff los war, doch er musste sich noch besser in das Kind hineinfühlen, bevor er mit ihm reden konnte. Einige Dinge waren zu sensibel, man musste sie mit Vorsicht behandeln.

Er berührte Meghan am Ellbogen und blickte ihr endlich in die Augen. Angst und Trauer über den bevorstehenden Verlust, die sich bereits in Meghans Augen festgesetzt hatten, ließen ihn zurückprallen. Er schluckte heftig und gab seinem Gesicht einen entschlossenen Ausdruck, der sich auch in seinen Augen zeigte.

»Lass uns ins Schlafzimmer gehen und uns unterhalten«, sagte er leise.

Sie warf einen letzten Blick um ihn herum auf die Kinder.

Er zog sie sanft auf den Flur und schloss die Tür hinter sich. »Sie schlafen jetzt und sie wissen, dass wir zusammen sind, Meghan. Ich muss heute Nacht nicht hierbleiben, aber wir müssen reden.«

Sie leckte sich die Lippen, dann wandte sie sich zum Schlafzimmer. Er würde sie jetzt nicht in Ruhe lassen, denn er wusste, wenn er gegangen wäre, hätte sie einen Weg gefunden, ihn davon abzuhalten, sie noch einmal zu berühren. Er folgte ihr also ins Schlafzimmer und schloss auch diese Tür. Diesmal schloss er sie ab, da er sich der Kinder im Haus bewusst war, die nicht wussten, dass man anklopfte.

»Luc.«

»Meg.« Er zog sie an sich und umfasste ihre Wange mit einer Hand, während er mit der anderen ihr Handgelenk festhielt. »Du darfst mich nicht abweisen, nur weil du mich schützen willst.«

»Das muss ich aber«, flüsterte sie. »Du verdienst eine viel bessere Frau als mich.«

»Schwachsinn.«

Ihre Augen weiteten sich. »Was?«

»Du wirst mir nicht sagen, was ich verdiene.«

»Und du wirst mir nicht sagen, was ich fühle.«

»Auch das könnte ich zu dir sagen«, gab er zurück. »Verdammt, Meg. Ich weiß, dass du Angst hast. Du hast jedes Recht dazu, aber das heißt nicht, dass du mich deshalb von dir weisen musst. Ich bin sowohl deinetwegen als auch meinetwegen hier. Ich will dich, Meghan. Ich will dich ganz, jeden Teil von dir, den du vor mir verstecken willst. Aber du darfst mich nicht davonjagen, nur weil du Angst vor der Zukunft hast. Es tut mir leid, aber darauf pfeife ich.«

In ihren Augen blitzte Zorn auf. Er spürte, wie ihn Erleichterung erfasste. Mit ihrem Zorn konnte er umgehen. Mit ihrer Angst aufgrund seiner Worte konnte er nicht umgehen. Aber seine Meghan war stärker, als sie selbst glaubte.

»Du pfeifst darauf? Ich will dafür sorgen, dass du bessere Chancen für die Zukunft hast. Es ist nur zu deinem Besten.«

»Ich bin nicht dein Kind, Meghan. Ich bin dein Liebhaber, dein Freund, dein Partner. Du kannst mir nicht erzählen, es wäre zu meinem eigenen Besten, wenn ich vom Gegenteil überzeugt bin. Also weise mich nicht von dir mit der Begründung, es ginge um mich, wenn das nicht der Wahrheit entspricht.«

»Wenn du bleibst, nehme ich zu viel von dir an.«

»Wenn ich bleibe, gebe ich dir alles, was ich zu geben habe.«

Ihre Augen füllten sich mit Tränen und sie schüttelte den Kopf. »Ich weine normalerweise nicht, und doch scheine ich seit Kurzem nur noch zu weinen.«

Luc beugte sich vor und strich mit seinen Lippen zärtlich über ihre, eine sanfte Liebkosung, die so viel mehr versprach. »Weine nicht, meine Meghan.«

»Du musst gehen, Luc. Ich werde dich am Ende nur verletzen.«

»Warum sagst du das? Du kannst mich nicht mehr verletzen, als ich zulasse, Meghan. Aber mich jetzt wegzuschicken? Das tut weh. Also weise mich nicht ab. Lass mich mit dir kämpfen, anstatt mich um dich kämpfen zu lassen. Auch Letzteres werde ich tun, wenn es nötig ist, doch wäre ich lieber nicht dazu gezwungen. Ich will nicht, dass du mich abweist. Lass mich bei dir sein. Lass mich dir gehören.«

»Es ist alles zu viel, Luc«, flüsterte sie mit geschlossenen Augen.

»Dann lass mich dir helfen. Deshalb bin ich doch hier. Wenn dir alles zu viel ist, dann lass mich die Bürde tragen.«

»Das kann ich dir nicht antun.«

»Du tust mir nichts an, wenn ich dir freiwillig etwas anbiete. Öffne die Augen, meine Süße.«

Als sie es tat, rührte ihn die Traurigkeit, die ihm entgegensprang, bis tief in seine Seele. »Ich will dich nicht verlieren, Luc.«

»Dann schick mich nicht weg.«

Er senkte den Kopf, dann nahm er ihren Mund mit seinem. Sie schmiegte sich an ihn und presste ihren Körper fest an seinen. Nachdem er sich von ihr gelöst hatte, blickte er ihr in die Augen.

»Tu es nicht, Meghan. Weise mich nicht ab, nur weil du Angst hast. Wenn du willst, dass ich gehe, dann lass dir etwas anderes einfallen, etwas, das ich wirklich getan habe oder dir wirklich nicht geben konnte, aber schick mich nicht weg wegen etwas, das vielleicht niemals geschehen wird.«

»Ich verspreche es«, flüsterte sie. »Ich hatte einfach so viel Angst, dich zu verlieren, weil ich dich so sehr brauche.«

Dieses schmerzvolle Geständnis brach ihm einmal mehr das Herz, doch anstatt sich daran aufzuhalten, küsste er sie noch einmal, doch diesmal schob er sie rückwärts in Richtung ihres Bettes. Er küsste sie und schlang seine Zunge um ihre.

Sie wölbte sich ihm entgegen und stöhnte. Er ließ seine Hand ihren Rücken hinabgleiten und umfasste ihr Gesäß, während er seinen Schwanz gegen ihren Bauch presste.

»Fühlst du das, Meghan? Fühlst du meinen Schwanz, der hart wie ein Stein ist? Das ist für dich. Ich werde in dich hinein- und wieder hinausgleiten und dich dehnen, bis du mich ganz umgibst und du kommst. Wie hört sich das an?«

Sie rieb sich an ihm und sie lächelte.

»Zieh dich aus. Langsam.«

Er trat einen Schritt zurück und verschränkte die Arme vor der Brust. Sie blinzelte zu ihm auf, dann tat sie, was er wollte. Langsam zog sie sich aus, wobei sie verführerisch und sexy wirkte, ohne es bewusst zu versuchen.

»Berühr deine Brüste. Zeig mir, was dir gefällt.«

»Wirklich?«

Er lächelte. »Ja, umfasse sie und spiele mit deinen Brustwarzen.«

»Nur wenn du dich auch berührst.«

Er leckte sich die Lippen. »Das kann ich tun, meine

Süße. Setz dich auf die Bettkante und spreize die Beine. So kann ich sehen, wenn deine hübsche Muschi nass wird.«

»Nass wird? Was, wenn ich schon nass wäre?«

»Luder«, knurrte er, während er sich die Kleider vom Leib riss. Er umfasste seinen Schwanz und fuhr zweimal mit der Hand am Schaft auf und ab. »Und nun spiele mit deinen Nippeln. Dann lass deine Hand langsam an deinem Körper hinabgleiten, bis du deine Klitoris berühren kannst.«

»Ich möchte, dass du mich anfasst, Luc«, keuchte sie, während sie einen Finger um ihre Klitoris wirbeln ließ.

»Das werde ich tun.« Er drückte seinen Schaft an der Wurzel zusammen, um zu verhindern, dass er auf der Stelle kam. »Aber zuerst möchte ich, dass du dich selbst zum Kommen bringst, bevor ich dich ficke. Kannst du das für mich tun, Süße? Kannst du dich selbst zum Kommen bringen, sodass du geschwollen und glitschig bist, wenn ich meinen Schwanz in deine Muschi gleiten lasse?«

Er beobachtete, wie sie sich mit ihren Fingern selbst fickte. Ihre Hüften bewegten sich auf und ab, als sie schneller wurde.

»Luc, ich komme gleich.«

»Komm für mich, Meghan. Komm für mich.«

Sie blickte ihm in die Augen, den Mund geöffnet, die Augen dunkel, und kam mit bebendem Körper. Hastig riss er die Verpackung des Kondoms auf, das er neben seinen Kleidern bereitgelegt hatte, und streifte es über. Dann legte er ihr eine Hand um den Nacken und zwang sie, ihn anzublicken.

»Mein«, knurrte er, dann stieß er in sie hinein. Heftig.

Ihre Muschi zog sich um ihn herum zusammen und beide stöhnten. Er bewegte die Hüften und glitt in sie hinein und wieder hinaus, wobei er seine Hand stets um ihren Nacken geschlungen hielt.

»Du wirst mich nicht verlassen, Meghan. Du wirst mich nicht verlassen, weil du Angst hast, es könnte dir alles zu viel werden. Du gehörst mir.« Sie grub ihre Finger in seinen Rücken und der Schmerz verstärkte die Intensität seiner Erregung. »Sag es, Meghan.«

»Ich gehöre dir«, keuchte sie. »Ich gehöre dir.«

»Gut.« Er stieß mit dem Mund auf ihren hinunter und fickte sie heftig. Sie schlang die Beine um seine Taille und bewegte ihre Hüften im Gleichklang mit seinen.

Gerade als er spürte, wie sein Orgasmus sich näherte, zog er sich zurück und ignorierte ihr Wimmern. Er warf sie auf den Bauch und stieß von Neuem in sie hinein.

»Klammere dich an die Bettdecke, Süße. Drück deinen Hintern gegen meinen Schwanz und fick mich, wie ich dich ficke.«

Ihre Zehen berührten kaum den Boden, daher musste sie ihre Hüften benutzen, um ihm entgegenzukommen, doch sie schaffte es. Mit jedem Stoß, mit dem sie sich auf seinen Schwanz schob, viel es ihm schwerer, sich zurückzuhalten und nicht gleich zu kommen.

Er gab ihr einen Klaps auf den Hintern und grinste, als sie ihn über die Schulter anblickte.

»Hast du mir gerade den Hintern versohlt?«

»Ich werde es wieder tun, wenn es sein muss. Deine Muschi hat sich gerade um meinen Schwanz zusammengezogen, Baby. Es hat dir gefallen.«

Sie runzelte die Stirn; er gab ihr noch einen Klaps. Diesmal verdrehte sie die Augen, er bewegte weiterhin die Hüften.

»Es ist meine Entscheidung, bei dir zu bleiben, meine Entscheidung, mit dir zusammen zu sein. Du wirst mir nicht sagen, es wäre zu viel für mich. Okay, Süße?«

»Alles, Luc. Ich verspreche alles. Nur lass mich kommen.«

Er fuhr mit der Hand um sie herum, um mit ihrer Klitoris zu spielen. Wieder kam sie, doch er ließ sie immer noch nicht los. Stattdessen tauchte er die Finger in ihre Säfte und verteilte sie zwischen ihren Pobacken.

»Luc?«, stöhnte sie.

»Spüre dies, Meghan. Spüre mich.«

Er umkreiste ihren Anus langsam mit den Fingern, bevor er ihn vorsichtig weitete. Sie stöhnte auf, er ebenso. Er benutzte nur einen einzigen Finger und stieß diesen behutsam in ihren Anus, während er ihre Muschi mit seinem Schwanz fickte.

»Könntest du noch ein einziges Mal kommen, Meghan? Kannst du für mich kommen?«

»Das weiß ich nicht«, stöhnte sie, ihre Worte unklar.

»Versuch es, Baby. Nur noch einmal.«

Als er den Finger krümmte, kam sie noch einmal und krampfte sich um seinen Schwanz zusammen. Diesmal konnte er sich nicht mehr zurückhalten und kam mit ihr, während ihre Muschi ihn bis zur Erschöpfung molk.

Diese Frau gehörte ihm, nur ihm allein. Nur sie allein betete er an, nur sie allein liebte er. Angst drohte sie beide zu verschlingen, drohte sie zu zerbrechen, doch das würde er nicht erlauben. Meghan war stärker als je zuvor und er sollte verflucht sein, wenn er sich von der Angst nehmen lassen würde, was sie hatten.

Er würde um sie kämpfen, für sich kämpfen, um sie beide kämpfen.

## Kapitel Dreizehn

DER EINSTICH der Nadel in ihre Haut tat nicht weh. Meghan lächelte sogar auf die Arbeit ihres Bruders Austin hinab. Ein jedes ihrer Tattoos bedeutete etwas für sie und so sollte es auch sein, denn schließlich waren sie dauerhaft. Richard hatte das erste Tattoo gehasst, das sie sich hatte stechen lassen, und sie hatte sich daraufhin gezwungen, auf weitere zu verzichten, obwohl in ihrer Familie das Tätowieren zum Leben gehörte. Nach dem Vorfall mit Richard und der Suche nach einem Anwalt war ihr klar gewesen, dass sie ein Tattoo brauchte, das sich um sie und ihre Familie drehte. Luc hatte sie begleiten wollen, doch dann war ihm der Notfall auf der Baustelle dazwischengekommen. Er musste das Chaos wieder in Ordnung bringen, das Steve, der Mistkerl, hinterlassen hatte. Sie hatte ihm versichert, warten zu können, doch Luc hatte gemeint, er könnte sich das fertige Tattoo auch später ansehen. Dann hatte er sie geküsst und sich auf den Weg gemacht.

Sie konnte immer noch kaum glauben, dass sie ihn beinahe verloren hätte, weil sie solch eine Idiotin gewesen war. Eigentlich war es nicht ihre Art, vor Problemen davonzulaufen, und trotzdem hatte sie es versucht. Luc hatte sie mit seiner Liebe daran gehindert und ihr das Gefühl gegeben, eine Königin zu sein. Sie musste sich lediglich noch einprägen, dass dies in Ordnung war.

Das Tattoo auf ihrer Hüfte hatte geschmerzt wie verrückt, obwohl Maya so vorsichtig wie möglich gewesen war. Die zierliche Blume, umgeben von den Initialen ihrer Kinder auf ihrem Handgelenk, tat hingegen überhaupt nicht weh.

»Wirklich, ich verstehe das nicht«, sagte sie, den Blick auf die Linien aus Tinte und Blut gerichtet.

Austin wischte die überschüssige Tinte und die Wundflüssigkeit fort, ganz auf seine Arbeit und nicht auf sie konzentriert. »Jeder Punkt kann bei einem anderen Menschen unterschiedlich schmerzen. Ich kenne einen Mann, dem ein riesiges Tattoo auf dem Rücken gestochen wurde. Die linke Seite schmerzte ihn weit mehr als die rechte.«

Meghan lächelte und blickte über Austins Schulter hinweg seine Mitarbeiterin Callie an. Sie zwinkerte ihr zu. »Sprichst du von Morgan?«

Callie grinste, während sie einen Skizzenblock in der Hand hielt. Wenn die Frau nicht gerade an einem Kunden arbeitete, zeichnete sie. »Tatsächlich, ja, obwohl es jeder andere hätte sein können, da wir tonnenweise Rücken-Tattoos stechen. Wenn man die Unterschiede betrachtet hinsichtlich der Sensibilität der Nerven, des Muskelgedächtnisses, der Fettschichten und der Knochenstruktur, so kann man die Frage, wo es mehr schmerzt, mit einem Würfel beantworten. Manche Webseiten reden fälschlicherweise von einem unterschiedlichen Schmerzniveau an verschiedenen Körperstellen. Dies mag vielleicht im Durchschnitt zutreffen, doch nicht im einzelnen individuellen Fall. Ich will damit sagen, ich habe die Nadel auf seiner linken Seite nicht fester in die Haut gepresst als auf seiner rechten, doch er hat es so empfunden.«

Meghan zuckte zusammen, als Austin über einer Vene in die Haut stach. »Ich habe zu früh ein Urteil abgegeben. Autsch, Bruder.«

Er grinste sie an. Der größte Teil seines Mundes wurde von seinem Bart verdeckt, doch das störte sie nicht. Sie liebte ihren großen, schwerblütigen, bärtigen, tätowierten Bruder. Auch wenn er gerade eine Nadel in ihr Handgelenk drückte.

»Weichei.«

»Dumpfbacke.«

»Ich liebe dich auch«, sagte er, dann tauschte er die Nadeln aus. »Jetzt muss ich noch ein paar Schatten setzen. Übrigens, ich habe an den Seiten noch etwas Platz für weitere Initialen gelassen.«

Meghan erstarrte, dann zog sie eine Braue in die Höhe. Musste er sich immer in alles einmischen? »Wie bitte? Was meinst du mit weiteren Initialen?«

Nun zog auch er eine Braue in die Höhe, sagte aber nichts.

»Unser idiotischer Bruder will damit sagen, dass er das Design nicht verändern und das Tattoo nicht überstechen will, falls du und Luc noch mehr Kinder haben werdet«, erklärte Maya, die an ihrem Arbeitsplatz stand. Ihre Schwester beugte sich leicht über einen sehr großen Motorradfahrer, der Meghan aus irgendeinem Grund eine Gänsehaut verursachte. Doch im Augenblick kümmerte sie das eigentlich nicht.

»Mehr Kinder?«, fragte sie mit plötzlich trockenem Mund. »Luc?« Sie hustete.

Sloane, ein weiterer Künstler und Freund, reichte ihr ein Glas Wasser. »Austrinken, Butterblume.«

Als sie das Wort aus dem Mund des kahlköpfigen

Mannes hörte, der beinahe einen Meter neunzig groß sein musste und wie einhundert Kilo purer Muskel aussah, lachte sie prustend in ihr Wasser. Austin wartete geduldig mit seiner Tätowierpistole in der Hand, während sie Atem schöpfte und die Schweinerei beseitigte, die sie veranstaltet hatte.

»Butterblume?«

Sloane zwinkerte ihr zu, bevor er durch die Tür ging, die ins Taboo führte. Hoffentlich war er gegangen, um Hailey zu besuchen. Während sie nur zu gern darüber nachdachte, ob diese zwei wohl je in die Startlöcher kamen, klangen Austins Worte noch in ihren Ohren.

»Kinder«, wiederholte Austin leise, als sie ihm wieder ihre Aufmerksamkeit zuwandte. »Du bist noch jung. Du kannst noch mehr haben. Oder welche adoptieren, wie Sierra und ich es vielleicht tun werden. Man kann nie wissen. Verbau dir nicht die Zukunft, weil du immer noch die Vergangenheit fürchtest.«

»Es ist ein Tattoo, Austin«, flüsterte sie, obwohl sie wusste, dass viel, viel mehr dahintersteckte.

»Es ist dein Leben, und ich werde dir nicht sagen, wie du es leben sollst.«

»Das wäre ja mal was ganz Neues«, murmelte Maya und Meghan lächelte gegen ihren Willen.

Maya hatte recht, Austin versuchte, das Leben seiner Geschwister bis in alle Einzelheiten zu planen, doch seitdem er mit Sierra verheiratet war, ließ er etwas nach. Etwas. Nun hatte er eine Frau und zwei Kinder, an denen er sich versuchen konnte. Zumindest konnte er für ihr Glück sorgen.

»Luc und ich denken nicht an eine ernsthafte Beziehung«, behauptete sie. Sie wusste, es war eine Lüge. Austin wusste, es war eine Lüge. Callie wusste es. Maya wusste es. Alle wussten es.

»Meghan.« Austins tiefe Stimme rollte über sie hinweg, wie sie es in ihrer Kindheit gewohnt gewesen war. Er war wirklich ihr großer Bruder, im wahrsten Sinne des Wortes. »Sei keine Närrin.«

Was konnte sie anderes sein? Sie und Luc hatten miteinander geschlafen und Grenzen durchbrochen, von deren Existenz sie nichts gewusst hatte. Doch immer noch quälte sie die anfängliche Angst, dass sie ihm niemals genügen könnte. Dieses Gefühl war mehr als dumm, doch sie konnte sich nicht helfen. Da gab es noch einen kleinen Teil in ihr, der ihr ständig zuflüsterte, sie wäre niemals genug, niemals in der Lage, ihn zu halten, und eines Tages würde er die Stadt verlassen. Mal wieder.

Sie musste diesem kleinen Arschloch in ihr unbedingt den Garaus machen.

Dieses ewige Hin und Her in Bezug auf ihre Gefühle war zu viel. Zum Teufel mit ihren Zweifeln.

Wenn sie nur diese zuversichtliche Haltung bewahren könnte.

All ihre Zweifel, Richard, ihre Kinder, ihr Job, Luc, der Überstunden auf der Baustelle machen musste, all das, schloss sie, musste ja dazu führen, dass sie total durcheinander im Kopf war.

Das musste aufhören. Sofort.

»Bist du fertig mit Grübeln?«, fragte Austin, der immer noch ihr Handgelenk festhielt.

Sie schluckte und nickte. »Ja, aber ich brauche eine Minute, bevor du weitermachen kannst.«

Er legte den Kopf zur Seite. »Ich habe noch zehn Minuten an diesem zu arbeiten, Meghan, es dauert länger, es einzuwickeln, als die Schatten zu stechen.«

»Ich brauche eine Minute, um Atem zu schöpfen. Außerdem muss ich pinkeln.« Sie lächelte, als er als

Kommentar zu ihrer letzten Bemerkung die Augen verdrehte.

»Also gut. Dann geh pinkeln. Aber pass auf dein Handgelenk auf. Benutze die andere Hand, um dich abzuwischen.« Er schmierte Vaseline auf das frische Tattoo, sodass es nicht austrocknete. Dann erhob er sich von seinem Hocker. »Ich könnte auch eine Pause gebrauchen, um meinen Rücken zu dehnen. Gleich nach dir kommt bereits meine nächste Kundin.«

»Du bist in letzter Zeit ziemlich beschäftigt«, sagte Meghan, als sie aufstand. Ihr großer Bruder beugte sich zu ihr hinunter, sodass sie ihm einen Kuss auf seine bärtige Wange geben konnte.

»Ich habe immer viel zu tun, aber das gefällt mir. Und jetzt geh pinkeln, damit ich danach dein Tattoo fertigstellen kann.«

Sie nahm ihr Telefon mit ins Badezimmer und schloss die Tür hinter sich. Sie hatte einen Anruf verpasst, während sie auf dem Stuhl gesessen hatte, sie konnte also genauso gut die Nachricht anhören, während sie ihr Geschäft erledigte.

Sobald sie die schneidende Stimme am anderen Ende der Leitung vernahm, wusste sie, sie hatte einen Fehler gemacht, nicht nachzusehen, wer angerufen hatte.

»Ich werde die Kinder an diesem Wochenende sehen. Ich habe das Besuchsrecht und du kannst die Kinder nicht von mir fernhalten. Ambrosia möchte sie gern kennenlernen, um darauf vorbereitet zu sein, wenn sie dann bei uns einziehen. Denn Meghan, sie werden bei uns einziehen. Es spielt keine Rolle, welchen unbedeutenden Anwalt du beauftragst. Ich werde immer gewinnen. Du bist nichts, und das solltest du niemals vergessen. Das Rückgrat, das du dir zugelegt hast, seitdem du diesen Arbeiter fickst, wird nicht länger vorhanden sein, wenn ich erst einmal mit dir fertig bin.«

Hier endete die Nachricht. Sie zitterte. Sie steckte ihr Handy in die Tasche, wusch sich die Hände und spritzte sich Wasser ins Gesicht. Sie hatte keine Träne vergossen und dafür war sie dankbar. Trotzdem rief allein die Stimme des Mannes das Bedürfnis in ihr hervor, sich in sich zusammenzurollen – verflucht sei das starke Rückgrat.

Mein Gott, dieser verdammte Mistkerl. Er dachte, er könnte einfach so hereinmarschieren und sich nehmen, was er wollte. Auf keinen Fall würde er am Wochenende ihre Kinder mitnehmen. In der Vereinbarung war festgelegt, dass er über seinen Anwalt einen Besuchstermin erbitten musste, den er dann in angemessener Zeit erhalten sollte. Er konnte nicht einfach auftauchen, wann es ihm passte, und sie mitnehmen. Er hatte diesen Prozess noch nie durchlaufen und sich im vergangenen Jahr auch nie darum gekümmert, die Kinder sehen zu dürfen, also verstand er den Vorgang nicht.

Richard verstand so vieles nicht. Nun, sie würde dafür sorgen, dass er alles verstand.

Sie blickte auf ihr Handy hinab, bereit, Luc anzurufen und ihm alles zu erzählen. Doch bevor sie noch die Nummer eintippen konnte, stoppte sie sich selbst. Er arbeitete und musste die Fehler anderer Leute bereinigen. Sie konnte ihn nicht jedes Mal belästigen, wenn irgendetwas geschah. Aber heute Abend könnte sie ihm alles erzählen. Sie konnte ihm dies nicht verheimlichen. Hatte sie nicht ihm und sich selbst versprochen zu lernen, sich auf ihn zu verlassen, auch wenn sie nur eine Schulter brauchte, um sich auszuweinen?

Außerdem wartete ihre Familie da draußen auf sie. Mit der konnte sie reden. Meghan blickte sich im Spiegel an und war überrascht von der Frau, die sie sah. Ja, ihr

Gesicht war bleich geworden nach der Nachricht auf dem Anrufbeantworter, doch die Finsternis in ihren Augen, die sie längst als ihr neues Attribut akzeptiert hatte, war verschwunden. Stattdessen zeigte sich ihr inneres Feuer als Widerschein in ihren Augen. Sie würde um ihre Kinder kämpfen und Richard konnte ihr diesen Willen nicht nehmen.

Nachdem sie tief Luft geholt hatte, öffnete sie die Tür und stieß mit einer rothaarigen Frau zusammen. Meghan trat einen Schritt zurück. Ihre Zähne klapperten.

»Mist«, murmelte die andere Frau. »Entschuldigung, ich wusste nicht, dass die Toilette besetzt war. Ich hätte nicht so nahe an der Tür stehen sollen.«

Die Frau hatte einen Akzent, den Meghan nicht einordnen konnte. Es war eher eine Mischung verschiedener Akzente als einer im Besonderen. Ein kleines Trällern, das Meghan verriet, dass die Frau nicht in Denver geboren war, wo eher der Mangel an Akzent typisch war.

Das lange, rostrote Haar der Frau umspielte ihr Gesicht in weichen Locken und ihre strahlenden, braunen Augen drückten echte Reue aus. Meghan mochte vielleicht zwei bis drei Zentimeter größer sein, dafür hatte die andere Frau Kurven wie eine Göttin.

»Nein, ich entschuldige mich«, erwiderte Meghan. »Ich hätte nicht so aus der Toilette stürmen sollen.«

Die andere Frau lächelte und Meghan tat es ihr gleich. »Aber sind Sie fertig? Ich habe nämlich wirklich eine weite Fahrt hinter mir und muss ganz dringend.«

Meghan lachte und machte der Frau Platz. »Oh, das tut mir leid. Die Toilette gehört Ihnen.« Dann kehrte sie zu Austin zurück und setzte sich auf ihren Stuhl.

»Sieht so aus, als hättest du meine neue Kundin kennengelernt«, bemerkte Austin, der seine ganze Aufmerksamkeit ihrem Handgelenk widmete.

»Ja. Sie ist entzückend.«

Austin blickte mit einem Lächeln auf dem Gesicht zu ihr auf. »Ich dachte, du wärst vergeben. Und, du weißt schon, heterosexuell.«

»Hinschauen ist erlaubt, anfassen nicht«, mischte Maya sich ins Gespräch. Der Motorradfahrer lachte mit dunkler Stimme.

»Danke euch beiden«, erwiderte Meghan trocken. »Ich habe lediglich eine Beobachtung geäußert.«

Austin schnaufte. »Mit welchem Montgomery möchtest du sie verkuppeln? Ich dachte, das wäre Mayas Job.«

»Diesen Job bürde ich mir nicht auf, vielen Dank.«

Meghan schüttelte nur den Kopf und ließ sich von dem Schmerz der Einstiche davontragen, während ihre Geschwister sich weiter kabbelten. Sie erdeten sie auf eine Art und Weise, die sie nicht verstand, und sie liebte sie so sehr. Sobald Austin mit seiner Arbeit fertig wäre, würde sie ihnen erzählen, was Richard am Telefon gesagt hatte. Dann würde sie sich damit auseinandersetzen, doch vielleicht würde sie diesmal lernen, sich auf jemanden zu stützen. Luc lehrte sie das.

Ein anderer Teil ihres Herzens schmerzte und sie atmete tief durch. Der Mann hatte ihr so viel beigebracht und falls er jemals die Augen öffnete und sie verließ …

Nun, sie wusste nicht, was sie dann tun würde. Diese Lektion wollte sie nicht lernen.

Niemals.

## Autumn

Autumn Minor trat aus der Toilette des Tattoostudios. Sie trocknete sich die Hände an ihrer Hose ab. Sie hoffte, der Frau, die sie angerempelt hatte, ginge es gut. Sie hatte ausgesehen, als bräuchte sie jemanden, der sie umarmte oder mit dem sie reden könnte. Doch Autumn hatte keine Zeit, um zu sehen, ob sie helfen könnte. Sie sah, dass die andere Frau sich von Austin tätowieren ließ, dem Mann, der bald an ihr arbeiten würde. Daher hielt sie sich zurück und wartete, während die andere Frau zu Ende tätowiert wurde. Es dauerte nur zwanzig Minuten, was ihr nicht viel ausmachte. Sie wollte nicht aufdringlich sein und sie hatte mitbekommen, dass die Frau mit dem Künstler verwandt war, daher ließ sie ihnen ihre Privatsphäre.

Vielleicht würde sie ihr eines Tages wieder begegnen und ihr helfen können.

Das war Autumn. Voll des Bedürfnisses zu helfen und stets ein *eines Tages* auf den Lippen.

»Bist du so weit?«, fragte der große, bärtige Künstler sie. »Danke, dass du gewartet hast.«

Autumn nickte. »Kein Problem. Ich war zu früh.«

»Ich weiß, wir haben bereits über dein Tattoo gesprochen. Aber lass uns noch etwas mehr darüber reden.« Er klopfte auf den Sitz vor ihm und sie bemerkte den breiten Ring an seinem Finger. Er war heiß, aber verheiratet. Zu schade.

Nun ja, es war nicht so, als wäre sie auf der Suche nach jemandem. Sie war gerade erst in die Stadt gezogen und musste hier keine Wurzeln schlagen. Oder Verbindungen knüpfen.

»Heute brauche ich nur eine Auffrischung, aber wenn mir deine Arbeit gefällt, möchte ich gern etwas Neues haben.«

Austin nickte. »Wo hast du dir die anderen Tattoos machen lassen?«

Sie zuckte mit den Schultern. »Überall. Ich bin eine Nomadin.«

»Nun, gute Arbeit, soweit ich sehen kann«, sagte er im Tonfall eines Mannes, der Kunst zu schätzen wusste. Er versuchte nicht, sie anzumachen. Gut für ihn. Sie hasste Anmache.

»Schlechte Tattoos gefallen mir nicht.«

»Gut. Denn ich mache keine schlechten Tattoos.« Er setzte sich auf seinen Hocker und studierte ihre Tätowierungen. »Du bist also neu hier in der Stadt?«

Sie hasste Fragen, aber allzu verschlossen zu sein würde nur Neugier erwecken. »Ja. Ziemlich neu.«

Er hob eine Braue angesichts ihres Tonfalls. Offensichtlich hatte sie ihren Unwillen nicht gut genug verborgen. »Okay. Keine weiteren Fragen. Erzähl mir mehr über dein Tattoo.«

Sie stieß den Atem aus und sprach über die Dinge, über die sie reden konnte, ohne eine Panikattacke zu bekommen.

Sie kannte diese Leute nicht und wollte sie auch nicht kennenlernen. Denn sobald das der Fall wäre, wären sie in der Schusslinie.

Die anderen waren es immer.

## Kapitel Vierzehn

»UND HIERMIT ERKLÄRE ich Sie zu Mann und Frau. Sie dürfen die Braut jetzt küssen.«

Luc warf den Kopf in den Nacken und brach in Lachen aus, als Decker Miranda praktisch rückwärts gen Boden drückte, während er seine Braut mit dem Mund verschlang. Es war nicht das einzige Lachen unter dem Pfeifen und Grölen im Haus der Montgomerys.

Gewiss, nicht alle lachten. Die Brüder, die an Deckers Seite aufgereiht standen, sahen aus, als wären sie bereit, ihren frischgebackenen Schwager zu Boden zu schlagen. Die Damen auf Mirandas Seite lächelten nur und wischten sich die Augen.

Als er Meghans Blick einfing, lächelte er über das ganze Gesicht. Sie stand neben Maya in einem hellblauen Kleid, das ihre Kurven perfekt umschmeichelte. Sie winkte mit dem kleinen Finger und er tippte kurz an sein Kinn. Er konnte es kaum erwarten, sie in seinen Armen zu halten und sie über den Tanzboden zu wirbeln, den die Montgomerys aus dem Wohnzimmer gemacht hatten.

Decker und Miranda hatten Lucs Rat befolgt und eine

sehr kleine Hochzeit geplant, nur mit der Familie und den engsten Freunden im Garten der Eltern. Doch da der Winter in Colorado eingesetzt hatte, hatten sie beschlossen, im Inneren des geräumigen Hauses zu feiern, in dem die Familie aufgewachsen war. Da sie Montgomerys und Profis darin waren, Partys im Haus zu feiern, hatten sie alles darangesetzt, dafür zu sorgen, dass dies ein Tag wurde, den sie nie vergessen würden, auch wenn die Feier klein und intim war.

Alle Geschwister waren anwesend und standen für ihre Familie ein. Decker hatte Griffin zu seinem Trauzeugen bestimmt, während die anderen in der Reihenfolge ihres Alters danebenstanden. Alex stand schwankend am Ende der Reihe. Der Mann wirkte vollkommen fertig. Wie dem auch sei, Luc konnte den Blick nicht von Meghan lassen. Die Schwestern standen natürlich in einer Reihe neben Miranda, die außerdem noch Sierra, Callie und Hailey dazugesellt hatte, um die Anzahl auszugleichen. Es gab einfach zu viele männliche Montgomerys, um ohne Hilfe von außen eine gleiche Anzahl an Männern und Frauen zusammenzubekommen.

Das war ein Grund dafür, dass Luc sich nicht ausgeschlossen gefühlt hatte, als er nicht gebeten worden war, für Decker einzustehen. Er mochte dem Mann zwar so nahestehen wie die Montgomerys – in einigen Fällen sogar näher –, doch die Montgomerys waren Deckers Familie, Blutsverwandtschaft hin oder her. Luc würde heute Abend mit seiner eigenen Montgomery nach Hause zurückkehren und nur das zählte.

Cliff und Leif hatten als Ringträger, Sasha als Blumenmädchen fungiert, bevor sie sich neben die Großeltern in die erste Reihe gesetzt hatten. Baby Colin schlief friedlich in Marie Montgomerys Armen, die sich wiederum an ihren Ehemann lehnte, an denselben Ehemann, der alle überrascht hatte, als er seine Tochter zum Altar führte. Er hatte der schweigenden Menge erzählt, er sollte verflucht sein, wenn er sein kleines Mädchen allein gehen ließe, Krebs hin oder her.

Gewiss, von einer Menge konnte eigentlich nicht die Rede sein. Da die meisten Montgomerys aktiv an der Zeremonie teilnahmen und neben Braut und Bräutigam standen, gab es nur eine Reihe Stühle für den Rest der Gäste. Marie und Harry saßen mit den Kindern auf Mirandas Seite, während Luc, Sloane und Jake auf Deckers Seite saßen.

Klein, aber perfekt für Deckers und Mirandas Ansprüche.

Hatte Decker nicht einmal gesagt, er hätte alles verloren, bevor er Miranda und die Montgomerys gefunden hatte? Was sonst hätte er brauchen können?

»Falls ich je heirate, möchte ich etwas Ähnliches haben«, meinte Jake, der neben Luc stand.

Luc wandte sich Mayas bestem Freund zu und nickte. »Das kann ich gut nachvollziehen. Obwohl, ich glaube nicht, dass meine Eltern da mitmachen würden. Meine Mom würde bestimmt alle ihre Freundinnen dabeihaben wollen, und schon würde eine große Sache daraus.«

Jake blickte zu Maya und Meghan hinüber, die lachten, als Decker nicht aufhörte, Miranda zu küssen. Wirklich, was für Tiere die beiden doch waren!

»Nun, solange Meghan glücklich ist, wird deine Hochzeit eben so ausfallen, wie auch immer sie sein muss«, erwiderte Jake. Dann erhob er sich und stieß einen Pfiff aus. »Sucht euch ein leeres Zimmer!«

»Oder auch nicht«, rief Harry laut. »Nimm deine Hände von meiner Tochter, mein Junge. Jetzt ist es Zeit für die Party. Danach kannst du deine Braut mitnehmen. Und jetzt will ich nichts mehr davon hören.«

Luc lachte wieder und schüttelte den Kopf, als Decker seine frischgebackene Ehefrau vom Altar wegführte. Anstatt zu warten, bis die anderen sich in Paaren dem Brautpaar anschlossen, stand Luc auf und nahm Meghans Arm. »Ich werde dich zurückgeleiten. Tut mir leid für Austin.«

Sie verdrehte die Augen. »Er kann Callie nehmen«, meinte sie, dann küsste sie ihn zärtlich. Dass sie ihn vor der Familie küsste, verriet, wie weit sie innerhalb der letzten Monate gekommen waren.

»Gib mir auch einen Kuss!« Sasha hüpfte auf und ab. Er nahm sie auf den Arm, setzte sie sich auf die Hüfte und gab ihr einen kleinen Kuss auf die Wange. Sie seufzte und bettete ihren Kopf an seine Schulter. »Danke.«

Er lachte leise und schlang einen Arm um Meghans Taille. Cliff stand auf der anderen Seite neben Meghan und lächelte ihn schüchtern an. Ein Fortschritt.

Und wieder entgingen ihm nicht die wissenden Blicke der Montgomerys und deren Freunden angesichts des Bildes, das er und Meghan mit den Kindern boten. Sie wirkten wie eine Familie.

Gott, wie sehr er sich das wünschte. Ihm war nie bewusst gewesen, dass er sich nach mehr sehnte als der offenen Straße vor sich und einem Dach über dem Kopf, wenn er es brauchte. Aber, verdammt, er stellte sich unwillkürlich vor, wie Sasha und Cliff mit ihm an Meghans Seite älter wurden. Ja, Richard mochte sich so viel bemühen, wie er wollte, um ihnen Steine in den Weg zu legen, aber sie würden die Oberhand gewinnen. Eine andere Möglichkeit gab es für ihn nicht, was Meghan und die Kinder anbelangte.

Er hatte ihr bis jetzt immer noch nicht gesagt, dass er sie liebte. Doch das würde noch kommen. Die Schale, in die sie sich so lange eingeschlossen hatte, bekam gerade die ersten Risse und er wusste, nun war sie bereit, die Worte zu hören. Sie würde nicht vor ihnen davonlaufen. Was jedoch nicht bedeutete, dass auch sie ihm ihre Liebe gestehen würde. Ein Schritt nach dem anderen, ermahnte er sich. Einer nach dem anderen.

»So, da nun die Gelübde gesprochen wurden und wir unter uns sind, können wir essen und tanzen«, warf Meghan ein, während sie Cliffs Haare durch ihre Finger gleiten ließ. Der Junge verdrehte die Augen, entzog sich aber nicht. Wieder ein Fortschritt.

»Reservierst du mir einen Tanz?«, fragte Luc. »Oder alle?«

Meghan lächelte und beugte sich vor. »Du kannst so viele haben, wie du willst.«

»Kuss! Kuss!«, quietschte Sasha auf seinem Arm.

Nun, er durfte sie nicht enttäuschen. Er neigte den Kopf und strich mit seinen Lippen sanft über Meghans. Er seufzte. Wie perfekt alles war! So perfekt, dass er befürchtete, es könnte alles in sich zusammenstürzen. Er schob den Gedanken beiseite, denn er wusste, es war besser, sich über Dinge zu sorgen, die er selbst beheben konnte, als über Dinge, auf die er keinen Einfluss hatte.

»Ich muss den Kindern etwas zu essen holen«, unterbrach Meghan ihn in seinen Gedanken. »Soll ich dir etwas mitbringen?«

Er schüttelte den Kopf. »Nein danke. Brauchst du Hilfe?«

»Nein. Geh und rede mit meinen Brüdern und vergewissere dich, dass sie in Ordnung sind. Ich weiß, sie freuen sich für Miranda und Decker, sind aber trotzdem total aufgeregt, weil ihre kleine Schwester geheiratet hat.«

Er grinste und küsste sie auf die Schläfe. »Ja, gut. Ich möchte nicht, dass sie den armen Kerl zusammenschlagen, weil er seine Frau befummelt.«

»Denk an die kleinen Ohren, die uns zuhören«, ermahnte sie ihn lächelnd. Er verdrehte die Augen.

»Okay.« Er stellte Sasha auf ihre Füße und nickte Cliff zu. Dann ging er hinüber zu Griffin, der in einer Ecke stand und sich an einem Bier festhielt.

»Hey Griff. Was stehst du hier herum und grübelst?«

Griffin blinzelte, als wäre er in Gedanken versunken gewesen, und schüttelte den Kopf, dann nickte er.

Luc schnaufte. »Ja, das macht Sinn.«

»Entschuldige, ich war in Gedanken bei einer Szene, die mir Schwierigkeiten bereitet.«

»Steht nicht ein Abgabetermin bevor?«, erkundigte Luc sich.

»Den habe ich verpasst«, erwiderte Griffin trocken.

»Was? Das ist aber das erste Mal, richtig?« Das sah Griffin überhaupt nicht ähnlich. Wes galt zwar als derjenige der Brüder, der ein ausgesprochenes Organisationstalent besaß, doch Griffin, trotz seines Mangels an Ordnung zu Hause, arbeitete bis zu einem beängstigenden Grad nach einem festen Zeitplan.

»Ja, und das macht mich total sauer. Ich sollte zu Hause sein und schreiben, aber …« Er zuckte mit den Schultern und Luc nickte.

»Es ist die Hochzeit deiner kleinen Schwester.«

»Ja. Sie ist zwar nur zwei Jahre jünger als ich und Alex liegt altersmäßig noch zwischen uns, aber trotzdem ist sie meine kleine Schwester. Und jetzt ist sie verheiratet und blickt in ihre Zukunft.«

»Klingeln Hochzeitsglocken in deinen Ohren, Griff?« Luc glaubte zwar nicht, dass der Mann eine feste Freundin hatte, doch er wusste nicht alles über die Montgomerys. Es gab zu viele von ihnen, um alles zu wissen, obwohl Maya den Versuch nicht aufgab.

»Nichts dergleichen, ich bin weit entfernt davon. Und

da wir gerade von Hochzeitsglocken sprechen. Es sieht so aus, als meintet ihr beide, du und Meghan, es ziemlich ernst.« Er blickte über Lucs Schulter und Luc drehte sich herum. Er sah Meghan und die Kinder dort stehen.

»Ich denke, es wird ernst«, gab er ehrlich zu. »Aber ich möchte sie nicht verschrecken.«

»Das wird nicht leicht sein mit Richard, der in den Schatten lauert.«

»Verdammtes Arschloch«, knurrte er.

»Amen.«

»Redest du über dieses Stück Abfall, Alter?«, lallte Alex, der sich jetzt zu ihnen gesellte. Luc bemerkte einen zornigen Ausdruck in Alex' Augen, bei dem in Lucs Kopf alle Alarmglocken schrillten. Mist. Das konnte nicht gut ausgehen.

»Hey, Mann, komm, wir holen dir ein Glas Wasser«, schlug Luc vor, wobei er versuchte, leise zu sprechen.

»Verpiss dich, Luc. Ich weiß nicht, warum jeder in der Familie mir Wasser andrehen will. Ich bin das langsam leid. Außerdem, *Kumpel*, gehörst du nicht zur Familie.«

»Alex«, wies Griffin ihn zurecht, »was zum Teufel ist dein Problem?«

Mist. Luc legte eine Hand auf Griffins Arm und hoffte, dieser würde den Wink verstehen. Dies war weder der rechte Ort noch die rechte Zeit, um sich zu streiten. Miranda und Decker verdienten es, diesen Tag in glücklicher Erinnerung zu behalten, nachdem sie so viel durchgemacht hatten. Es war keine gute Idee, Alex jetzt herauszufordern. Ja, das musste bald getan werden, konnte jedoch ein paar Stunden warten.

Das dachte er jedenfalls.

Angesichts des manischen Blicks in Alex' Augen hatten sie vielleicht alle zu lange gewartet.

»Mein Problem? Mein Problem ist, dass wir Miranda

einen Mann heiraten lassen, der viel zu alt für sie ist. Mist, warum lassen wir sie überhaupt heiraten? Ihr habt doch gesehen, was geschieht, wenn wir Montgomerys heiraten. Wir vermasseln es.«

Luc trat einen Schritt vor, doch Alex hob die Hand. Die Arme des Mannes zuckten, also rührte Luc sich nicht vom Fleck. Aus dem Augenwinkel sah er, dass Meghan und Sierra die Kinder langsam aus dem Raum schoben. Doch der Rest der Montgomerys und die übrigen Gäste folgten gespannt der Show, die sich vor ihren Augen abspielte.

»Alex«, sagte Luc ruhig, »lass uns draußen darüber reden. Du kannst mir alles sagen, aber lass uns woanders hingehen.«

»Scheiß auf dich, Luc. Du gehörst nicht einmal zur Familie. Warum bist du überhaupt hier?«

Die gelallten Worte verletzten Luc nicht, konnten ihn nicht verletzen. Nicht solange die Qual in Alex' Augen schlimmer war als alles, was Luc fühlte.

»Luc«, flüsterte Marie, die sich ihrem Sohn langsam näherte. Alex hob den Arm. Marie erstarrte.

Verdammt.

»Jessica hat mich vor langer Zeit verlassen. Aber wir sind zusammengeblieben. Und warum? Weil wir Gelübde abgelegt hatten? Die sind nichts wert. Mom und Dad sind zusammen, aber wie lange noch? Seht ihn euch doch an! Er stirbt und wir reden nicht darüber. Gewiss, Sierra und Austin sind jetzt glücklich, aber sie ist beinahe gestorben, um ihm ein Kind zu schenken. Und jetzt will er noch mehr? Früher oder später wird das Fass überlaufen und eine weitere Ehe wird den Bach hinuntergehen.« Alex kippte den Rest seines Drinks hinunter und warf den Schwenker auf den Boden.

Das Glas hüpfte vom Teppich und der gedämpfte Knall hallte in Lucs Ohren wider.

»Und Meghan? Lasst uns doch mal über sie reden«, spottete Alex. »Richard hat sie so lange runtergemacht, bis sie nur noch ein Schatten ihrer selbst war. Ist es das, was die Ehe mit einem macht? Sie macht uns zu einem Nichts? Sie hat die Sache mit dem Schwein noch nicht einmal durchgestanden und jetzt führt sie dich an der Leine, weil sie nicht ohne einen Mann leben kann. Wir lassen Miranda denselben Pfad folgen, weil wir ratlos sind. Heiraten ist etwas für die Schwachen. Die Ehe ist eine Lüge.«

Luc merkte, wie leise die Wut in ihm hochkroch. Er wusste, so sprach kein geistig und körperlich gesunder Mann. Der Alkohol hatte den Verstand des Mannes zerstört, der Schmerz über das, was auch immer die Scheidung dieses Mannes verursacht haben mochte, fraß an dem Mann, den die Montgomerys liebten. Luc hoffte nur, es wäre nicht zu spät. Es kostete ihn all seine Kraft, Alex nicht zusammenzuschlagen, weil er so schlecht über Meghan und die anderen Montgomerys gesprochen hatte.

»Was?«, schnappte Alex und blickte sich wild im Kreis der Familie um, die ihn mit weit aufgerissenen Augen anstarrte. »Als hättet ihr das nicht auch gedacht. Ich bin jedoch der Einzige, der mutig genug ist, es laut auszusprechen.«

Bevor Luc sich versah, stolperte Alex auf ihn zu und zielte mit der Faust in Lucs Gesicht. Luc wich zur Seite aus, gerade als Alex mit Wucht zustieß. Er hatte jedoch leider nicht an den Glastisch hinter ihm gedacht. Jemand schrie und Alex durchbrach die Glasplatte des Couchtisches. Glasscherben spritzten durch den Raum und gruben sich in Lucs Haut.

»Alex!«, schrie Miranda.

Luc kniete sich vorsichtig zwischen die Glassplitter und versuchte, dem Mann aufzuhelfen. Doch er gefror zu Eis, als er ein großes Stück Glas entdeckte, das in Alex' Seite steckte.

»Ruft einen Rettungswagen«, brüllte Luc.

»Schon dabei«, sagte Jake an seiner Seite. »Mist, wir dürfen ihn nicht bewegen, sonst dringt die Scherbe noch tiefer ein.«

»Verpisst euch«, lallte Alex, dann wurde er bewusstlos, entweder vor Schmerz oder aufgrund des Alkohols, Luc wusste es nicht. Doch das Leid in den Augen des Mannes löschte allen Zorn in Luc aus. Der Mann brauchte Hilfe, nicht seine Fäuste.

»Luc?«, flüsterte Meghan hinter ihm.

»Geht zurück, alle«, stieß er hervor. »Überall liegen Glasscherben herum.«

»Du blutest«, stellte sie fest und diesmal klang ihre Stimme bestimmter.

Er blickte auf die Blutflecke, schüttelte aber den Kopf. »Das sind nur kleine oberflächliche Schnitte. Wir müssen Alex ruhig halten, bis der Rettungswagen eintrifft. Sorge du dafür, dass die Kinder hier wegbleiben.«

Meghan legte ihm die Hand auf die Schulter, obwohl er ihr gesagt hatte, sie sollte gehen. »Sie sind aus dem Weg. Sierra ist bei ihnen. Ich muss mich vergewissern, ob mit dir alles in Ordnung ist.« Ihre Stimme klang hohl.

Er erhob sich mit zitternden Beinen, als Decker und Griffin ihn ablösten und Alex ruhig hielten, während sie sich bemühten, die Blutung zu stoppen.

»Komm, ich kümmere mich um dich«, sagte Meghan sanft.

»Okay«, flüsterte er und folgte ihr. Er zitterte am ganzen Körper.

Alex hatte versagt, aber alle anderen ebenfalls. Sie

hatten zugelassen, dass es so weit mit ihm kam, waren nicht in der Lage gewesen, etwas zu unternehmen. Sie alle hatten gesagt, Alex müsste Hilfe annehmen wollen, bevor man ihm helfen könnte. Sie hatten versucht, was sie konnten, doch das war nicht genug gewesen. Alex hatte nun offiziell die Talsohle erreicht und Luc wusste nicht, was als Nächstes kam.

Er wusste lediglich, dass Meghans Hände an ihm arbeiteten, dass sie ihm in der Küche das Hemd auszog und die kleinen Schnitte untersuchte.

»Der Rettungswagen ist da«, stellte Marie fest, die auf der Türschwelle stand. Luc fing ihren Blick ein und ihr Leid fuhr ihm wie ein Stich in die Brust. »Wir werden den Sanitätern sagen, dass sie sich auch um dich kümmern sollen.« Sie presste die Lippen aufeinander, dann wandte sie sich wieder der Stelle zu, wo ihr Sohn blutend und verletzt auf ihrem weißen Teppich lag.

Sein Blick fiel auf die unangetastete und makellose Hochzeitstorte. Miranda und Decker würden sich immer an diesen Tag erinnern, nur leider nicht so, wie es hätte sein sollen. Er blickte Meghan in die Augen und seufzte.

»Ich bin in Ordnung.«

Meghan schluckte heftig. »Ich nicht«, flüsterte sie.

Sie schmiegte sich nicht an ihn, als befürchtete sie, die Splitter tiefer in seine Haut zu drücken, und das verstand er. So legte er lediglich die Stirn gegen ihre und stieß den Atem aus. Sie war an seiner Seite, gleichgültig, was Alex auch sagen mochte. Und das wollte etwas heißen.

Das musste etwas heißen.

## Kapitel Fünfzehn

MEGHANS HÄNDE ZITTERTEN. Es war kein Schock. So viel wusste sie. Es mussten die Nerven sein oder vielleicht pure Erschöpfung. Die Sonne schickte ihre Strahlen in ihr Badezimmer und sie stieß die Luft aus. Erschöpfung mochte vielleicht die richtige Antwort sein.

Sie hatte die ganze Nacht nicht geschlafen und nun schien bereits die Sonne und kündigte den Morgen an, für den sie nicht bereit war. Sie fuhr sich mit der Hand durchs Haar. So viel zu einem aussichtslosen Fall. Sie brauchte eine Dusche und eine Wagenladung Kaffee, um den Tag zu überstehen. Vielleicht sogar zwei Wagenladungen.

Der Plan für heute beinhaltete auch ein Abendessen mit Lucs Familie, zu dem Lucs Mutter auch Cliff und Sasha eingeladen hatte. Meghan jedoch konnte sich nach dem Debakel vom gestrigen Abend überhaupt nicht dafür begeistern, seine Eltern nach so langer Zeit wiederzusehen und sich mit irgendjemand anderem als ihrer Familie auseinanderzusetzen. Sie konnte immer noch kaum glauben, was Alex von sich gegeben hatte, geschweige denn, wie er sich verhalten hatte.

Sie wusste, er trank zu viel, doch wie der Rest ihrer Familie war sie so mit ihrem eigenen Leben beschäftigt gewesen, dass sie die Zeichen nicht erkannt hatte, die signalisierten, dass sein Zustand bedrohlich geworden war. Die Schuld traf sie ebenso wie Alex. Er hatte seine Wunden geleckt und sich lieber der Flasche als seiner Familie zugewandt.

Gewiss, Meghan selbst hatte sich in ihr Inneres zurückgezogen und sich darauf konzentriert, unabhängig zu werden und ihre Kinder aufzuziehen, anstatt sich zu betrinken, doch sie konnte Alex keinen Vorwurf aus seiner Schwäche machen. Zumindest nicht nach so wenig Schlaf. Er hatte sich körperlich weit mehr selbst verletzt als irgendjemand anderen, doch nie würde sie das Blut auf Lucs Arm und Oberkörper vergessen können. Mit der Zeit könnte sie ihrem Bruder seine Worte vergeben, aber dass er sich selbst und Luc verletzt hatte, das würde eine Weile dauern, bis sie ihm das vergeben konnte.

Gott sei Dank hatte sie noch einen Bruder, dem sie etwas vergeben konnte.

Wenn die Scherbe auch nur ein wenig weiter rechts eingedrungen wäre, hätte sie ihn dort auf der Stelle verloren. Ihre Knie gaben nach und sie musste sich am Waschbecken festhalten, um nicht zusammenzusacken. Sie leckte sich die Lippen und schmeckte bittere Galle auf der Zunge.

Griffin war zu Alex in den Rettungswagen geklettert und Maya und Jake waren dem Wagen in dessen Fahrzeug gefolgt. Dad hatte die Idee resolut abgelehnt, dass die ganze Familie zur Unterstützung mit ins Krankenhaus fuhr. Die Worte hatten sie hart getroffen, aber sie verstand ihren Vater. Sie hatten die Kinder nach Hause bringen müssen, er hatte Ruhe gebraucht und Decker und Miranda hatten genießen sollen, was von ihrem Hochzeitstag noch übrig gewesen war. Decker hatte mit einem stets betrunkenen, gewalttätigen Vater zusammengelebt. Er musste nicht unbedingt noch mehr davon abbekommen und das an dem Tag, der der glücklichste seines Lebens hätte sein sollen.

Doch all das verbarg nicht den eigentlichen Grund – Alex brauchte Hilfe und die würde er nicht bekommen, wenn sie ihm Vorwürfe machten und ihn mit so vielen Menschen belagerten. Sie wusste nur aus zweiter Hand, was im Krankenhaus geschehen war, und das hatte sich nicht sehr schön angehört.

Griffin hatte sich bemüht, ihren Bruder stillzuhalten, sodass er genäht werden konnte. Dann, als Alex ihn hinausgeworfen hatte, hatten Maya und Jake übernommen. Meghan wusste nicht, welche Worte gefallen waren, doch was auch immer sie getan haben mochten, hatte seine Wirkung nicht verfehlt.

Die zwei hatten es geschafft, Alex zu überzeugen, an einem Rehabilitierungsprogramm vor Ort teilzunehmen, sobald er aus dem Krankenhaus entlassen worden wäre.

Ihr Bruder war ein Alkoholiker.

Ein Alkoholiker, der sich selbst verletzt und beinahe noch vielen anderen wehgetan hätte.

Alles hätte noch viel schlimmer sein können, aber was nützte dieser Gedanke. Der Schmerz ihres kleinen Bruders war zu groß gewesen und nun wusste sie nicht, wie sie ihm helfen konnte. Sie hatte gehört, was er über sie gesagt hatte, und hatte all diese harten Worte in sich aufgenommen, denn sie hatten einen Funken Wahrheit enthalten. Jetzt war sie nicht mehr diese Frau. Sie war nicht mehr der Schatten, zu dem Richard sie gemacht hatte. Doch manchmal, wenn sie sich ihrer nicht voll bewusst war, ließ sie den Schatten aus seinem Reich hervorkriechen.

Das durfte nicht mehr geschehen. Sie musste die

Meghan sein, die sie im vergangenen Jahr ganz allein auf sich gestellt geschaffen hatte … und während der letzten Wochen mit Luc.

Sie wandte sich vom Spiegel ab, weil es leise an der Tür klopfte. Luc kam hereinspaziert, die Jogginghose tief auf den Hüften. Ihr Blick folgte den starken Konturen seiner Brust und seines Bauches und blieb auf den schmalen Schnitten auf seiner Haut ruhen. Keine der Wunden war sehr tief gewesen und der Sanitäter hatte Luc nicht einmal mit ins Krankenhaus genommen. Er hatte gemeint, es ginge Luc gut, er sollte aber trotz alledem auf mögliche Anzeichen einer Infektion achten. Weder hatte er genäht werden müssen, noch würden dauerhafte Narben zurückbleiben.

Und doch konnte sie den Anblick von Blut auf Fleisch nicht aus dem Kopf bekommen.

»Meghan?«

»Du hast geblutet«, flüsterte sie.

Sein Blick füllte sich mit Mitleid und er ging mit ausgestreckten Armen auf sie zu. Sie schmiegte sich an ihn, presste die Nase auf seine Haut, saugte tief seinen Duft ein und vergewisserte sich, dass er real war. Er schlang die Arme um sie und rieb mit der Wange über ihren Scheitel.

»Ich habe geblutet, aber jetzt blute ich nicht mehr. Es geht mir gut, Meghan.« Er lehnte sich zurück und musterte ihr Gesicht. Sie wollte sich seinem prüfenden Blick entziehen, tat es dann aber doch nicht. »Ich wünschte, wir hätten schlafen können, aber wir haben auf den Anruf warten müssen.«

Der Anruf von Jake war erst vor einer Stunde eingegangen. Sie und Luc waren aufgeblieben, hatten die ganze Nacht geredet und einander in den Armen gehalten, bis sie etwas über Alex gehört hatten.

»Ich habe das Gefühl, schlafen zu müssen, aber die

Kinder werden in Kürze aufstehen und wir müssen uns für den Tag fertig machen.«

Er ließ seine Hand ihren Rücken hinabwandern und umfasste schließlich ihr Gesäß. Es war eher eine beiläufige Geste, als gefiele es ihm einfach, seine Hand dort ruhen zu lassen. Sie schubste ihn nicht weg. Im Gegenteil, sie mochte es.

»Wir können das Abendessen bei meiner Familie absagen. Sie werden es alle verstehen.«

Sie unterdrückte ein Nicken. So gern sie das auch getan hätte, es ging nicht. »Nein, das können wir nicht. Wir können die Kinder wecken, ihnen zu essen geben und dann vielleicht ein Nickerchen machen, bevor wir losfahren. Ich weiß, deine Mutter würde es verstehen. Aber Tessa hat mich noch nie gemocht und wenn wir dort heute nicht auftauchen, wird es nicht leichter.«

Luc war ehrlich zu ihr gewesen und hatte ihr genau wiedergegeben, was Tessa gesagt hatte. Es hatte wehgetan, aber zumindest hielt er nichts vor ihr geheim. Sie musste sowohl der anderen Frau als auch sich selbst beweisen, dass sie Lucs Aufmerksamkeit und Fürsorge wert war.

»Ich hasse es, dass du das Gefühl hast, es tun zu müssen, Süße. Sie würden es verstehen«, wiederholte er.

»Und vielleicht tut mir eine Ablenkung von unserem Familiendrama auch ganz gut.«

Er blickte ihr in die Augen und nickte. »Na gut.« Seine Mundwinkel zogen sich nach oben. »Mir fällt noch eine weitere Ablenkung ein, wenn du möchtest. Außerdem sparen wir Wasser.«

Sie schüttelte den Kopf. »Das ist eine schlechte Ausrede.«

»Erlaube mir, mich um dich zu kümmern«, flüsterte er. »Gestern hast du dich um mich gekümmert, jetzt bin ich an der Reihe.«

»Wirst du es nicht leid werden, dich um mich zu kümmern?«

Er umfasste ihr Gesicht mit beiden Händen. »Niemals.«

∼

LUC ZOG sich und Meghan mit langsamen, bedächtigen Bewegungen nackt aus und trug sie in die Dusche. Er drehte vorsichtig den Hahn auf und fing die Spritzer mit seinem Rücken auf. Meghan schloss die Augen, als er Shampoo in ihr Haar einmassierte. Sie ließ sich von ihm wie eine Marionette hin- und herbewegen und stöhnte, während er seine Finger in ihre Kopfhaut grub.

»Fühlt sich das gut an, Süße?«

»Du fühlst dich immer gut an«, murmelte sie. Sie öffnete die Augen und legte die Hände auf seinen Bauch. »Liebe mich, Luc.«

Er schluckte heftig. »Ich habe kein Kondom hier, Baby.«

»Wir brauchen keins. Wir haben beide nichts Ansteckendes und ich nehme die Pille.«

Er nickte seinem Schwanz zu, der sich freudig zur Stelle meldete, als er hörte, er könnte nackt in ihr sein. »Okay, Baby. Du weißt, ich will dich immer.« Er umfasste ihr Gesicht und obwohl er wusste, dass er vielleicht einen Fehler beging, sprudelte es aus ihm heraus: »Ich liebe dich, Meghan.«

Ihre Augen weiteten sich und er unterdrückte einen Fluch. »Luc.«

»Nein, sag nichts. Es ist zu früh für dich und du hast zu viel im Kopf, aber ich musste es sagen. Und nun lass mich dich lieben, lass mich Liebe mit dir machen.« Er küsste sie, bevor sie antworten konnte, wohl wissend, dass er sich wie ein Feigling aus der Schlinge gezogen hatte. Er war nicht in der Lage gewesen, seine Gefühle länger zurückzuhalten, nicht nach dem gestrigen Zwischenfall, bei dem Alex so grobe, gemeine Worte hatte fallen lassen.

Er bereute nichts, aber verdammt. Jetzt hatte er der Sache vielleicht eine Wendung gegeben, von der es kein Zurück gab.

Sie umklammerte seinen Schwanz und zog die Brauen zusammen. »Liebe mich«, wiederholte sie.

Er leckte sich die Lippen, dann beugte er sich vor, um das Gleiche mit ihren zu tun. Vorsichtig drehte er sie auf dem glitschigen Boden herum, sodass sie ihre Hände an die Wand legen konnte. Dann spreizte er ihre Beine.

»Ich bin ein bisschen zu groß dafür, aber wir bekommen das schon hin«, sagte er und presste seinen Schwanz zwischen ihre Pobacken.

»Ich vertraue dir«, sagte sie leise, was ihm wie ein Stich ins Herz fuhr.

Er knickte in den Knien ein, umklammerte ihre Hüften und glitt mit kleinen Stößen in sie hinein. Sie stöhnten beide und atmeten schwer. Er fickte sie langsam und nahm sich Zeit, sodass sie, ihre glitschigen Körper aneinanderge-presst, gemeinsam ihrem Orgasmus entgegentreiben konn-ten. Er umfasste eine ihrer Brüste, zog sie eng an sich und kam mit ihr zusammen. Als sie den Kopf herumdrehte, nahm er ihren Mund und legte all seine Gefühle in diesen Kuss.

Wie er diese Frau liebte! Er wusste, eines Tages würde auch sie ihn lieben. Doch im Augenblick ging es nicht darum, ging es nicht um die Angst vor dem Unbekannten. Es ging nur um sie und ihn, Meghan und Luc.

Jetzt. Später. Und in jedem Augenblick dazwischen.

»WIRD MRS. DODD MICH MÖGEN?«, fragte Sasha, die auf dem Rücksitz saß. Luc holte Sasha aus dem Wagen und stellte sie auf ihre Füße, als Meghan mit Cliff um den Pritschenwagen herumkam. »Meine Mutter wird dich lieben«, versprach er, beugte sich hinunter und küsste Sasha auf die Wange.

Meghan schmerzte das Herz, als sie seine Worte hörte und sah, wie fürsorglich er mit ihrem Baby umging.

Der Mann liebte sie.

Liebte. Sie.

Und doch hatte sie ihm ihre Liebe nicht auch gestanden. Warum nicht?

*Oh ja, richtig. Ich bin ein Feigling.*

Sie schob den Gedanken beiseite, denn sie brauchte alle Kraft, die sie mobilisieren konnte. Ihr Körper schmerzte, ihr schwirrte der Kopf und sie drohte der Erschöpfung nachzugeben. Doch sie durfte jetzt keinen Rückzieher machen. Mit Make-up hatte sie die dunklen Ringe unter ihren Augen überdeckt, und Koffein und ihre Entschlossenheit hielten sie in Bewegung. Sie würde dieses Abendessen hinter sich bringen und Luc zeigen, dass er ihr wichtig war – auch wenn sie nicht in der Lage gewesen war, die Worte auszusprechen, die er hören musste –, und dann würde sie nach Hause fahren.

Liebte sie diesen Mann? Wusste sie überhaupt, was Liebe war?

Sie hatte es schon einmal vermasselt und jetzt befürchtete sie, es wieder zu tun. Fürchtete, ihre Fähigkeit verloren zu haben, eine klare Entscheidung zu treffen und auf ihr Herz zu hören. Luc hatte über ihre ausbleibende Reaktion kein Wort verloren, ja er schien nicht einmal überrascht gewesen zu sein, dass sie seine Worte nicht erwidert hatte.

Das, vor allem anderen, verriet ihr, wie sehr sie es versaut hatte.

Dass dieser Mann sie liebte, ohne zu wissen, ob sie jemals in der Lage wäre, diese Worte zu formulieren, zeugte von der Stärke seines Charakters und der Größe seines Herzens.

Meghan verdiente Luc Dodd nicht, aber sie sollte verflucht sein, wenn sie ihn gehen ließe. Sie war so egoistisch. Sie konnte nicht einmal diese drei kleinen Worte aussprechen, die ihm alles bedeuteten. Die ihr alles bedeuteten. Sie war noch nicht so weit, und das brachte sie beinahe um.

Jetzt öffnete sich die Haustür und alle Gedanken an Liebe und Luc mussten beiseitegeschoben werden, denn sie musste sich stählen für das, was vielleicht während dieses Abendessens geschehen mochte. Cliff schob seine Hand in ihre. Sie ließ den Blick von der hinreißenden älteren Frau auf der Veranda zu ihrem Sohn schweifen.

»Fertig?«, flüsterte sie.

»Ich denke ja.«

Sie strich mit der anderen Hand sein Haar glatt. »Ich bin immer bei dir, Cliff, was auch geschehen mag. Vergiss das nicht.«

Er seufzte und nickte. Verdammt, wie ihr der kleine Junge von einst fehlte! Er weigerte sich immer noch, ihr zu verraten, was mit ihm los war, aber zumindest wurde er langsam etwas wärmer mit Luc. Und das wollte etwas heißen.

»Da seid ihr ja!« Maggie Dodd lächelte sie an und kam mit ausgebreiteten Armen auf sie zu. Sie umarmte Luc und küsste ihn auf die Wange. »Da ist ja mein Baby.«

»Wie kann Luc ein Baby sein? Er ist doch groß.«

Sasha blickte blinzelnd zu Meghan auf, die ein Lächeln unterdrücken musste. Sie erinnerte sich noch gut an Maggie, als Luc und sie vor Jahren so viel Zeit miteinander verbracht hatten. Die Entschlossenheit der Frau machte sich in ihrem Beschützerinstinkt bemerkbar, der ihren Kindern galt, doch sie hatte stets ein freundliches Wort für Meghan gehabt.

Maggie lachte und schüttelte den Kopf. »Er mag inzwischen vielleicht ein großer Junge sein, aber er wird trotzdem immer mein Baby bleiben. So wie auch du und dein Bruder immer die Babys eurer Mutter bleiben werdet.«

»Ich bin kein Baby. Ich bin ein großes Mädchen!« Sasha lächelte. Die Zahnlücke schloss sich bereits, weil der bleibende Zahn nachwuchs. War es wirklich schon so lange her, dass Luc ihr mit der Zahnfee geholfen hatte? Ihr erschien es wie ein Wimpernschlag.

»Für deine Mom kannst du beides sein«, erwiderte Maggie. Dann kniete sie sich hin. »Ich bin Lucs Mom, Miss Maggie. Und du musst Sasha sein.«

»Mhm.« Sasha spähte zu Luc hinüber, der ihr unmerklich zunickte. Meghans Herz zog sich bei diesem Anblick zusammen. »Nett, Sie kennenzulernen, und danke, dass Sie uns alle eingeladen haben.«

Maggie grinste. »Nicht der Rede wert, Sasha.« Sie erhob sich, als Luc seine Hand auf ihren Arm legte. Sie drehte sich herum und Meghan sog scharf die Luft ein. Das war es. *Die Eltern treffen.* »Meghan.«

»Schön, Sie zu sehen, Miss Maggie.« So hatte sie Lucs Mutter vor Jahren genannt und es erschien ihr nur natürlich, die alte Gewohnheit wieder aufzugreifen.

Maggie tätschelte Meghans Wange. »Bitte nenn mich doch jetzt Maggie. Du hast inzwischen doch selbst Kinder.«

Meghan genoss die Berührung; die mütterliche Geste nahm ihr ein paar der Sorgen, die sie an diesem Tag gequält hatten. »Dies ist mein Sohn Cliff.«

Maggie zwinkerte und blickte auf Meghans Sohn hinab. »Nett, dich kennenzulernen, Cliff.«

»Ich freue mich auch, Sie kennenzulernen«, murmelte Cliff.

Meghan drückte ihrem Sohn bestärkend die Schulter. Er war zwar nicht unhöflich, aber auch nicht der fröhliche Junge, der er einst gewesen war. Meghan hoffte, dass dies nicht dauerhaft so bleiben würde.

»Nun, ich denke, wir sollten hineingehen, damit ihr meine anderen Babys und meinen Ehemann begrüßen könnt.« Maggie ging aufs Haus zu. »Ich will euch nicht zu lange hier auf dem Rasen vor dem Haus aufhalten. Es ist nicht gerade warm hier draußen.«

Luc schüttelte den Kopf. »Du konntest es nicht abwarten, bis wir an die Tür klopfen würden. Wir verstehen schon.«

»Ach du«, sagte sie lachend.

Sie betraten das behagliche, im Ranch-Stil errichtete Haus und legten ihre Mäntel ab. Lucs Vater Marcus wirkte wie eine ältere Version seines Sohnes. Wenn Luc später so aussehen würde, wäre Meghan eine glückliche Frau. Dieser abwegige Gedanke jagte ihr nicht so viel Angst ein, wie sie erwartet hatte.

*Trotzdem ein Feigling.*

Lucs Schwestern Tessa, Jillian und Christina sahen noch so aus, wie Meghan sie in Erinnerung hatte. Sie waren älter als sie und Luc, aber man sah ihnen ihr Alter nicht an. Wie in ihrer Jugend wurden Jillian und Christina gleich warm mit Meghan. Sie lächelten und umarmten sie und die Kinder und Meghan fühlte sich wie zu Hause.

Tessa jedoch war immer noch die Alte.

Meghan hatte Lucs Warnung nicht gebraucht, was die Gefühle von Lucs ältester Schwester betraf, denn diese zeigte ihr sogar vor Maggie und den anderen die kalte Schulter und warf ihr noch kältere Blicke zu.

Autsch.

Sie wusste immer noch nicht, was sie Tessa in diesem Leben oder vielleicht in einem anderen angetan hatte, aber was auch immer es sein mochte, sie würde darüber hinwegkommen müssen. Luc liebte sie. Liebte sie! Und wenn sie endlich nicht mehr so feige wäre, konnte sie eine Zukunft mit ihm haben.

Die Zukunft mit ihm schlösse jedoch Tessa mit ein – eisige Blicke und kalte Schultern.

»Heute essen wir im Esszimmer, da wir so viele sind«, erklärte Maggie, während sie den Arm um Cliffs Schulter legte. Cliff wich ihr nicht aus. Stattdessen lächelte er sie an.

Meghan unterdrückte ein erleichtertes Stöhnen und an dem Blick, den Luc ihr zuwarf, erkannte sie, dass auch er Cliffs Reaktion mitbekommen hatte. Ein Fortschritt, dachte sie, ein Fortschritt. Maggie schob Cliff zum Tisch und setzte ihn neben sich. Meghan saß zwischen Sasha und Luc, Tessa direkt ihr gegenüber. Sie glaubte nicht, dass die andere Frau sich zufällig den Platz ausgesucht hatte.

Oh Mann, sie würde noch ihren Spaß haben.

Sie verspeisten ein Festmahl mit gebratenem Huhn, Rinderbraten, zwei verschiedenen Arten von Kartoffel-speisen und drei verschiedenen Gemüsesorten. Bei den Montgomerys wurde gut gegessen, aber auch Maggie Dodd wusste, wie man kocht. Als Meghan ihr das sagte, strahlte Maggie über das ganze Gesicht.

Luc beugte sich zu Meghan und küsste sie auf die Schläfe. Wärme durchflutete sie und sie wandte ihm den Kopf zu, um ihn anzulächeln. Es war nicht so befrem-dend, wie sie gedacht hatte, seine Familie zum Abendessen zu treffen und so zu tun, als wären sie ein Paar mit einer strahlenden Zukunft.

Denn wenn sie zuließe, dass sie glücklich war, zuließe, geliebt zu werden, hatten sie eine strahlende Zukunft.

Luc hatte bereits unzählige Abendessen bei ihrer Familie eingenommen. Auch in ihrem Haus hatte er so manchen Abend verbracht und die Mahlzeiten mit ihren Kindern eingenommen. Sie wusste, teilweise fühlte er sich so bei den Montgomerys zu Hause wegen ihrer Brüder und weil er schon so oft bei ihnen gegessen hatte, lange bevor sie und Luc überhaupt darüber nachgedacht hatten, ein Paar zu werden.

»Also, meint ihr es ernst?«

Meghan blinzelte und wandte sich Tessa zu, jedoch nicht so schnell, als dass ihr entgangen wäre, wie Luc die Augen zusammenkniff.

»Wie bitte?« Sie war auf Tessas Frage nicht vorbereitet gewesen. Sasha beugte sich zu ihr hinüber und Meghan legte einen Arm um ihre Tochter.

»Meint ihr es ernst?«, wiederholte Tessa, ein Funke Ärger im Blick. »Ich meine, du tauchst hier mit deinen Kindern auf und marschierst herum, als wärst du mit Luc verheiratet. Meinst du es ernst?«

»Tessa. Hör sofort auf.«

Meghan räusperte sich und legte Luc beruhigend die Hand aufs Knie. »Nein, Luc. Lass uns das sofort aus dem Weg räumen.« Sie beugte sich zu Sasha und küsste diese auf den Kopf. »Könntet ihr beide, du und Cliff, bitte für eine Minute im Wohnzimmer fernsehen? Falls Miss Maggie nichts dagegen hat.«

Maggie sah ihre älteste Tochter böse an, dann nickte sie. »Geht schon, Babys. Es wird nicht lange dauern.«

Cliff und Sasha erhoben sich und verließen das Zimmer, was Meghan erlaubte, ihre Gefühle in den Griff zu bekommen. Sie war nicht mehr die Meghan, die sie noch vor sechs Monaten gewesen war. Sie war gewachsen und hatte das Selbstvertrauen gefunden, das zu besitzen sie nie geglaubt hatte. Sie würde jetzt nicht dasitzen und sich von dieser Frau alles ruinieren lassen, was sie mit Luc hatte. Was auch immer in Wahrheit in Tessa vor sich gehen mochte, hatte wenig mit Meghan zu tun. So viel glaubte sie zu verstehen. Wie dem auch sei, sie musste für sich einstehen und den Mund aufmachen.

»Jetzt, da meine Kinder den Raum verlassen haben, kann ich deine höchst unangemessene Frage beantworten.«

Tessa legte den Kopf schief und zog die Brauen in die Höhe. »Warum ist meine Frage unangemessen? Du triffst dich mit meinem Bruder und heute führst du deine Familie hier vor, als gehörtet ihr zu uns. Das ist in Ordnung, nehme ich an, solange du länger als nur für ein spaßiges Wochenende dableibst. Aber woher sollen wir das wissen? Du warst vor Jahren schon mit ihm befreundet, ohne dass du jemals mit ihm zusammen gewesen wärst. Und jetzt hängst du wie eine Klette an ihm. Das macht mich misstrauisch. Ich meine, ich weiß, du hast Probleme mit deinem Ex, aber ist das etwa Lucs Problem? Er verbringt mehr und mehr Zeit mit dir und hilft dir mit deinen Kindern und deinem Ex, Zeit, die von seiner Freizeit abgeht. Weißt du überhaupt, dass er bei der Arbeit Probleme hatte, weil er mit dir zusammen ist? Kümmert es dich überhaupt?«

Meghan atmete tief durch und drückte Lucs Knie, um ihm zu signalisieren, sie zuerst reden zu lassen.

»Wow, so viel Hass in einer Tirade. Es tut mir leid, dass du mir gegenüber solche Gefühle hegst und so wenig Vertrauen in eine Beziehung hast, die nichts mit dir zu tun hat, dass du das Gefühl hast, es wäre okay, mich so anzugreifen. Wie dem auch sei, du hast mit unserer Beziehung nichts zu tun. Das war schon damals so, als

Luc und ich nur Freunde waren, und heute ist es genauso.«

»Du hast meinem Bruder das Herz gebrochen und warst der Grund dafür, dass er Denver verlassen hat«, sagte Tessa böse.

»Tessa. Du weißt, dass das nicht stimmt«, mischte Luc sich jetzt mit leiser, zorniger Stimme ein.

»Ich verstehe.« Sie wandte den Blick von Tessa ab und richtete ihn auf Luc. Dann tätschelte sie ihm die Wange und lächelte. »Ich verstehe«, wiederholte sie.

Der Ausdruck in seinen Augen verriet ihr, dass sie ihn verärgert, ja, ihn vielleicht sogar verletzt hatte, weil sie sich nicht von ihm verteidigen ließ. Aber sie musste dies selbst erledigen. Denn wenn sie das nicht täte, würde Tessa keine Ruhe geben. Gewiss, sie mochte vielleicht niemals Ruhe geben, doch das wäre dann nach dieser Auseinandersetzung nicht mehr Meghans Problem.

»Ich wusste damals nichts von Lucs Gefühlen.« Meghan war selbst überrascht, wie ruhig ihre Stimme klang. Es tat ihr furchtbar weh, dass sie ihm damals das Herz gebrochen hatte, doch sie hatte wirklich nichts gewusst. Hatte es nicht bemerkt. Und er hatte es ihr nicht erzählt. Doch jetzt lebten sie im Hier und Jetzt, waren erwachsen und hatten sich verändert. »Was auch immer damals geschehen ist, ich habe ihn nicht gezwungen, Denver zu verlassen. Nicht in dem Sinne, wie du glaubst. Jetzt habe ich leider zehn Jahre mit ihm verschenkt, und das werde ich ewig bereuen, doch ich habe inzwischen zwei Kinder. Diese Tatsache darf ich auch nicht vergessen. Ich weiß nicht, was für ein Problem du mit mir hast. Es könnte sein, dass du damals von Lucs Gefühlen für mich gewusst hast, doch das ist mir nicht bekannt.«

»Das macht die Angelegenheit nicht besser«, wandte Tessa schnippisch ein.

»Es ist allein meine Angelegenheit. Dies ist nicht deine Beziehung. Was in der Vergangenheit geschehen ist, liegt hinter uns und geht nur Luc und mich etwas an. Doch du hast etwas über meine Kinder gesagt, und das kann ich nicht ignorieren. Du darfst mich gern hassen oder mich nicht für deinen Bruder wollen, aber du wirst weder etwas Negatives über meine Kinder noch über die Situation äußern, in der sie sich befinden. Was in ihrem Leben geschieht und was mein Ex vorhat, geht dich nichts an. Luc ist wunderbar und steht mir zur Seite, weil er selbst es so will und weil er mich gernhat. Und ich werde ihn niemals ausnutzen.«

Meghan hob das Kinn und schmiegte ihre Hand fest in Lucs. »Falls du dich immer so benehmen wirst wie heute, wenn ich zu Besuch bin, bitte ich dich, meinen Kindern aus dem Weg zu gehen. Ich kann eine Menge einstecken, aber du wirst nichts Negatives in Gegenwart meiner Kinder sagen. Hast du mich verstanden?«

Tessa wandte den Blick ab. Sie atmete schwer. »Ich will nur das Beste für meinen Bruder.«

»So wie ich, Tessa.«

Tessa erhob sich und stolzierte aus dem Zimmer. Niemand von Lucs Familie folgte ihr. Sie alle blickten so ratlos und verloren drein, wie Meghan sich einst gefühlt hatte.

»Ich muss mich für meine Tochter entschuldigen«, sagte Marcus beschämt.

Meghan schüttelte den Kopf. »Nein, das musst du wirklich nicht.« Sie blickte ihm in die Augen, dann sah sie Maggie an und dann deren andere Töchter. »Ich habe euren Sohn sehr gern und er spielt eine wichtige Rolle in meinem Leben, im Leben meiner Kinder. Und das ist alles, was ich dazu sagen will, wenn es euch recht ist.«

Luc beugte sich zu ihr hinüber und küsste sie auf die Wange, bevor er sie an sich zog. »Es ist mehr als genug.«

Sie seufzte, wohl wissend, dass es nicht genug war. Sie war für sich selbst eingestanden, für Luc und für ihre Kinder. Und sie hatte zugegeben, dass sie mit Richard Probleme hatte, doch genug war das nicht. Sie hatte Tessa ihre Gefühle verraten, aber nicht alle. Wie hätte sie das tun können, während sie Luc noch nicht einmal gestanden hatte, dass sie ihn liebte?

Denn so war es. Sie liebte ihn von ganzem Herzen.

Und sie würde es ihm sagen.

Bald.

## Kapitel Sechzehn

SIE LIEBTE IHN NICHT.

Oder zumindest hatte sie ihm ihre Liebe nicht gestanden.

Luc versuchte, sich davon nicht beeinträchtigen zu lassen, aber er schaffte es nicht.

Er hatte seine Seele entblößt und sie hatte ihn im Arm gehalten, aber nichts erwidert. Nun, er sollte eigentlich nicht verletzt sein. Wenn man zu jemandem sagte: »Ich liebe dich«, so äußerte man damit seine Gefühle, was jedoch nicht bedeutete, dass man eine Antwort erwarten durfte. Denn darum ging es nicht.

Es ging darum, dass er das überwunden hatte, was ihn vor all den Jahren zurückgehalten hatte. Als sie nur Freunde gewesen waren und er gezwungen gewesen war zuzusehen, wie sie diesen Hurensohn heiratete, hatte er nicht den Mund aufgemacht. Das war sein Fehler gewesen, das war ihm bewusst.

Und nun hatte er aus der Tiefe seines Herzens zu ihr gesprochen und musste mit den Konsequenzen klarkommen. Er wusste, dass sie ihn gernhatte und ihm einen Platz in ihrem Leben einräumte. Auch verließ sie sich auf ihn und setzte sich mehr als jemals zuvor für ihn ein. Sie hatten Fortschritte gemacht und er hoffte, dass sie ihn mit der Zeit lieben würde.

Das bedeutete jedoch nicht, dass es nicht höllisch wehtat.

Er kniff sich in den Nasenrücken und holte tief Luft. Er war bei der Arbeit, um Gottes willen, und träumte von der Frau seines Lebens, anstatt die letzten Überprüfungen vorzunehmen, sodass sie dieses Projekt abschließen und zum nächsten übergehen konnten.

»Hey, bist du bereit, die Checkliste durchzugehen?«, fragte Wes, der zu Lucs Arbeitsplatz herübergekommen war. Er hielt sein Tablet in der Hand und einen Stift zwischen den Lippen. Da der Mann eigentlich keinen Stift brauchte, weil er ein Tablet benutzte, war dies offensichtlich ein nervöser Tick von Wes.

»Wollte gerade damit beginnen.« Luc zog seine Notizen hervor und hatte Meghan beinahe vergessen, als sie bei ihnen auftauchte.

»Hey Jungs. Reden wir davon, das Projekt abzuschließen?« Sie lächelte ihn an und er konnte nicht anders, er musste ihr Lächeln erwidern. Er beugte sich nicht zu ihr hinunter und küsste sie, obwohl er das gern getan hätte. Stattdessen trat er ein wenig näher an sie heran, sodass er ihre Wärme spüren konnte.

Wes blickte gerade lange genug von seinem Tablet auf, um zu schnaufen, dann wandte er sich wieder der Arbeit zu. »Ja. Wir warten nur noch auf Decker, dann können wir die Liste noch einmal durchgehen, bevor wir zum nächsten Projekt übergehen können.«

Luc wippte mit den Füßen und lächelte. »Dieser Teil gefällt mir. Jeder läuft herum und erledigt hundert verschiedene Dinge gleichzeitig, und trotzdem arbeiten wir wie ein eingespieltes Team zusammen. Heute Abend werden wir so weit sein, die Sonderanfertigungen und Möbelstücke für die Besichtigung einzuräumen, während Meghan letzte Hand an die Gartengestaltung legen kann.« Er blickte Meghan in die Augen. Sie zwinkerte ihm zu. »Ziemlich cool, wenn man es mal von außen betrachtet und genauer darüber nachdenkt.«

»Nun, dazu haben wir keine Zeit, da wir gerade so im Zeitplan liegen«, bemerkte Decker, der herbeikam und sich den Nacken rieb.

Luc hatte sich seit Deckers Hochzeit außer über Arbeitsthemen kaum mit diesem unterhalten. Er wusste, Decker lebte in einer Traumwelt mit Miranda. Gemessen an seinem Gesichtsausdruck war der Mann verdammt glücklich, trotz des traurigen Endes seiner Hochzeitsfeier.

»Sei nicht so schwermütig«, sagte Meghan, die Decker kurz umarmte. »Behandelt meine Schwester dich nicht gut?«

Decker verdrehte die Augen. »Miranda ist großartig, danke der Nachfrage. Ich bin einfach nur müde.«

Luc fuhr sich mit der Zunge über die Zähne. »Bekommst wohl wenig Schlaf?«

Decker lachte brüllend und Wes stöhnte. »Das musst du gerade sagen.«

»Oh, um Gottes willen, erzähl mir nicht mehr über meine kleine Schwester, als ich unbedingt wissen muss.« Wes starrte Luc an. »Du hast es so gewollt und wie man sich bettet, so liegt man.« Er wedelte mit der Hand zwischen Meghan und Luc hin und her. »Es ist schon schlimm genug, dass ich sehen muss, wir ihr beiden euch hier und da während der Arbeit verstohlene Blicke zuwerft. Und nun höre ich, dass Decker übermüdet ist aufgrund seiner ehelichen Pflichten. Ich fürchte, unser Familiengeschäft wird ein wenig zu kuschelig.«

Luc schüttelte nur den Kopf und legte einen Arm um Meghans Schultern. Sie keuchte kurz auf, dann schlang sie einen Arm um seine Taille. Da sie schon einmal dabei waren, Wes ein wenig zu ärgern, konnte er sie eigentlich genauso gut in die Arme nehmen.

»Zufällig weiß ich genau, dass eure Eltern sich auf der Baustelle geküsst haben, und Harry hat seiner Frau sogar an den Hintern gegrapscht, wenn er glaubte, niemand sehe ihn«, erklärte Luc. »Er konnte einfach nicht anders. Er liebt seine Frau eben zu sehr.«

Luc erstarrte einen Moment, als er das Wort *liebt* aussprach, doch dann stieß er den Atem aus.

»Ja, nun, wir haben die Zügel inzwischen etwas angezogen«, erklärte Wes, musste jedoch ein Lächeln unterdrücken. »Ihr beide verhaltet euch eigentlich im Zusammensein während der Arbeitszeit noch ganz passabel. Ich kann mich wirklich nicht beklagen.«

»Danke, Boss«, meinte Meghan trocken. »Wie wäre es, wenn wir uns an die Arbeit machen?«

Luc rieb ihre Schulter, dann löste er sich von ihr. Die Zeit für Spielchen war vorbei. Sie gingen die Checkliste für den Rest des heutigen Tages durch. Luc nickte zu jedem Punkt und antwortete, wenn nötig.

»Ich habe das Chaos beseitigt, das Steve mir hinterlassen hat«, bemerkte Luc ein paar Minuten später. »Er hat meine Steckdosen versetzt und Kabel zerschnitten. Ich musste das ganze Haus durchgehen, um sicherzugehen, dass ich nichts übersehen habe.« Er schüttelte den Kopf. Wieder stieg der Zorn in ihm empor über das, was der Hurensohn getan hatte. »Es macht mich sauer, dass er dachte, er würde ohne Folgen davonkommen. Und was noch schlimmer ist, wenn ich es nicht frühzeitig bemerkt hätte, hätte sich jemand verletzen können, nur indem er einen falschen Schalter betätigte.«

Decker gab ein Knurren von sich. »Ich bin froh, dass wir dieses Arschloch gefeuert haben. Die Trockenbauer sind sauer, weil sie Teile des Hauses ein zweites Mal bearbeiten mussten, aber das ist nicht mein Problem. Einige von ihnen haben Steve einfach blind gehorcht.« Wes hob das Kinn. »Das wird nicht noch einmal passieren.«

Luc seufzte. »Gut, denn es ist verdammt nervig, mit solch einem Mann zusammenzuarbeiten.«

Meghan rieb seinen Arm und er lächelte ihr zu. Er wusste, sie fühlte sich schlecht wegen des Vorfalls, aber schließlich war es nicht ihre Schuld, dass irgendein Idiot Probleme mit ihm hatte.

»Unser neuer Zulieferer hat pünktlich geliefert, was uns sehr geholfen hat.« Wes blickte stirnrunzelnd auf sein Tablet, schien jedoch nicht besorgt zu sein. »Beim nächsten Projekt werden wir dieselbe Firma unter Vertrag nehmen. Stan ist gefeuert, mit dem werden wir nicht wieder zusammenarbeiten.«

»Gut«, sagten Decker, Meghan und Luc wie aus einem Munde, was sie alle drei zum Lachen brachte.

»Mit dieser guten Nachricht werde ich mich wieder an die Arbeit machen und meinen Job hier abschließen«, sagte Luc und drückte Meghans Hand. »Haben wir alles, was wir brauchen?«

»Ja«, bestätigte Decker. »Lass es mich wissen, falls du einen zweiten Mann brauchst. Ich weiß, dass dir die Zeit heute knapp wird, da Tommy sich krankgemeldet hat und du zusätzlich Zeit gebraucht hast, um Steves Fehler auszubügeln.«

»Das werde ich«, erwiderte Luc, dann machte er sich auf den Weg ins Gebäude.

Er zwinkerte Meghan zu und freute sich, als sie ihm mit einem Zwinkern antwortete. Ja, sie hatte ihm zwar ihre Gefühle bis jetzt noch nicht offenbart, aber alles lief gut.

Es war nicht unangenehm zusammenzuarbeiten, und jetzt, da Steve gefeuert war, hatte auch niemand mehr auf der Baustelle Probleme damit, dass Luc und Meghan ein Paar waren. Zumindest hatte niemand offen sein Missfallen gezeigt.

Er nickte einigen Männern zu, die im Haus arbeiteten, und kehrte zu seiner Aufgabe zurück, die Steckdosen und Kabel zu prüfen. Da sie dieses Haus nicht von der Pike auf selbst errichtet hatten, war der Job schwieriger als gewöhnlich gewesen. Das und die Tatsache, dass Steve und Stan ihm Probleme gemacht hatten, führten dazu, dass Luc froh war, dass der Job beinahe beendet war. Bald würden sie mit dem nächsten Projekt beginnen.

Eine Stunde später wippte Luc mit den Füßen vor und zurück und musterte das Haus von außen. »Ich denke, wir sind so weit, die Hauptsicherung umzulegen, um die Generalprobe durchzuführen.«

Mit einem Grinsen im Gesicht klopfte Decker ihm auf die Schulter. »Ich weiß, dies ist dein liebster Teil.«

Luc schüttelte den Kopf. »Nein, mein liebster Bauabschnitt ist zu Beginn, wenn ich nur eine weiße Leinwand vor mir habe. Aber jetzt? Jetzt gibt es hier keine Lorbeeren mehr zu ernten.«

Er kehrte ins Haus zurück und legte den Hauptschalter um. Erfreut registrierte er, dass die Deckenbeleuchtung sich einschaltete. Ein guter Job.

Die laute Explosion draußen erschütterte ihn bis ins Mark.

Der Schrei, der folgte, schnitt ihm in die Seele.

»Meghan!«

Er ließ die Sicherung herausspringen, nur für den Fall, und rannte nach draußen. Aus dem Augenwinkel sah er, wie Rauch und Feuer aus dem Stromzähler neben dem

Haus quollen. Doch seine ganze Aufmerksamkeit galt der Frau, die vor ihm auf dem Boden lag.

»Baby?« Er kroch über den neu gesäten Rasen und ergriff ihre Schultern. »Bist du verletzt?« Er warf einen Blick über die Schulter. »Ruft einen Krankenwagen!«

»Es geht mir gut, Luc.« Sie stützte sich auf seine Arme, ihr Gesicht bleich und ein wenig schmutzig, aber er konnte kein Blut entdecken. »Die Druckwelle der Explosion hat mich zu Boden geworfen. Ich habe geschrien, weil es mich überrascht hat. Aber ich bin nicht verletzt.« Sie setzte sich auf, um sein Gesicht zu umfassen. »Wirklich. Es geht mir gut.«

»Luc! Ist Meghan okay?« Wes lief mit Panik auf seinem normalerweise ruhigen Gesicht herbei. »Mist, kleine Schwester, lass mich den Rettungswagen rufen.«

Meghan schüttelte die Männer ab und erhob sich. Zumindest versuchte sie es. Er umfasste ihre Taille und zog sie an sich. Er wollte ihr nicht erlauben, ohne Hilfe zu gehen. Sein Puls klopfte in seinen Ohren und er zitterte am ganzen Körper.

»Es geht mir gut. Wir brauchen keinen Krankenwagen, außer jemand anderes wurde verletzt. Werdet ihr euch jetzt um das Feuer kümmern?«

Wes nickte und Luc drehte sich herum, um zu sehen, was das Feuer verursacht hatte. »Mist. Ist das der Stromzähler?«

»Ja, es sieht so aus, als hätte er sich überhitzt und wäre explodiert. Decker hat das Feuer gelöscht und wir werden uns die Sache einmal näher ansehen.« Wes warf Luc einen Blick zu. »Ich weiß, du hast alle Sicherungen und Steckdosen überprüft, aber wie zum Teufel konnte sich das Ding so überladen?«

Luc hob das Kinn, sein Herzschlag beruhigte sich nicht. Meghan drückte seine Hüfte, um ihn zu besänftigen.

»Das hätte nicht passieren dürfen. Mist. Lasst mich mal sehen.«

Er küsste Meghan auf den Scheitel, ohne sich darum zu kümmern, wer es sah, dann stapfte er zu dem Stromzähler neben dem Haus.

Jemand hatte einen Feuerlöscher benutzt und die Hauswand schien nicht beschädigt worden zu sein. Das Feuer war wahrscheinlich schnell genug gelöscht worden, sodass sie nur den verdammten Zähler austauschen mussten. Außer natürlich, er hätte bei der Verkabelung des Hauses einen Fehler begangen, so die Überhitzung des Stromzählers verursacht und ihn zum Explodieren gebracht.

Luc wusste mit Bestimmtheit, dass dies nicht der Fall war. Die Nackenhaare standen ihm zu Berge und er fluchte. Verdammt, wenn jemand die Kabel manipuliert hatte oder etwas Ähnliches, so hatte er mit dem Leben von Menschen gespielt.

Er runzelte die Stirn und betrachtete den teilweise geschmolzenen Kasten. Sein Blick fiel auf ein Stück Kupferrohr, das dort nicht hätte sein sollen.

»Verdammt!«

»Was?«, stieß Decker hervor.

Luc schüttelte den Kopf und zeigte auf das Kupferrohr. »Es ist zu heiß, um es zu berühren, und ganz ehrlich, ihr wollt es doch bestimmt als Beweis unangetastet lassen und die Polizei rufen. Jemand hat entlang der Pole ein Stück Kupferrohr gelegt. Damit hat er zwei gleiche Pole miteinander verbunden und es hat einen Kurzschluss gegeben. Als ich den Hauptschalter für das ganze Haus eingeschaltet habe, war das zu viel und der Zählerkasten ist explodiert. Es klang dramatischer, als es ist. Aber hier habt ihr den Grund für den Brand.« Luc ballte die Hände zu Fäusten. »Das hat jemand mit Absicht getan.«

Decker stieß eine Reihe Flüche aus, die jeden Seemann neidisch gemacht hätten. »Steve.«

»Ich tippe auch auf Steve, außer es gibt noch jemand anderen hier, der etwas gegen mich hat.«

»Du hast nicht dafür gesorgt, dass er gefeuert wurde. Das hat er ganz allein hinbekommen«, bemerkte Wes bitter neben ihm.

Kleine Hände pressten sich auf seinen Rücken und er lehnte sich leicht gegen Meghan. Der verdammte Hurensohn hätte sie umbringen können. Er kämpfte um seine Beherrschung. Hatte er Meghan beim letzten Mal nicht Angst eingejagt, als er die Beherrschung verloren hatte? Und obwohl sie Fortschritte machten, sollte dies nicht noch einmal passieren.

»Verflucht«, murmelte Luc.

»Ich rufe die Polizei«, erklärte Wes. »Haltet die Leute fern. Und der Zählerkasten ist hinüber.«

»Falls es dich beruhigt, so kann ich dir sagen, ich glaube nicht, dass ich irgendetwas außer den Zähler ersetzen muss«, erklärte Luc mit gedämpfter Stimme. »Es sollte uns im Zeitplan nicht allzu weit zurückwerfen, außer die Behörden zwingen uns dazu.«

Wes schüttelte den Kopf. »Ich habe Zeit für Notfälle eingeplant. Es wird schon funktionieren.«

Luc hoffte, er möge recht haben, denn die Situation war echt Mist. Nachdem die Polizeibeamten die Baustelle endlich verlassen hatten, war der Arbeitstag vorbei und verschwendet, und Luc wollte nur noch nach Hause fahren und dort ein Bier trinken. Die ganze Geschichte zehrte an ihm und er hätte gern geduscht und versucht, den bitteren Geruch der Niederlage von seiner Haut zu waschen.

»Ich habe Maya angerufen. Sie behält die Kinder über Nacht bei sich«, sagte Meghan leise. »Ich komme mit zu dir nach Hause.«

Angesichts ihres sicheren Tonfalls zog er eine Braue hoch. Verschwunden war die schüchterne Meghan, die zusammenzuckte, wenn er jemand anderen wütend anfuhr. Dies war die Meghan, die ihn biss, wenn ihr Fahrzeug nicht ansprang und sie sich in seinem Wagen näher kamen. Wie sehr er diese Meghan liebte! Doch natürlich liebte er all ihre Seiten.

»Bist du dir sicher, dass du nicht lieber einfach nach Hause fahren und dich ausschlafen willst? Das war ein furchtbarer Tag.«

Sie verdrehte die Augen und stellte sich vor ihm auf die Zehenspitzen. »Ja, es war ein nerviger Tag. Und daher werde ich mit zu dir nach Hause fahren. Jemand hat versucht, das Projekt meiner Familie zu sabotieren und deine Arbeit in Verruf zu bringen. Das macht mich endlos sauer und jetzt will ich mit dir nach Hause fahren und dafür sorgen, dass du dir nicht selbst die Schuld daran gibst. Und wenn ich mich dafür nackt ausziehen und gehörig schwitzen muss, nun …« Sie stieß einen dramatischen Seufzer aus und klimperte mit den Wimpern. »Nun, ich denke, das ist einfach eine Pflicht, der ich nachkommen muss.«

Umgehend wurde sein Schwanz steinhart und er schnaufte angesichts ihrer unschuldigen Miene. »Ich denke, das mit dem *nackt und verschwitzt* können wir arrangieren.«

Sie lächelte breit, dann langte sie um ihn herum und gab ihm einen Klaps auf den Hintern. »Und jetzt, hopp, ab in deinen Wagen und nach Hause. Ich folge dir.«

Er beugte sich zu ihr hinab und fing ihre Lippen für einen Kuss ein. »Danke«, flüsterte er.

Sie legte den Kopf schräg und zog die Brauen zusammen. »Wofür? Ich habe bis jetzt noch keinen Finger gerührt.«

»Aber du hast es vor und du bist hier bei mir. Um mehr kann ich nicht bitten.« Oh, er hätte noch um viel, viel mehr bitten können, doch das würde er nicht tun. Noch nicht.

Sie küsste ihn aufs Kinn, dann ging sie davon. »Bis gleich. Fahr vorsichtig.«

Er blickte ihr hinterher und schüttelte den Kopf. Sie mochte zwar die Worte bis jetzt noch nicht ausgesprochen haben, doch er spürte sie in jeder Bewegung, jeder Liebkosung. Er würde solange warten, wie sie brauchte, um in ihrem Herzen zu erkennen, was ihr Zusammensein ihnen schenkte. Er hoffte nur, es möge nicht so lange dauern.

Als er schließlich vor seinem Haus vorfuhr, hatte Meghan ihren Wagen bereits geparkt und befand sich im Haus. Erst eine Woche zuvor hatte er ihr einen Schlüssel gegeben und auch er hatte einen von ihrem Haus bekommen. Das war nur vernünftig, wenn man bedachte, wie lange sie jetzt schon miteinander gingen und dass sie noch viel länger Freunde waren. Für ihn war es ein Schritt näher an sein Ziel, alles zu haben, was er sich wünschte.

Als er ins Haus trat, hätte er beinahe seine Zunge verschluckt.

Meghan trug seine Lederjacke.

Nur seine Lederjacke.

Das verdammte Ding bedeckte ihre Brüste und reichte bis zum Ansatz ihrer Beine. Mann, sie sah zum Anbeißen aus! Als sie sich auf ihn zubewegte, öffnete sich die Jacke ein wenig und bei jedem Schritt blitzte ein Streifen ihrer Haut auf. Er stöhnte.

»Du warst schnell«, ächzte er.

»Du bist langsam gefahren. Du hast mir genügend Zeit gelassen, mich auszuziehen.« Sie umfasste sein Gesicht mit beiden Händen. »Ich will, dass du die Arbeit vergisst. Um Steve wird sich gekümmert und das Projekthaus ist in gutem Zustand. Du steckst nicht in Schwierigkeiten und wir blicken in unsere Zukunft. Und heute Abend geht es nur um dich und mich.«

Er fuhr über die weiche Haut zwischen ihren Brüsten, während er ihr in die Augen blickte. »Du weiß ganz bestimmt, wie du dich um mich kümmern kannst.«

Sie leckte sich die Lippen. »Es ist ganz leicht.« Sie blinzelte zu ihm auf und er stieß die Luft aus. »Ich liebe dich, Luc. Es tut mir leid, dass ich es nicht früher gesagt habe. Ich habe es gefühlt, aber ich hatte Angst, es auszusprechen. Es tut mir leid, dass ich dir wehgetan habe, als ich auf dein Geständnis nichts erwidert habe, aber ich sage es jetzt. Ich liebe dich von ganzem Herzen, aus tiefster Seele. Du bist meine Zukunft, meine Vergangenheit und meine Gegenwart. Ich werde nie vergessen, wie es ist zu wissen, dass du mich liebst. Und ich will es auch nicht vergessen.«

Luc schluckte heftig. Kaum konnte er die Worte glauben, die über ihre Lippen kamen. Gütiger Himmel! Das hatte er nicht erwartet. Er hatte *sie* nicht erwartet.

»Du bist mein Ein und Alles, Meghan«, flüsterte er. »Ich liebe dich so sehr. Als du heute auf dem Boden gelegen hast«, er schluckte heftig, »war es, als wäre mir das Herz aus der Brust gerissen worden und ich wäre nur als der Schatten eines Mannes zurückgeblieben. Auch wenn dies nur ein Augenblick war.«

Sie schüttelte den Kopf. »Ich war okay. Ich bin okay. Ich will eine Zukunft mit dir, Luc. Ich weiß nicht, was das in allen Einzelheiten bedeutet, aber ich habe es satt, Angst vor meinen Gefühlen zu haben und dem, was geschehen könnte. Ich weiß, dass ich alles überstehen kann, weil du an meiner Seite bist. Auch früher hast du mir immer zur Seite gestanden, ich habe nur viel zu lange gebraucht, um es zu erkennen.«

Er nahm ihr Gesicht zwischen seine zitternden Hände. »Ich liebe dich, Meghan Montgomery.«

»Ich liebe dich auch, Luc Dodd.« Sie küsste ihn aufs Kinn. »Und jetzt fick mich, mach Liebe mit mir und zeig mir alles, was du hast, weil ich es kaum erwarten kann, dich ganz kennenzulernen, deine Seele und alles andere.«

»Alles, was du willst, Meghan. Alles.« Er presste seinen Mund auf ihren, während er am ganzen Körper zitterte. »Mit der Lederjacke siehst du verdammt heiß aus, meine Süße.«

»Es ist deine.« Sie lachte, als er seine Hände unter das Leder gleiten ließ, um ihren Hintern zu umfassen. Er spreizte ihre Pobacken.

»Du kannst meine Kleidung tragen, wann immer du willst.« Er stürzte sich auf ihren Hals, saugte, biss und verschlang sie. Er schob sie in den Flur, dann stöhnte er. »Ich glaube nicht, dass ich warten kann.« Er öffnete seine Jeans und schüttelte sie von den Hüften. »Steig auf, Süße.«

»Aufsteigen? Wirklich?« Sie öffnete den Mund, um zu lachen, doch daraus wurde ein Stöhnen, als er mit einem Stoß in sie eindrang.

Er fickte sie hart gegen die Wand, sein Körper zitterte, doch er hielt sie fest. Eines ihrer Beine hatte er beinahe bis zu ihren Schultern hochgedrückt, das andere hatte sie ihm um die Taille geschlungen. Er fuhr in ihre süße Muschi hinein und wieder hinaus, während er an ihren Lippen saugte und knabberte.

»Ich liebe dich, Meghan.«

»Ich liebe dich mehr«, keuchte sie.

Sie zwinkerte ihm zu, dann ließ sie eine Hand zwischen sie gleiten. Zuerst dachte er, ihre Klitoris wäre ihr Ziel, doch dann drückte sie seinen Schwanz an der Wurzel zusammen und er saugte scharf die Luft ein. Dann bewegte sie ihre Hand im Rhythmus mit jedem seiner Stöße.

»Komm, Luc. Fick mich härter und lass mich mit dir kommen.« Er leckte sich die Lippen und bewegte sich schneller. »Wie du willst.« Sie verdrehte die Augen, als er noch ein letztes Mal in sie hineinstieß, bevor sie beide kamen. Seine Knie zitterten und er ließ sich mit ihr langsam zu Boden sinken. »Mein Gott, Frau, ich kann mich nicht bewegen.«

Sie tätschelte träge seine Schulter. »Du solltest besser dafür sorgen, dass du dich bald bewegen kannst, denn ich werde dir im Wohnzimmer einen blasen und danach möchte ich mich von dir auf dem Tisch vernaschen lassen. Es gibt viele Räume, die wir abarbeiten müssen, aber wir haben nicht viel Zeit.«

Er stöhnte angesichts der Bilder, die diese Worte in seinem Kopf hervorriefen. Er umfasste ihren Hintern und spielte mit ihrem Anus. »Eines Tages werde ich dich genau hier ficken.«

»Gut.«

»Womit habe ich nur dieses Glück verdient?«, fragte er und zog sie fest an sich.

»Du hast auf mich gewartet, um es zu finden«, flüsterte sie. »Du hast gewartet.«

Er hätte noch viel länger gewartet, doch er sagte nichts dergleichen. Stattdessen rollte er sie auf den Bauch und glitt von hinten in sie hinein. Sie liebten sich träge auf dem Fußboden, dann wanderten sie von Raum zu Raum, bis sie beide vollkommen verausgabt waren, nach Luft schnappten und vor Hunger beinahe starben.

Er liebte seine Meghan und würde sie immer begehren. Und dass sie ihn auch liebte? Das war wie der Zuckerguss auf der allerbesten Torte. Verdammt süß.

## Kapitel Siebzehn

MEGHAN GRIFF NACH LUCS HAND. Der Schweiß lief ihr den Rücken hinunter. Sie würde es schaffen. Mit Luc an ihrer Seite konnte sie alles schaffen. Tatsächlich konnte sie auch allein alles schaffen. Doch seine Anwesenheit gab ihr einfach noch mehr Sicherheit.

Gewiss, heute war kein normaler Tag.

Nein, heute trafen sie sich im Gerichtsgebäude mit ihrer Anwältin, Richard, dessen Anwalt und dem Richter, der sich ihren Fall anhören würde. Wenn für Richard dieser Schritt wider Erwarten positiv ausgehen sollte, würden sie den nächsten Schritt im Prozedere gehen. Falls für sie alles glatt laufen würde, würde sie zu ihren Kindern nach Hause fahren und Richard wäre diesmal für immer aus ihrem Leben verschwunden.

Sicher, es gab unzählige Möglichkeiten und sie hatte über jede einzelne nachgedacht. Sie hatte wirklich keine Ahnung, wie es heute laufen würde, da Richard Geld zur Verfügung hatte, um seinen Plänen auf die Sprünge zu helfen, während sie nur ihre Ehrlichkeit und den Beweis vorbringen konnte, dass sie allein für ihre Kinder gesorgt hatte, und das bereits lange bevor Richard mit Koffern in der Hand und einem hämischen Grinsen auf dem Gesicht durch die Tür geschritten war.

Luc drückte noch einmal ihre Hand und beugte sich zu ihr. Er fuhr mit den Lippen über ihre Schläfe und sie stieß nervös den Atem aus. Sie war total angespannt, doch Lucs Anwesenheit machte es erträglich.

»Ich weiß immer noch nicht, warum Richard mich gebeten, nein, mir befohlen hat zu erscheinen«, sagte Luc leise.

Sie wandte sich ihm zu und rückte seine Krawatte gerade. »Weil er weiß, dass wir jetzt ein Paar sind, und er versuchen will, das gegen uns zu benutzen. Er weiß allerdings nicht, dass du viel mehr bist als nur ein Teil meines Lebens. Du bist nämlich ebenfalls Teil des Lebens von Cliff und Sasha.«

Luc lächelte auf sie hinab, küsste sie jedoch nicht. In Anbetracht ihres Aufenthaltsortes konnte sie ihm daraus wirklich keinen Vorwurf machen.

Er versteifte sich und warf einen Blick hinter Meghan, wo das Klingeln des Aufzugs ertönte. Sie drehte sich mit hocherhobenem Kopf herum, denn sie wusste bereits, wer dort auftauchen würde.

Richard sah wie immer aus, sein Haar zurückgekämmt, die Lippen zusammengepresst. An seinem Arm führte er eine große Blondine, die mit zusammengezogenen Augenbrauen auf Meghan und Luc hinabblickte.

Das war also Ambrosia. Die Stiefmutter ihrer Kinder. Sie und Richard hatten im letzten Monat geheiratet, ohne es Meghan und die Kinder wissen zu lassen. Das hatte ihre Babys verletzt, dessen war sie sich sicher, doch sie hatten so getan, als wäre nichts gewesen. Die Tatsache, dass Cliff und Sasha immer so tun mussten, als wäre nichts, machte sie unglaublich zornig. Doch jetzt war nicht der richtige Zeitpunkt, um sich zu ärgern. Jetzt war der Zeitpunkt für schlichte, nackte Tatsachen, die bewiesen, dass sie die Mutter war, die ihre Babys brauchten, und mit denen sie Richard für immer loswerden konnte. Auf keinen Fall durfte diese Frau ihre Kinder in die Finger bekommen. Wenn Ambrosia wahrhaft Kinder haben wollte, wäre es ihr egal, was die Geburten ihrem Körper antäten. Meghan betrachtete ihre Dehnungsstreifen als Ehrenabzeichen und Luc küsste sie jede Nacht.

Sie würde sich noch mehr Dehnungsstreifen verdienen, doch das Thema musste auf einen anderen Tag verschoben werden.

»Meghan, Luc«, schwirrte Richards Stimme über sie hinweg. Der hämische Tonfall gab ihr diesmal nicht das Gefühl, wertlos zu sein. Stattdessen fühlte sie ein wenig Mitleid mit dem Mann, der sich bemüht hatte, sie zu brechen, und gescheitert war.

Richard mochte geglaubt haben, sie wäre zerbrochen, aber sie hatte sich nur dem Sturm gebeugt.

Doch jetzt würde sie sich nicht mehr beugen.

»Warren gegen Montgomery-Warren?«, rief ein Gerichtsdiener sie zu einer geöffneten Tür.

Eines Tages musste Meghan das *Warren* loswerden. Ihre Kinder mochten gezwungen sein, diesen Namen zu tragen, doch sie hasste ihn. Allerdings war es durchaus hilfreich, denselben Namen zu tragen wie Cliff und Sasha, wenn es um Dokumente und Reisen ging. Sie seufzte. Nun waren ihre Gedanken schon wieder abgeschweift.

Es war an der Zeit, ihre Kinder zu schützen.

Meghan straffte die Schultern und wandte sich von Richard ab, ohne sich zu bemühen, höflich zu sein und seine Anwesenheit zur Kenntnis zu nehmen. Schließlich waren sie heute hier, weil Richard das Bedürfnis verspürte zu versuchen, ihr Leben zu zerstören. Sie würde mit allem kämpfen, was ihr zur Verfügung stand.

Scheiß auf ihn und die blonde Zicke, mit der er hier eingeritten war.

Als sie sich das Bild im Geiste vorstellte, zuckte sie zusammen.

Die gegnerischen Parteien saßen je an einem Ende eines langen Tisches. Meghan zupfte mit zitternden Händen am Saum ihres Kleides. Luc, der rechts neben ihr saß, zog an ihrer Hand und sie hörte auf herumzufummeln. Sie blickte ihm in die Augen und die Stärke, die sie sich so hart wiedererkämpft hatte, durchdrang sie. Ja, sie konnte es schaffen.

Ihre Anwältin, ein wahrer Hai, die einst mit Griffin an einem Roman gearbeitet hatte, räusperte sich und nickte der gegnerischen Partei zu. In Meghan sträubte sich alles gegen diese Verhandlung. Wenn es schlecht liefe, wäre sie gezwungen, Sasha und Cliff zu involvieren, und dann wäre sie nicht mehr in der Lage, sie so gut wie bisher von allem abzuschirmen.

»Wir sind hier, um das Sorgerecht für Cliff und Sasha Warren zu verhandeln«, begann die Richterin, eine ältere Farbige, langsam. Sie setzte sich ihre Brille auf und neigte den Kopf über die Papiere, die vor ihr lagen. Die Linien in ihren Mundwinkeln vertieften sich, als ihre Lippen schmal wurden.

»Ich weiß nicht, wie dieser Fall auf meinem Schreibtisch landen konnte«, sagte sie mit kräftiger Stimme.

»Richterin Hastings –«, begann der gegnerische Anwalt.

»Nein, jetzt rede ich«, schnitt Richterin Hastings ihm das Wort ab. »Ich weiß, Sie haben in diesem Fall um Richter Bower gebeten, doch dieser stand nicht zur Verfügung.«

Meghan blinzelte, ihr Rücken versteifte sich. Was hatte das zu bedeuten? Hatte Richard um Bower gebeten, weil er diesen Mann gekauft hatte? Sie riskierte einen Blick auf ihren Ex-Ehemann und unterdrückte jede sichtbare emotionale Reaktion. Richard wirkte wie vor den Kopf gestoßen und außer sich vor Zorn.

Was ging hier vor sich?

»Ich weiß nicht, wie es in diesem Fall so weit kommen konnte, wie es offenbar der Fall ist, aber nun, da ich ihn übernommen habe, werde ich eine endgültige Entscheidung treffen«, fuhr Hastings fort. »Richard Warren hat keine Ansprüche. Er hat alle Rechte auf die Fürsorge für seine Kinder während des Scheidungsprozesses aufgegeben und jetzt erscheint er hier und hat scheinbar seine Meinung geändert. Anstatt klar darzulegen, warum er die Kinder unter seine Fürsorge nehmen möchte, führt er Seite über Seite auf, warum der Elternteil, der gerade das Sorgerecht ausübt, nicht gut genug sein soll. Er erwähnt nicht einmal, dass er die Kinder haben will.«

In Meghans Adern kochte der Zorn. Wie konnte der Hurensohn es wagen, sie als unfähige Mutter darzustellen? Er war kein Vater. Er war niemals ein Vater gewesen. Es brauchte mehr als nur eine Samenspende, um Vater zu sein. Er hatte sich bemüht, sie in Misskredit zu bringen, und ihr noch mehr Angst und Sorgen beschert, was sie wirklich nicht gebrauchen konnte. Sie betete zu Gott, dass die Richterin dies erkennen möge.

»Wie ich bereits sagte, dieser Fall hätte niemals so weit gedeihen dürfen, dass er mir vorgetragen wird.« Sie hob die Hände in die Höhe, als Richards Anwalt versuchte, das Wort zu ergreifen. »Sie haben Glück, dass ich keinen genaueren Blick in die Scheidungsunterlagen und die Dokumente werfe, in denen Sie damals auf das Sorgerecht verzichtet haben. Ich werde nicht ändern, was bereits geschrieben und unterzeichnet wurde, dem also beide Parteien zugestimmt haben. Mrs. Montgomery-Warren wird das volle Sorgerecht behalten. Mr. Warren behält das zuvor ausgehandelte Besuchsrecht. Allerdings, in Anbetracht der Tatsache, dass er die Kinder im vergangenen Jahr, für das die Vereinbarung gültig war, nicht ein Mal besucht hat, füge ich der Vereinbarung hinzu, dass seine Besuche nur unter Aufsicht stattfinden können.« Die Richterin drehte sich herum und sprach Richard dirckt an. »Mr. Warren, Sie haben Ihre Kinder in all dieser Zeit nicht ein Mal besucht. Wenn Sie es getan hätten, wäre die Sache heute für Sie vielleicht anders verlaufen. Ich weise also den Antrag ab. Sollten Sie einen weiteren Versuch unternehmen, Mr. Warren, wird es nicht gut für Sie ausgehen, das versichere ich Ihnen. Die Sitzung ist geschlossen.« Die Richterin erhob sich und ging, wobei sie die Anwesenden keines Blickes mehr würdigte.

Meghan blinzelte und war sich nicht sicher, was sie da gerade miterlebt hatte. Sie hatte gewonnen? Sie durfte ihre Babys behalten?

Wie … wie konnte das so schnell geschehen sein? Ihre Anwältin kam zu ihr und gratulierte. Meghan konnte nur nicken, sie war unfähig, noch irgendetwas in sich aufzunehmen.

Luc zog sie hoch und sie stolperte auf zittrigen Beinen aus dem Raum, wobei sie sich an seinen großen Körper lehnte.

»Was ist da gerade passiert?«, flüsterte sie.

»Ich denke, du hast gewonnen«, flüsterte er ebenso leise, während er wie sie am ganzen Körper zitterte.

Sie verstand es nicht. Es war alles so schnell gegangen, dass sie nicht wusste, wo ihr der Kopf stand. Sie holte tief Luft. Sie wusste, sie musste das Gebäude verlassen, bevor sie etwas Dummes tat, wie sich der Richterin an den Hals zu werfen und ihr zu danken.

Stattdessen schlang sie die Arme um Lucs Taille und strahlte zu ihm auf. »Ich kann es nicht glauben.«

»Du kannst es noch nicht fassen.«

Sie schüttelte den Kopf und bettete ihre Wange an seine Brust. Sie hörte seinen Herzschlag und lächelte. Gewiss, ihr Lächeln erstarb nach einer Sekunde, als sie einen Blick auf Richards Gesicht erhaschte. Der Mistkerl grinste nicht hämisch wie gewöhnlich. Nein, dies wirkte weitaus gefährlicher.

Der Mann schäumte vor Wut.

Ambrosia stolzierte neben ihm her und er schimpfte böse vor sich hin, bevor er sich von Luc und Meghan abwendete. Sie stieß einen Seufzer aus, dann atmete sie tief ein, als Luc seinen Arm fester um ihre Taille legte.

»Ich mag den Mann nicht.«

»Ich auch nicht«, flüsterte sie, denn sie wusste, die Wände hatten Ohren. »Lass uns zu den Kindern nach Hause fahren.«

Nach Hause.

Keinem von beiden entging die Tatsache, dass sie die Worte betont hatte, als wären sie in mehr als nur einer Hinsicht eine Familie. Eins nach dem anderen, aber es klang so richtig, *Luc* und *nach Hause* in einem Satz zu erwähnen.

Er küsste sie auf den Scheitel und sie lächelte.

Ja, alles würde gut werden.

Endlich.

LUC STREICHELTE MEGHANS SCHULTER. Sie saßen auf der Couch und sahen Sasha und Cliff dabei zu, wie sie

Ritter und Drache spielten, während Boomer den Wächter darstellte. Der Klang von Kinderlachen und das fröhliche Trillern von Meghan, das sich dazugesellte, beruhigten Luc. Heute Morgen hatte er keine Ahnung gehabt, was sie erwartete, als sie im Gericht eingetroffen waren. Aber jetzt war alles vorbei und er konnte erleichtert aufatmen. Er hielt die Frau, die er liebte, im Arm, und die Kinder, die er wie seine eigenen liebte, spielten vor ihm auf dem Teppich. Was hätte er sich noch wünschen können?

Gewiss, er hätte sich viel mehr wünschen können und er wusste, das würde noch kommen. Meghan liebte ihn und die Kinder blickten zu ihm auf, fragten ihn um Rat und hatten ihn gern um sich. Das war ein viel größerer Fortschritt, als er damals für möglich gehalten hatte, als er Meghan vor sechs Monaten zur Baustelle gefahren hatte.

Es gab nur eine Sache, um die er sich noch kümmern musste, bevor sie den nächsten Schritt tun konnten.

»Hey Cliff, könntest du eine Minute herkommen?«

Meghan setzte sich aufrecht hin und warf ihm einen fragenden Blick zu, doch er schüttelte den Kopf.

Cliff runzelte die Stirn, kam jedoch zu ihnen und stellte sich vor die Couch. Sasha, neugierig wie immer, hüpfte solange auf und ab, bis sie neben Luc saß, sich an ihn schmiegte und nach kleinem Mädchen und Marmelade roch. Ehrlich, das Kind war immer klebrig und neigte dazu, mit Marmelade verschmierte Hände zu haben, aber er liebte es.

»Was ist denn?«, fragte Cliff mit leiser, ein wenig ängstlicher Stimme.

»Du weißt doch, dass deine Mom und ich uns heute mit einer Richterin getroffen haben, richtig?«, fragte Luc.

Meghan setzte sich noch gerader hin und legte ihm die Hand aufs Knie. Nachdem sie nach Hause zurückgekehrt waren, hatten sie den Kindern einiges von dem berichtet, was geschehen war. Sie hatten ihnen erklärt, dass sie nicht gehen mussten und dass Meghan immer für sie da wäre. Beide Kinder hatten erleichtert ausgesehen, doch mit Cliff stimmte immer noch etwas nicht.

Es war längst an der Zeit, dass sie sich damit auseinandersetzten.

»Ja«, sagte Cliff leise.

»Jetzt, da du weißt, dass du immer hier bei uns bleiben wirst, warum sagst du deiner Mom und mir nicht, was dich bekümmert?« Er hatte das Gefühl, es zu wissen, doch Cliff musste es selbst aussprechen. Es ging nun schon viel zu lange so und Meghan tat es jeden Tag weh.

»Ich …« Der kleine Junge trat von einem Fuß auf den anderen.

Verdammt. Nun, vielleicht musste doch Luc es aussprechen. Oder ihm zumindest auf die Sprünge helfen.

Er beugte sich vor, bis er die Unterarme auf seine Oberschenkel legen konnte. So war er mit Cliff auf Augenhöhe. »Du weißt doch, dass dein Dad euch verlassen hat, weil er Probleme hatte, richtig?«

Meghan sog scharf die Luft ein und Sasha kuschelte sich an seine Seite. »Luc«, flüsterte Meghan.

Er reagierte nicht auf sie, sondern hielt den Blick auf Cliff gerichtet. »Er hat euch verlassen, weil er selbst Probleme mit sich hatte. Er ist nicht deinetwegen gegangen. Er ist nicht wegen etwas gegangen, das du getan hast. Oder Sasha. Oder deine Mutter.« Er schluckte. Meghan grub ihm die Fingernägel in die Seite. »Was geschehen ist, war nicht deine Schuld. Nicht. Deine. Schuld.«

Cliffs Augen füllten sich mit Tränen und er schüttelte den Kopf. »Dad hat gesagt, ich wäre böse. Er sagte, ich wäre zu laut und nicht nett zu Sasha. Und deshalb ist er gegangen.«

»Oh Baby«, stieß Meghan hervor und zog ihren Sohn

in die Arme. Sie streichelte seinen Rücken, während er weinte und sie ihm tröstende Worte ins Ohr murmelte.

Luc drehte sich herum und nahm die weinende Sasha in den Arm. Sie rollte sich zusammen und er lehnte sich an Meghan. Und alle vier wussten, dass sie sich jetzt mehr denn je brauchten. Boomer sprang auf die Couch, obwohl er das nicht durfte, und schmiegte sich an Meghans andere Seite.

»Euer Dad ist gegangen, weil er Probleme mit sich hatte«, wiederholte er, sobald Cliff und Sasha sich beruhigt hatten. Er räusperte sich. »Deine Mutter wird euch niemals allein lassen. Ich werde euch niemals allein lassen.«

Meghan blickte ihn mit geweiteten Augen an und nickte. »Wir werden bei euch bleiben, Cliff. Dein Vater hat Dinge gesagt, die uns allen wehgetan haben, doch was auch geschehen mag, er kann uns nicht mehr verletzen. Wir vier sind hier zusammen, und das wird auch so bleiben.« Sie umfasste Cliffs Gesicht und küsste ihn auf die Stirn. »Es tut mir leid, dass ich nicht erkannt habe, was mit dir los war. Es tut mir so leid, dass ich dir nicht helfen konnte.«

»Es tut mir leid, dass ich solch ein Satansbraten war.«

Meghan unterdrückte ein Lachen und Luc schüttelte den Kopf. »Du bist kein Satansbraten.«

»Vielleicht ein kleines bisschen«, bemerkte Luc, woraufhin Meghan versuchte, ihn zum Schweigen zu bringen. »Ich weiß, dass es dich traurig gemacht hat, was dein Vater getan hat, und es war falsch. Aber du darfst nicht alles in dir verschließen, Cliff. Wir sind für dich da und wir verlassen dich nicht, okay?«

Cliff nickte und schließlich versiegten seine Tränen. »Okay«, flüsterte er.

Sasha tätschelte Lucs Brust und dieser blickte auf das

kleine Bündel in seinen Armen hinab. »Ich liebe dich, Luc.«

In seiner Kehle bildete sich ein Kloß und seine Augen füllten sich mit Tränen. »Ich liebe dich auch, Sasha Baby.«

Er küsste sie auf die Wange und sie kuschelte sich an ihn. Dann wandte er sich wieder Cliff zu und tätschelte ihm das Knie. »Dich liebe ich auch, Kiddy.«

Cliff lächelte ein wenig und es war, als wäre ihm ein Gewicht von den Schultern genommen. »Ich liebe dich, Luc.«

Meghan unterdrückte ein Schluchzen und wedelte mit der Hand. »Stört euch nicht an mir. Ich weine nur, weil ich glücklich bin.«

Cliff beugte sich vor und flüsterte Luc laut zu: »Sie macht das oft, aber nur, weil sie uns liebt.«

Luc warf den Kopf in den Nacken und lachte lauthals, dann schlang er den Arm um Meghan und zog sie und Cliff an sich. »Das tut sie, Cliff. Das tut sie.« Jetzt waren sie eine Familie. Vielleicht nicht legal auf dem Papier, aber das würde noch kommen.

Er wollte Meghan heiraten und ihre Kinder adoptieren. Das konnte er nicht leugnen und er wollte nicht viel länger warten.

Bald, sagte er sich. Bald.

Sie kuschelten sich noch eine Weile aneinander, doch dann klingelte es an der Tür. Er warf Meghan einen fragenden Blick zu, dann erhob er sich und setzte Sasha auf den Platz, auf dem er zuvor gesessen hatte.

»Erwartest du noch jemanden?«

Sie schüttelte den Kopf. »Nein, meine Familie schickt mir für gewöhnlich eine Nachricht, bevor einer vorbeikommt.«

Ein merkwürdiges Gefühl beschlich ihn und er kratzte

sich am Hinterkopf. »Ich gehe zur Tür. Dann ist es wahrscheinlich jemand, der etwas verkaufen will.«

»In dieser Gegend?«, fragte sie. Sie wurschtelte sich unter Cliff hervor, blieb jedoch bei den Kindern und Boomer auf der Couch sitzen.

Ja, bald würden sie über die Wohngegend reden müssen. Bei ihm zu Hause gab es mehr als genug Platz für alle. Das jedoch konnten sie später besprechen, wenn er sich um denjenigen gekümmert hätte, der an Meghans Haustür geklingelt hatte.

Er blickte durch den Spion und fluchte. »Meghan, schaff die Kinder und Boomer in den rückwärtigen Teil des Hauses.«

Sie erhob sich mit weit aufgerissenen Augen. »Wer ist es?«

Er warf einen Blick auf die Kinder, dann schaute er wieder sie an. »Was glaubst du?«

Er wollte sie nicht noch mehr beunruhigen, als er es bereits getan hatte, aber er hatte ein schlechtes Gefühl bei der Sache.

Meghan schloss für einen Moment die Augen, dann tat sie, worum Luc sie gebeten hatte.

Luc nahm sein Handy in eine Hand, bereit, falls nötig die Polizei zu rufen, dann öffnete er die Tür. Denn wenn er es nicht täte, würde Richard die ganze Nacht dort draußen stehen und eine Szene machen. Genau das war Meghans Ex zuzutrauen.

»Woher nimmst du dir das Recht, Meghans Tür zu öffnen?«, überfiel Richard ihn.

Dies würde sehr schnell den Bach runtergehen.

»Was tust du hier?«, fragte er. Er dachte nicht daran, Richards Frage zu beantworten.

»Ich bin hier, um mit Meghan darüber zu reden, was sie getan hat.«

»Wie bitte?« Meghan schob sich zwischen Luc und die Tür.

Luc unterdrückte einen Fluch und schob sie zurück, sodass sie Richard noch sehen konnte, jedoch nicht verletzt wurde, falls der Mann zum Schlag ausholte.

»Du hast mich gehört«, fauchte Richard. In seinen Mundwinkeln bildete sich Speichel. »Ambrosia hat mich verlassen, weil du mir alles verdorben hast. Ich wusste schon immer, dass du eine egoistische Hure bist. Soll dich der Teufel holen.«

Luc holte tief Luft. Den Mann auf Meghans Veranda zu töten half niemandem, obwohl er sich danach viel besser gefühlt hätte.

»Du musst gehen«, sagte Luc mit leiser Stimme.

»Dieses Haus gehört nicht dir. Du kannst mich nicht wegschicken.«

»Nein, aber ich kann dich wegschicken. Es ist mir gleichgültig, dass deine Frau dich verlassen hat. Das ist nicht meine Schuld. Nichts von dem, was ich dir angeblich jemals angetan habe, ist meine Schuld. Du hast dir das eingeredet und mich emotional missbraucht, bis du deinen Willen bekommen hast. Aber jetzt ist Schluss. Und jetzt verschwinde.«

Richard presste die Zähne aufeinander und drehte sich ein wenig, um Meghan anzublicken.

»Es ist deine Schuld, Meghan. Alles ist deine Schuld.«

Plötzlich bewegte Richard sich so schnell, dass Luc beinahe die Reflektion der Straßenlaterne auf dem Lauf der Waffe übersehen hätte. Er schubste Meghan ins Haus, denn er wusste, wenn Richard auch nur einen Blick auf Meghan erhaschte, würde sie zu seinem Ziel werden.

Er war nur nicht schnell genug, um sich selbst zu schützen.

Das war nicht wichtig.

Nur Meghan war wichtig.

Plötzlich raste ein brennender Schmerz durch die rechte Seite seines Oberkörpers und er stöhnte auf. Die Zeit verging wie in Zeitlupe. Die Knie gaben unter ihm nach und er hörte Meghans spitze Schreie.

Boomer bellte von irgendwoher im Hintergrund und er betete, die Kinder würden ihn nicht bluten sehen, nicht sterben sehen.

Er blinzelte zum Himmel hinauf und wusste irgendwie, dass er auf dem Rücken gelandet war, oder vielleicht hatte auch Meghan ihn umgestoßen. Sein Mund füllte sich mit Blut. Er versuchte, den Arm auszustrecken, um Meghan zu zwingen, sich zu ducken.

Er wusste nicht, ob Richard immer noch in der Nähe war und noch auf sie zielte.

Er musste sie beschützen.

Er musste sie retten.

Aber er war zu spät.

Dann kam die Dunkelheit und der Schmerz verschwand.

Sein letzter Gedanke galt Meghan und ihrer Berührung. Wie er es liebte, wenn sie ihn berührte! Zu schade, dass er das niemals mehr spüren würde.

## Kapitel Achtzehn

DER TOD KAM in vielen Formen, vielen Gerüchen und vielen Träumen, aber heute war nicht der Tag, an dem sie den Mann, den sie liebte, sterben lassen würde. Meghan drückte mit bebenden Händen ein Tuch auf Lucs Brust. Blut sickerte unter dem Handtuch hervor. Ihre Finger sahen aus, als wären sie in rote Farbe getaucht. Nur sein Brustkorb bewegte sich, der restliche Körper war vollkommen bewegungslos. Aber wenigstens atmete er.

Die Kinder waren auf den Flur hinausgelaufen, aber sie hatte sie angeschrien, nach oben in ihr Zimmer zu gehen. Sie hörte sie auf dem Weg nach oben schluchzen. Boomer hatten sie mitgenommen. Sie hätten dies nicht sehen sollen. Sie hätten den Mann nicht in diesem Zustand sehen sollen, den Mann, der ihnen mehr Vater gewesen war als der, der für das viele Blut verantwortlich war. Sie konnte sich nur auf Luc konzentrieren und doch wusste sie, dass sie auch für die Sicherheit ihrer Kinder und die des Hundes sorgen musste. Es war alles zu viel. Richard war davongelaufen, sobald er den Schuss abgefeuert hatte, doch sie wusste nicht, was als Nächstes geschehen konnte.

Was, wenn er zurückkehrte? Was, wenn sie Luc nicht in Sicherheit bringen konnte? Was, wenn sie versagte?

Verdammt. Nein. Das war nicht die Meghan von heute.

Sie presste mit einer Hand das Handtuch auf die Wunde und ergriff mit der anderen das Handy, das Luc fallen gelassen hatte, als er zu Boden sackte.

»Ich habe jetzt die Ambulanz am Telefon«, sagte eine Frau mit merkwürdig ruhiger Stimme.

*Woher ist diese Frau gekommen?* »Ich … ich kann die Blutung nicht stoppen.«

Aus dem Augenwinkel sah Meghan, dass die Frau nickte. Sie kannte diese Frau. Woher? Ja. Es war die Frau, die bei ihrem Bruder im Tattoostudio gewesen war. Seltsam, dass Meghan sich mit diesen Gedanken aufhielt, während der Mann, den sie liebte, unter ihren Händen verblutete.

»Ich bin Autumn. Ihre neue Nachbarin. Seltsamer Zufall.« Die andere Frau holte tief Luft. »Er wird gesund werden«, sagte sie leise.

»Woher wollen Sie das wissen?«, fragte Meghan schnippisch, bereute es jedoch sofort. »Warum … warum sind Sie hier?«

Autumn legte ihre Hände auf Meghans und half ihr, mehr Druck auszuüben. Meghan blickte auf das Blut hinunter, das ihre Hände bedeckte, und Galle stieg ihr in der Kehle hoch.

»Ich wohne nebenan, wie ich schon sagte«, erwiderte die Frau mit ruhiger Stimme, als spräche sie zu einem Kind. »Ich hörte den Schuss und bin gleich hergeeilt.«

Meghan würde sich später darüber wundern – welche Frau würde in die Schussrichtung laufen, anstatt zu flüchten? Wie dem auch sei, sie konnte im Moment nicht darüber nachdenken.

»Du darfst nicht sterben, Luc Dodd. Du darfst uns nicht verlassen. Ich liebe dich. Bitte. Bitte stirb nicht.«

Sie wiederholte das immer und immer wieder. Schließlich lallte sie nur noch, bis jemand sie von ihm wegzog. Sie wehrte sich, aber Autumn flüsterte ihr ins Ohr, dass sie die Sanitäter ihre Arbeit tun lassen müsse.

»Ich werde mich um die Kinder kümmern«, sagte sie, sobald Meghan wieder zu sich kam. »Ich wasche mir nur kurz die Hände und werde mich dann um die Kinder kümmern. Und sagen Sie mir, wen ich anrufen soll. Steigen Sie zu Ihrem Mann in den Krankenwagen und reden Sie mit der Polizei, wenn Sie können. Ich kümmere mich um Ihre Babys.«

Meghan erhob sich mit zitternden Beinen. »Ich … ich muss sie sehen, bevor ich gehe.«

Autumn schüttelte den Kopf. »Sie haben keine Zeit und Sie haben Blut auf dem T-Shirt und der Hose. Sie werden die Kinder ängstigen. Ich rufe Ihre Familie an. Ich verspreche es.«

Immer noch benommen nickte sie, dann folgte sie dem Sanitäter, stieg in den Krankenwagen und beantwortete Fragen, wenn es ihr möglich war. Luc durfte heute nicht sterben. Er hatte sie in so vieler Hinsicht geheilt, was sie nicht für möglich gehalten hätte. Wenn sie ihn doch jetzt auch heilen könnte!

Drei Stunden später konnte sie keinen klaren Gedanken mehr fassen. Der Warteraum erschien ihr unmöglich klein und niemand hatte ihr irgendetwas gesagt. Autumn hatte Meghans Eltern angerufen, deren Nummer am Kühlschrank hing. Dann hatten ihre Eltern all ihre Geschwister und Lucs Familie angerufen. Jemand hatte ihr Kleidung zum Wechseln gebracht, sodass sie Lucs Blut nicht mehr sehen musste.

Jetzt saßen alle in dem kleinen Wartezimmer oder

gingen unruhig auf und ab. Alle warteten auf Neuigkeiten über Luc. Nicht alle, dachte sie. Alex war noch in der Reha und Sierra und Austin waren mit ihren Kindern zu Hause geblieben und hatten auch Sasha und Cliff zu sich geholt. Autumn und Callie waren bei Sierra und halfen, die Kinder so ruhig wie möglich zu halten.

Sie schuldete Autumn mehr, als sie je wiedergutmachen konnte.

Aber zuerst musste sie wissen, ob Luc überlebte, bevor sie über so etwas nachdenken konnte.

»Baby, setz dich hin«, sagte Maggie und klopfte auf den Stuhl neben ihr. »Die Ärzte werden bald hier sein.«

Meghan tat, wie geheißen, und nahm Maggies Hand. Marie, die neben Meghans Vater saß, kam auch zu ihr herüber und setzte sich auf ihre andere Seite. Nun saß sie zwischen den beiden Matriarchinnen der Familien und betete wie verrückt, während sie versuchte, nicht daran zu denken, was alles geschehen könnte.

»Hat die Polizei all ihre Fragen an dich gestellt?«, erkundigte Decker sich mit tiefer, ernster Stimme.

Meghan blinzelte, dann nickte sie, dankbar, über etwas sprechen zu können, was sie von ihrer Angst um Luc ablenkte. »Ja. Richard hat die Waffe fallen gelassen, bevor er weggelaufen ist, also haben sie sogar die Tatwaffe. Sie meinten, sie würden mich informieren, sobald sie ihn geschnappt hätten.«

Miranda lehnte sich an ihren Mann und er legte einen Arm um ihre Schulter. »Ich bin froh, dass die Kinder bei Austin und den anderen in dessen Haus sind.«

Meghan stieß zitternd die Luft aus. »Ich auch. Die Polizei glaubt doch wohl nicht, Richard könnte versuchen …« Sie konnte den Satz nicht vollenden, denn die Brust schnürte sich ihr zu.

»Die Kinder sind in Sicherheit«, flüsterte Storm, der

sich jetzt vor sie in die Hocke niederließ. Er umfasste ihre Knie und sie nickte. »Austin würde niemals zulassen, dass jemandem etwas geschieht, der unter seinem Schutz steht. Wenn du willst, können Wes und ich rüberfahren, um Austin zu unterstützen.«

Sie blinzelte und ihre Unterlippe zitterte. Sie würde nicht weinen. Nicht bis sie wusste, dass Luc überleben würde. Sie konnte sich kaum noch zusammenreißen.

»Wir werden rüberfahren, Meghan«, sagte Wes jetzt, die Hände in den Taschen vergraben. »Das gibt uns etwas zu tun. Tabby wird mitkommen, richtig?«

Die Verwaltungsassistentin von Montgomery Inc. nickte. Ihr langes rotes Haar hatte sie auf dem Kopf in einem unordentlichen Knoten zusammengebunden. Sie würde Wes und Storm begleiten. Sie gehörte zwar nicht zur Familie, aber sie war Teil der Mannschaft und mit Luc befreundet. »Gewiss. Wir werden sehen, was die Kinder und die anderen treiben, und dann bringen wir euch etwas zu essen, wenn ihr wollt. Wie wäre das?«

Meghan nickte nur, die Kehle wie zugeschnürt. Die Familie saß viel zu oft in diesen verdammten Wartezimmern. In den vergangenen zwei Jahren hatten sie im Krankenhaus geblutet, Behandlungen über sich ergehen lassen und Jahre ihres Lebens gegeben. Dies musste das letzte Mal sein. Sie wusste nicht, ob sie so etwas noch einmal durchmachen konnte.

Weitere dreißig Minuten vergingen, nachdem das Trio gegangen war, und Meghan wanderte von Familienmitglied zu Familienmitglied, Lucs Familie und sogar Jake. Jake hielt sie nur im Arm, denn er wusste, das brauchte sie. Er schenkte ihr keinen mitleidigen Blick, sondern flüsterte ihr zu, sie könne es schaffen, sie könne alles schaffen.

Lucs Schwestern saßen beisammen, sie beteten mit gefalteten Händen. Tessa würdigte sie keines Blickes und

Meghan fehlte die Energie, um sich daran zu stören. Sie machte sich selbst genügend Vorwürfe. Sie brauchte nicht Tessa, um noch eins obendrauf zu setzen. Ja, Richard hatte den Abzug betätigt, aber Luc war vor sie getreten und hatte die Kugel aufgefangen, die für sie bestimmt gewesen war.

»Familie Dodd?« Ein älterer Mann in OP-Bekleidung kam durch die Tür und alle standen auf. Die Augen des Mannes weiteten sich angesichts so vieler Menschen – darunter viele groß, bärtig und tätowiert – auf einem Fleck.

Meghan konnte nicht sprechen. Und da sie nicht mit Luc verheiratet war, mussten Maggie und Marcus mit dem Arzt sprechen. Das Gesetz kümmerte sich nicht um Liebe und Versprechen, nur um Dokumente und Blutsbande.

»Das sind wir«, erwiderte Marcus mit fester, tiefer Stimme, die so sehr Lucs ähnelte, dass Meghan am liebsten geweint hätte. Er blickte über die Schulter und streckte die Hand aus. Meghan ergriff sie wie eine Rettungsleine und stellte sich an Marcus' Seite, während Maggie auf der anderen stand. »Wir alle.«

Der Arzt nickte. »Luc ist stabil und nicht mehr im OP.«

Er fuhr fort und erklärte etwas über eine perforierte Lunge und andere Verletzungen, die nicht so schwer wären, aber Meghan hörte es nicht. Sie blinzelte und vor ihren Augen verschwamm alles. In ihren Ohren summte es, ein lautes Geräusch, das mit jedem Atemzug stärker wurde. Ihre Knie bebten und plötzlich fand sie sich in Griffins Armen wieder. Seine Hand lag auf ihrem Gesicht.

»Meghan?«, fragte Griffin, der mit einer Hand ihre Wange umfasste. »Meghan, hörst du mich? Es geht ihm gut. Er wird gesund werden. Hundertprozentig. Meghan?«

Sie versuchte zu sprechen, aber alles, was sie in sich aufgestaut hatte, drohte sich ein Ventil zu suchen.

Von Ferne hörte sie, wie der Arzt sich ihr näherte und ihren Puls fühlte. »Hat sie etwas gegessen?«, fragte er.

Ihre Familie antwortete für sie, während sie nach Luft schnappte. Verdammt. Sie war bewusstlos geworden und hatte die Aufmerksamkeit auf sich gelenkt anstatt auf Luc, wie es hätte sein sollen. Sie winkte alle fort und versuchte, auf ihren eigenen Beinen zu stehen. Griffin zog sie hoch, die Sorge stand ihm ins Gesicht geschrieben.

»Es geht mir gut«, sagte sie. Ihr Mund fühlte sich so trocken an, als hätte sie ein Stück Stoff hinuntergeschluckt. »Es hat mich einfach umgehauen.« Sie holte tief Luft, dann stand sie ohne fremde Hilfe. »Es geht mir gut«, wiederholte sie. »Es tut mir leid, dass ich euch Angst eingejagt habe. Wann können wir ihn sehen? Oder haben Sie das bereits beantwortet, als ich bewusstlos war?«

Der Arzt musterte sie. »Nehmen Sie etwas Flüssigkeit zu sich und sehen Sie zu, dass Sie etwas in den Magen bekommen, junge Dame. Das ist eine Anweisung des Arztes.«

»Wir werden uns um sie kümmern«, sagte Meghans Mutter, die hinter ihr stand.

Der Arzt nickte. »Gut. Das sehe ich. Was Mr. Dodd anbelangt, er wird heute Nacht noch auf der Intensivstation bleiben und morgen dürfen Sie ihn jeweils zu zweit besuchen.«

Meghan schüttelte den Kopf. »Morgen?«

»Ja, morgen dürfen Sie alle ihn sehen. Aber heute Abend werde ich nur zwei von Ihnen zu ihm lassen, für fünf Minuten, mehr nicht. Er ist noch benommen und braucht Zeit und Ruhe, um zu heilen. Wir werden bald die technischen Aspekte seiner Genesung besprechen.«

Meghan schmerzte das Herz, aber sie trat nicht vor, als

der Arzt wieder auf die Tür zuging. Lucs Eltern verdienten es, ihn zu sehen. Meghan konnte ihn am nächsten Morgen besuchen. Sie konnte stark sein.

Marcus jedoch hatte offensichtlich andere Pläne. Er küsste sie auf die Schläfe und legte Meghans Hand in die seiner Frau. »Geh zu meinem Jungen und sag ihm, dass wir für ihn da sind.«

Ihre Augen weiteten sich. »Aber …«

»Kein Aber, junge Dame. Er gehört dir. Ich weiß das. Sei stark für meinen Sohn, Meghan.«

»Ich werde es versuchen«, sagte sie leise, während es sie drängte zu weinen. Sie hatte immer noch nicht geweint, denn sie war sich nicht sicher, ob sie dann nicht vollkommen zusammenbrechen würde.

Sie nahm Maggie fest bei der Hand und folgte dem Arzt durch die langen Flure, während Patienten, Krankenschwestern, Personal und Ärzte um sie herum ihren Pflichten nachgingen.

Als sie endlich dort angekommen waren, wo Luc schlief, hörte sie ihren Puls laut in den Ohren pochen.

»Mein Gott«, flüsterte Maggie neben ihr und Meghan klammerte sich an die Hand der Frau.

Schläuche und Kabel schienen beinahe zu jedem Teil seines Körpers zu führen, obwohl sie wusste, dass dies nicht so war. Jemand hatte ihm die Decke über die Brust gezogen, sie jedoch unter den Armen hergeführt, sodass seine dunklen Arme sich von dem weißen Laken abhoben. Der Arzt hatte gesagt, er würde bald aufwachen und in der Lage sein, ein normales, gesundes Leben zu führen. Keiner der Schäden wäre dauerhaft, doch sie hatte sich zu Tode geängstigt.

Es war ihnen nicht erlaubt, ihn zu berühren, aber Maggie beugte sich über ihren Sohn und flüsterte ein Gebet. Meghan stand auf der anderen Seite des Bettes und widerstand dem Bedürfnis, seine Hand zu halten. Sie wollte ihm nicht wehtun, sie wollte nichts tun, was seine Genesung gefährden könnte.

»Komm zu mir zurück, Luc. Komm zu uns zurück. Ich … ich liebe dich, Luc Dodd. Du wirst mich nicht verlassen.« Das Mantra, das ihr geholfen hatte zu funktionieren, nutzte sich langsam ab und sie wusste, sie musste bald hier raus oder sie würde vor aller Augen zusammenbrechen.

Eine einzelne Träne rollte ihr über die Wange, aber sie wischte sie nicht fort. Doch eine weitere Träne würde sie sich auch nicht erlauben. Als sie dann schließlich gezwungen waren, ihn allein zu lassen, zitterte sie am ganzen Körper, doch sie brach immer noch nicht zusammen. Griffin fuhr sie zu Austin, nachdem sie sich von den anderen verabschiedet hatte. Sie wusste, ihre Stimme klang hölzern und ihre Bewegungen waren steif, doch sie konnte nicht funktionieren, solange Luc nicht aufgewacht war. Es war ihr nicht gestattet, dort zu übernachten, und sie durfte ihn nicht halten.

»Die Kinder schlafen in Leifs Zimmer«, informierte Sierra sie leise, die Meghan in den Arm genommen hatte, sobald diese zur Tür hereingekommen war. »Es hat eine Weile gedauert, bis sie eingeschlafen sind.«

»Meghan«, sagte Austin nur und streckte die Arme aus. Meghan ließ sich von ihrem großen Bruder halten, aber sie beherrschte sich immer noch. Nach einem Augenblick löste sie sich von ihm und schaute ihm in die Augen.

»Kann ich ein Bad nehmen?«, fragte sie, denn sie wollte allein sein.

Austin warf ihr einen prüfenden Blick zu, nickte jedoch. »Du kannst Sierras und meine Badewanne benutzen. Sie ist groß und hat Düsen.«

»Mir ist alles recht«, flüsterte sie.

Sie folgte ihm zu dem großen Badezimmer und sah

ihm dabei zu, wie er mit langsamen Bewegungen ein Handtuch für sie aus dem Schrank holte, als befürchtete er, sie zu verschrecken.

»Es geht mir gut, Austin. Ich muss nur eine Weile allein sein. Dann wird es mir besser gehen.« Sie hob ihr Kinn, doch ihre Hände zitterten. »Er ist beinahe gestorben«, flüsterte sie. »Er ist beinahe gestorben, weil Richard auf ihn geschossen hat.«

Austin kniff sie ins Kinn und der Schmerz holte sie aus ihren Gedanken. »Der verfluchte Kerl landet im Gefängnis, sobald er geschnappt wird. Er wird weder dich noch deine Lieben je wieder verletzen. Und Luc. Er ist nicht tot. Du weißt, ich bin mit Sierra durch die Hölle gegangen und Decker hat das Gleiche mit Miranda durchgemacht. Alle wurden geheilt und er wird auch gesund werden. Ich weiß, du liebst den Mann und für mich ist er wie ein Bruder. Er ist in Sicherheit, Meghan.«

Sie leckte sich die Lippen; ihr Körper zitterte. »Ich … ich weiß das. Aber unsere Familie … ich habe Ärzte so satt.«

»Ich weiß, Babe, ich weiß. Und nun nimm ein Bad, weine, trink Wasser oder Wein oder was immer Sierra und ich dir bringen sollen, und denk daran, dass wir für dich da sind, sobald du aus der Wanne steigst. Ich weiß, es wäre seltsam, wenn Griffin und ich hier auftauchen würden, aber du weißt, dass Sierra in einer Sekunde hier ist, wenn du sie brauchst.«

Sie legte eine Hand auf Austins breite Brust. »Ich weiß. Danke, Austin.«

»Du bist eine Montgomery, Meghan. Vergiss das nie.«

Dann küsste er sie auf die Nase, verließ das Badezimmer und schloss die Tür hinter sich. Meghan drehte die Wasserhähne über der Wanne auf. Das heiße Wasser tauchte den Raum in Dampf. Sie zog sich aus und erinnerte sich an das letzte Mal, als sie ein Bad genommen und sich genauso gefühlt hatte.

An dem Tag, an dem Richard sie verlassen hatte, hatte sie ihre Kinder zu Bett gebracht und dann ein Bad genommen, damit sie sich gehen lassen konnte. Jetzt glitt sie in die Wanne. Das heiße Wasser brannte auf ihrer Haut, doch nur gerade so viel, dass sie etwas fühlte.

Tränen liefen ihr über die Wangen, als sie wieder so weinte wie einst, doch diesmal um einen Mann, den sie wirklich liebte. Einen Mann, der ihr beinahe genommen worden wäre, weil er sie so sehr liebte, dass er sein Leben für sie riskiert hatte.

Sie zitterte am ganzen Körper in dem heißen Wasser und schluchzte.

Er lebte.

Er atmete.

Er würde gesund werden.

Er gehörte ihr.

Meghan wollte nicht länger auf ihn warten, würde nicht mehr den langsamen Kurs fahren, wenn es darum ging, mit Luc zusammenzuleben. Sie hätte ihn beinahe einmal verloren, zweimal, wenn man mitrechnete, dass er damals die Stadt verlassen hatte. Sie wollte ihn nicht noch mal verlieren.

Luc Dodd gehörte ihr, für immer und ewig.

*EINEN MONAT später*

LUC VERDREHTE DIE AUGEN, als Sasha einen kleinen Tanz in seinem Wohnzimmer vollführte. Nein, besser in *ihrem* Wohnzimmer. Meghan und die Kinder waren nämlich bei ihm eingezogen, sobald Luc aus dem Krankenhaus entlassen worden war. Sie hatten keine einzige Nacht mehr in dem Haus schlafen wollen, dessen einst friedliche Atmosphäre Richard zerstört hatte.

Luc ballte die Hände zu Fäusten, als er an das Arschloch dachte, das nun im Gefängnis saß und auf seine Verhandlung wartete. Es gab keinen Zweifel an der Schuld des Mannes und sie hatten genügend Beweise. Nun blieb nur noch abzuwarten, wie lange er hinter Gittern bleiben musste.

Nun, das und außerdem mussten sie Richard noch dazu bringen, alle elterlichen Rechte abzutreten, sodass Luc die Kinder adoptieren konnte.

Eins nach dem anderen. Zuerst musste er deren Mutter heiraten. Bei dem Gedanken lächelte er. Er hatte ihr immer noch keinen Antrag gemacht, obwohl er es vorhatte. Jedes Mal wenn er so weit war, fragte er sich, ob er zu schnell vorging. Er musste sich selbst einen Tritt in den Hintern geben und daran denken, wie kurz das Leben sein konnte. War nicht die Kugel, die in seine Lunge eingedrungen war, Beweis genug dafür?

Meghan kam mit einem breiten Lächeln ins Wohnzimmer, einen Arm um den lachenden Cliff gelegt. »Wie gefällt euch Pizza zum Abendessen?«

»Hört sich gut an«, erwiderte Luc und küsste sie, als sie sich neben ihm auf der Couch niederließ. Er war noch nicht vollständig gesund, aber auf dem besten Weg dahin. Meghan an seiner Seite zu haben half ihm sehr dabei.

»Gut, weil ich Heißhunger auf Käse habe«, sagte sie lachend.

»Du Verrückte«, flüsterte er, dann seufzte er, als sie sich an seine gesunde Seite schmiegte. Sie war so sehr bemüht, ihm nicht wehzutun, dass diese Berührungen ihm jetzt alles bedeuteten.

»Selber verrückt«, gab sie zurück.

»Das ist wahr.« Er fing Cliffs Blick ein und der kleine Junge nickte Luc kurz zu.

Die Situation war für seine Zwecke nicht gerade romantisch, aber war nicht trotzdem alles vollkommen perfekt?

Er löste sich von Meghan und lächelte. »Ich liebe dich.«

Sie runzelte die Stirn. »Ich liebe dich auch. Was ist los?«

Er schnaufte. »Warum muss etwas los sein?« Er griff unter ein Kissen auf der Couch und zog eine Schmuck-schatulle hervor.

»Oh mein Gott«, flüsterte Meghan und ihre Augen füllten sich mit Tränen. »Ja. Du weißt, meine Antwort lautet ja.«

»Wirklich? Du lässt mich noch nicht einmal die Frage stellen? Ich warte seit zehn Jahren auf dich und du lässt mich nicht einmal fragen?«

»Sie hat Ja gesagt, Luc!« Sasha quietschte, begann wieder zu tanzen und versuchte auch, ihren Bruder zu animieren. Cliff ließ sie mit dem Widerwillen des älteren Bruders um sich herumtanzen.

»Warum fragst du nicht und ich sage noch einmal Ja?«, flüsterte Meghan, während die Tränen ihr in Strömen die Wangen hinabflossen.

»Wir sind noch nicht so lange zusammen, Meghan, aber du bist mein Ein und Alles. Du bist bereits in meinem Haus, meinem Herz und meinem Leben. Ich liebe dich, bitte, heirate mich.«

»Du hast gereimt!«, kicherte Sasha und Luc verdrehte die Augen.

»Hast du mit Absicht gereimt?«, fragte Meghan.

Er fluchte leise und Meghan tätschelte sein Knie.

»Nein, habe ich nicht, aber es kommt doch auf die Botschaft an.«

»Liebe mich, Meghan, heirate mich.«

»Ja«, sagte sie schnell, dann umfasste sie sein Gesicht. Ihre Lippen waren weich, gierig.

Er biss sie auf die Unterlippe, dann löste er sich von ihr. »Verdammt, Meghan. Ich liebe dich. Das weißt du, oder? Ich liebe dich mit allem, was ich habe, und deine Kinder ebenfalls. Ich bin so froh, dass ich nach Denver zurückgekehrt bin, um meine beste Freundin zu sehen. So verdammt froh.«

Sie tätschelte seine Wange und lächelte. »Du bist mein bester Freund, Luc, damals und heute. Es hat zu lange gedauert, bis ich erkannt habe, dass ich alles in meinem Leben hatte, was ich wollte, ohne danach zu suchen. Mit dir bin ich gesegnet, auch wenn ich lange gebraucht habe, um die Worte zu finden, es auszudrücken.« Sie zwinkerte. »Oh, das bedeutet, du wirst das Montgomery-Tattoo bekommen.«

Sie schnaufte. »Du wirst eine Dodd sein, Süße. Warum sollte ich ein Tattoo bekommen?«

»Ich werde Meghan Montgomery-Dodd sein, denn Babe, einmal eine Montgomery, immer eine Montgomery.«

Er zog sie näher an sich heran, vorsichtig, wegen seiner Verletzung. »Damit kann ich leben, Süße. Mit dem Montgomery-Tattoo und auch allem anderen.« Er hielt seine beste Freundin und Geliebte im Arm, ihre Kinder saßen lachend neben ihnen und er hatte ein Leben vor sich, reicher, als er es sich erhoffen konnte.

Es hatte ihn ein Jahrzehnt des Herumwanderns gekostet, um zu erkennen, dass für ihn das Leben in Denver und in den Armen dieser Frau zu finden war.

Manchmal brauchte es eben mehr als ein Wort, mehr als Hoffnung und ein Gebet.

Manchmal brauchte es Tattoos, Blut und Tränen – ein Opfer, das es sich lohnte zu bringen.

Lesen Sie die Geschichte von Griffin und Autumn:
Written in Ink – Tattoos und Erzählungen

# Biografie

Carrie Ann Ryan ist eine *New York Times* und USA Today Bestsellerautorin moderner und übersinnlicher Liebesromane. Außerdem schreibt sie Literatur für junge Erwachsene. Ihre Arbeit umfasst die »Montgomery Ink Reihe«, »Redwood Pack«, »Fractured Connections« und die »Elements of Five«-Reihe. Weltweit hat sie über vier Millionen Bücher verkauft.

Sie hat bereits während ihres Chemiestudiums mit dem Schreiben begonnen und hat seitdem nicht mehr aufgehört. Inzwischen hat Carrie Ann mehr als fünfundsiebzig Romane und Novellen fertiggestellt – und ein Ende ist nicht in Sicht. Carrie Ann wurde in Deutschland geboren und hat schon überall auf der Welt gelebt. Wenn sie sich nicht gerade in ihrer emotionalen und aktionsgeladenen Welt verliert, liest sie gern, während sie sich um ihr Katzenrudel kümmert, das mehr Anhänger hat als sie selbst.

Falls ihr über neue bücher oder rabattaktionen auf dem laufenden bleiben wollt, könnt ihr euch gerne für Carrie Ann's newsletter anmelden.

Besuchen Sie Carrie Ann im Netz!
carrieannryan.com/country/germany/
www.facebook.com/CarrieAnnRyandeutsch/
twitter.com/CarrieAnnRyan
www.instagram.com/carrieannryanauthor/

## Bücher von Carrie Ann Ryan

Bücher von Carrie Ann Ryan

Seduced in Ink (Buch 15)
Inked Persuasion (Buch 16)
Inked Obsession (Buch 17)
Inked Devotion (Buch 18)
Inked Craving (Buch 19)